花火
魅丽文化
花火工作室

花凉／著

江苏凤凰文艺出版社
JIANGSU PHOENIX LITERATURE AND ART PUBLISHING, LTD

**图书在版编目（CIP）数据**

岛屿玫瑰 / 花凉著. -- 南京 : 江苏凤凰文艺出版社, 2018.9

ISBN 978-7-5594-2418-1

Ⅰ. ①岛… Ⅱ. ①花… Ⅲ. ①长篇小说－中国－当代 Ⅳ. ①I247.5

中国版本图书馆CIP数据核字(2018)第136996号

| 书　　名 | 岛屿玫瑰 |
| --- | --- |
| 作　　者 | 花　凉 |
| 出版统筹 | 汪修荣　邹立勋 |
| 选题策划 | 丏小亥 |
| 责任编辑 | 胡小河　姚　丽 |
| 文字编辑 | 钟　姝 |
| 责任监制 | 刘　巍　江伟明 |
| 出版发行 | 江苏凤凰文艺出版社 |
| 印　　刷 | 湖南凌宇纸品有限公司 |
| 开　　本 | 880×1230毫米 1/32 |
| 字　　数 | 250千字 |
| 印　　张 | 9 |
| 版　　次 | 2018年9月第1版，2018年9月第1次印刷 |
| 标准书号 | ISBN 978-7-5594-2418-1 |
| 定　　价 | 35.00元 |

（江苏凤凰文艺版图书凡印刷、装订错误可随时向承印厂调换）

# 目录



C O N T E N T S

# 目录



CONTENTS

# 楔子

是夜。

浓重的，泼墨一般的夜色。漆黑的海面水天一色，只遥远处似有通红的火光。

海水腥咸，不停地灌进鼻孔和嘴巴里。她努力让自己镇定下来，更加用力地划动双手，蹬着双腿，试图尽快离开这片危险的海域。

不知道游了多久，也不大能分清方向，她只知道拼命向前游，越快越好。

海面上起了风，有浪翻滚而来，几次把她往后拍了一些。

太疲惫，甚至有了隐约的放弃之意，腿微微地抽筋，摆动的幅度小了很多。

“对不起……”

被海水包围，眼泪可以肆无忌惮地流下。

“对不起……”她轻轻地呢喃，“我坚持不住了……”

身体在缓缓下沉，头发上的发绳崩断，一头乌黑的长发在海水中散开。鼻腔进水之后引发剧烈咳嗽，可每咳一下便会有更多的水灌进嘴巴去。世界变得异常安静，只听得见不断撞击耳膜的水声，还有强烈的窒息感一阵阵袭来。

此时，她觉得自己的身体轻得像羽毛，非常轻柔。没有了刚开始时的恐慌，她竟然颇为平静。没有痛苦，没有死亡，周围的一切安宁祥和。

耳边却忽然响起一个声音：“棠棠。”

她本能地“嗯”了一声，轻轻摆摆头，努力探寻声音的来源。

“棠棠，往前游，不要怕……”

她打了个激灵，立即睁开眼来，四处张望。

四周仍是黑漆漆的，什么也看不到，应当只是自己的幻觉。

海水仍旧猛烈地冲击着她整个人，咽下的海水，加上猛地刺痛瞳孔的痛感，使得耳膜传来的撞击感更加厚重，穿透七窍的疼和心脏的压迫感深深植入大脑。

她用牙齿死死地咬住下嘴唇，强忍住疼痛，双臂用力地拍打着海水。

脑海中涌现出的“活下去”三个字替代了方才的“对不起”。

活下去。

平安地活下去。

唯有平安，才能重逢。

第一章

# 重逢（上）

1.

任树在 IBC2017 上做的报告，主题是人的活动对于植物演化的影响。和其他一些年纪较长的植物学专家的报告比起来，他的报告显得很是通俗易懂，观众席中不时爆发出一阵阵欢笑声。

报告的最后，他呼吁要重视对儿童的自然教育，并点开视频播放软件，展示自己准备的自然教育宣传片。

他以自己的少年时期为例——“小时候，我的家中，就宛如一个植物园。我的父亲每次出差，都会给我带回各种植物，也就是在那个时候，我知道了马齿苋、石斛兰、秋海棠这些浪漫的名字。”

提到自己的少年时期，任树还特意在中间插入了一些当时的照片。偌大的一个庭院里，全部是花花草草，还有一些是他和花草的合影，十四五岁的少年，像一棵小白杨树一样，和那些花草融为一体。

有一张照片出来的时候，现场爆发出一阵笑声。陆桑抬起头来，看到那张惹得全场爆笑的照片——任树在树下，树上坐着一个女孩儿，那女孩儿的脚正好耷拉在他的脑袋上方。

那张照片在屏幕上虽然只是一闪而过，坐在下面黑压压的人群中的陆桑，却还是有机会看清。

女孩儿和任树差不多的年纪，头发短短的，容颜娇俏，眼神却很是凛冽地看着前方。

参会的缘故，包中的手机调成静音，中场休息的时候，陆桑才看到上面有三四个未接来电。

她眉头微微蹙起，走出会场，站在一个不引人注目的角落回电话，声音里有一丝不安：“齐姐，小南瓜怎么了？”

电话里传来的是一个四十来岁女人担忧的声音：“陆桑，小南瓜这会儿喘得上气不接下气，我有点担心……”

挂断电话之后查了查机票，最近是旅游高峰期，回厦门的票已经售空，陆桑只能打了钟寅的电话。

生怕钟寅正在执行任务，听到电话接通的时候她松了一口气："阿寅，要拜托你做件事情。齐姐刚才给我打电话，小南瓜犯病了。我现在在深圳，一时间赶不过去……"

"没问题，"钟寅应声道，"我这就接她去医院。"

"好，那就先麻烦你了，我这两天就回去。"

"跟我还客气什么，"钟寅笑笑，"回来的时候和我说，我去接你。"

陆桑此时站的位置，是五楼的电梯口，她低头往包里塞手机时，电梯门打开，侧着头和身旁的小助理说话的任树，大踏步走了出来。

她发梢碰到了他的手臂，走出电梯时，任树微微愣了愣，有些疑惑地转过头去。

电梯门缓缓地合上，最后的一丝缝隙中，任树看到的，只是一个模糊的身影。

小助理不解："怎么了？"

任树有些自嘲地笑笑，摇摇头："没什么。"

小助理看了看时间："任老师，距下一场会议还有半个多小时，要不要去看画展？"

植物科学画展，任树的心中微微一动。

那年他还是个内向的少年，封闭在自家的植物园里，直到有一天，一个女孩儿闯进去。

他爱养植物，她爱画画，园里的很多草木，她都画过。

"任树，你知道国际植物学大会吗？"

"当然知道。"任树一副见多识广的样子。

"你看我画的这幅，以后能不能在上面展出？"

任树瞄了一眼，呵呵一笑。

"哼。"她佯装生气，动作敏捷地爬到树上，摘下一个杏子扔到他头上。

他好脾气地笑笑，俯下身将那个杏子捡起来，拧开水龙头洗了一下，往上伸出手去："棠棠，下来吃。"

六月初，初夏的午后，斑驳的阳光和树影，打在他和她的脸上。

当时只道是寻常。

2.

先前任树对画展也有所耳闻，是从全球十二个国家成百上千的优秀作品中选出的画作，参与者很多都是世界一流的植物画师。在如今国内植物科学绘画尚不被重视的环境下，办一场如此专业化和规模化的画展，自然是意义非凡。

每一幅画作都异常精美，任树驻足观看，从一幅画作前走过去之后，又折了回来，在画前面站定，微微蹙起眉头。

那幅画作，是秋海棠，乍一看过去，在众多画作中，并无异常。

任树却觉得有哪里不对。

他自小记忆力惊人，闭上眼睛用力回想，从小到大看过的所有秋海棠的图片在脑海中一一闪现。

是姿态。

是这株秋海棠的姿态。

竟与他十五岁那年，棠棠递过来的那张画纸上的，一模一样。

一个大胆的念头从他的心底冒出来，把自己都吓了一跳。他赶紧睁开眼，在那幅画作的下方搜索作者名字。

却是只有花名，画师名字那栏，是空白。

任树拿出手机，在通信录翻了翻找到号码："赵姐吗？我是任树，这次画展负责人的联系方式，你有吗？"

十几分钟后，在办公室里，负责人皱着眉头回想："我们原先是不接受匿名投稿的，但这幅画，几位评委都觉得水平很高，希望能给更多的人看到，所以还是挂在了这里……对，是直接寄过来的，没有留地址。"

小助理是刚考进农业大学的学生，喜欢叽叽喳喳说个不停，同任树一起吃晚饭的时候问他："任老师，你有没有女朋友？"

任树摇摇头。

小助理一脸难以置信："我都有男朋友，我男朋友是我高中同学，我们那个时候是……"

十五分钟的时间，任树一边吃虾一边静静听完小助理的恋爱史。

她继续问："那你之前有过女朋友吗？"

"之前啊，"任树想了想，"算差一点就有了吧。"

——算差一点就有了，如果那晚他在看了棠棠的那条短信之后，把那条短信发出去。

把那条"我也喜欢你"的短信发出去。

他们是一定会在一起的吧。

"是什么时候？"小助理难掩八卦之心。

"很久以前了，"任树轻描淡写道，"那年我十七岁，她十六岁。"

任树那年十七岁，棠棠十六岁。

如今他二十八岁，棠棠……十六岁。

彼时，在酒店西餐厅，陆桑正一个人就餐，顺势拨通了钟寅的电话："小南瓜怎么样？"

"暂时稳定住了，"钟寅正在医院的病房外面，"你不用太担心，你那边怎么样？"

"都挺顺利的，"陆桑开口道，用叉子叉起一小块牛排放到嘴里，"阿寅，Gavin 向我求婚了。"

钟寅一愣："那你是怎么想的？"

"我打算答应他，越快越好，这样就可以带着小南瓜一起去美国。医院那边你也知道，小南瓜有重度的肺动脉高压，ASD 封堵术没法做，心肺移植危险系数太高，阮医生不也是建议去美国治疗吗？"

"可是你就因为这个，要答应 Gavin 的求婚吗？"

陆桑笑笑，西餐厅的玻璃上映照出她好看的侧脸："阿寅，Gavin 的身家你又不是不知道，我嫁过去可就完成阶级跨越了。"

钟寅知道她在开玩笑，但还是有微微的担心："你和 Gavin 没见过几次面，还是多了解一些为好。"

吃完晚饭，陆桑回到房间休息。原本她并没有准备来参加这次国际植物学大会的，她这两年做的是园林设计方面的工作，虽说是有点关联，可关联确实也不大。

前几天恰好来深圳办点事儿，交接方给了邀请函，事情办完难得空闲几天，她索性就过来看看。

会议流程、参会嘉宾名单以及会议议题，她是昨天晚上才拿到的，坐在沙发上粗略地浏览一下，很多都是国际上的知名学者，她亦有所耳闻。

眼睛落到中国区域，扫过去几眼之后，她看到了一个名字。

四号黑体。

任树。

3.

睡前吃的安眠药好似并未起效果，躺在床上的陆桑仍旧是毫无困意，索性从床上起身，带着泳衣来到了酒店一楼的泳池。

夏季的缘故，虽说已是半夜，泳池边的小酒吧倒也热闹。陆桑点了一杯长岛冰茶放在泳池边的圆桌上，继而一跃身跳进水里。

她在水中游泳的身姿异常灵活，裁剪得体的泳衣包裹着凹凸有致的身材，路过的人忍不住行注目礼。

从水里冒出头的时候，有三十出头的年轻男人邀约，问能不能请她喝一杯。陆桑微微一笑，把手机从防水袋中掏出来冲着他摇了摇："我女儿。"

手机屏幕上，是一张自拍，头发绾在脑后的陆桑揽着一个眼睛大大的小女孩儿。

年轻男人有些难以置信，但还是绅士地夸奖了一句，而后转身走开。

小酒吧里流淌着科恩的*In My Secret Life*，坐在吧台高脚椅上的任树歪着头和身旁几位美国专家闲聊，转过头的时候，隔着玻璃窗扫到泳池边的一个背影。

那后背瘦削，但肩颈线条极美，好似天鹅一般。

不知道是不是酒精所致，任树只觉得眼前一时间有些恍惚，泳池里蓝色的水涌动着，好似在眼前幻化成了海域，几乎是一模一样的环着双膝的坐姿，一样瘦削的后背，一样的肩颈。

任树放下手中的酒杯，对身旁的几位伙伴说了声“抱歉”，便起身穿过人群，往外面走去。

坐在那里的陆桑，手中的长岛冰茶已经喝完，起身想回去的时候，来了再游一圈的兴致，将泳镜和泳帽重新戴上。

任树还差两步走到她的身旁，他刚想要开口打声招呼的时候，她已经一个跃身，跳进了泳池。

好似大梦初醒，任树一下子反应过来。

不是的，她不是方棠。

虽说是生活在海边岛屿上，可是方棠怕水，要命一般地怕。

眼前这个在泳池深水区穿梭自如的人，根本不可能是方棠。

隔着窗户的美国伙伴已经在呼唤他，任树在心中轻轻地叹息一声，转身折了回去。

说来奇怪，他这次来深圳参会的几天里，老是做出一些不合常理的举动，总觉得方棠好像回来了一样，好像就在他身边，在某一个瞬间，同他擦肩而过。

或许是因为这个时间吧，他在心中想着，七月末的盛夏。

让时间缓慢地平移向前，十一年前，他亦是在这样的七月末，失去了方棠。

4.

陆桑从深圳返回厦门那日，钟寅临时接到了海上搜救任务，要立即开飞，没办法去接她。

“没关系，”陆桑正在机场出口的传送带旁等行李，“我正好晚上要去看小南瓜，好多天没见她了。”

要挂电话的时候，陆桑又补充了一句：“钟寅，这几天有台风，你注意安全。”

钟寅心头微微一动，他同陆桑相识数年，难得听她说出些许温情的话，笑笑点头：“没问题的。”

实际上还是有隐隐的担忧，已经将近五点，天气预报说六点多钟会有暴雨，海上落雨必然伴随着狂风，若不抓紧时间，救援难度恐怕会增加很多。

同行的另两名机组人员，有一位微微有些担心：“机长，这种天气能不能……”

“开飞！”钟寅下了命令。

海上救助，原本就是承担着巨大风险的事情，气旋、台风，都有可能遇到，但人命关天，只要达到安全飞行的最低限度，就必须开飞。

失事的是一艘渔船，船舶主机烧坏，油舱起火，必须弃船，船员无法自己撤离，十余名船员正困在海上。

定位好经纬度之后，钟寅便驾驶着救援机往那个方向飞去，低空飞行一段时间后，已经渐渐看得到海上的浪花。

他用耳朵上挂着的对讲机与基地联系：“尚未发现目标，尚未发现目标。”

“船舶随风漂流，经度变更，经度变更……”

“钟寅收到。”

“船上情况混乱，已有船员落海，注意营救，注意营救……”

“钟寅收到。”

天色好像忽然间暗了下来，密密的乌云遮蔽了半边天空，而后一道亮光闪过，便是轰隆的雷声。

紧接着，豆大的雨点落了下来。

“不好。”钟寅在心中念叨，更加紧迫地搜寻着船只。

“机长，那里！”

低头看下去，墨黑色的海面上，的确漂着小小的星火。

钟寅深吸了一口气，缓缓地将飞机往下降。

海上的风浪起得猝不及防，钟寅正要将救援绳放下的时候，忽然一个凶猛的浪潮打来，那艘渔船猛烈地摇晃了几下，眼见着甲板上的一名船员被浪潮卷到了海里。

钟寅的眉头微微蹙起，对讲机里传来基地的天气状况汇报：“钟寅，现在海面上风力九级，浪高七米，渔船还在往东南方向漂移，百米之外便是悬崖峭壁……”

“明白！”钟寅表情坚毅，定位准确渔船位置之后，将飞机下落到离救援目标上方约十五米的地方悬停，“救生员准备。”

“是！”两名随行人员应命。

阿晟和阿乐，看上去还都很年轻，但救援经验已经十分丰富。他们通过绞车，迎着狂风缓缓下降。直到眼见着他们落到甲板上，钟寅才微微放下心来。

他在东海救助局工作已十年出头，最开始是船舶救助，到后来被抽调出来进行飞行救助培训。这种恶劣天气下的救援，几乎每年都会出现一两次，每一次出行都是以人命与天斗。

“把生的希望留给别人，把死的危险留给自己”，这是每一个救助人员在进入救助局第一天，便要宣誓的内容。

今晚注定也是场困难重重的救助。

陆桑前些时日老馋三文鱼，他原本是在格兰汇订了位子，打算晚上带她去吃饭的。

5.

阿晟虽说已经落在甲板上，但风大浪大，上面基本站不住人，再加上已经有两名船员跌落到海中，眼看着天色一点点暗了下来，钟寅的心刚放下来两秒钟，便又提到了嗓子眼。

阿晟在甲板上趔趄了两步，稳住自己之后，赶紧示意渔民们安静下来。他将那位最年长的，脸色看上去很差的老船员先扶上绞车，固定好之后，绞车缓缓上升。

钟寅驾驶着的，是一架中型的救援机，能容纳十几个人。

这些年的海上救援中，他见过太多海洋翻脸无情的时刻，说什么人定胜天，巨大的自然灾害面前，人如蝼蚁，如蜉蝣，不堪一击。当然有很多从海水中挽救出生命的先例，但也有一些生命，纵使整个救助局用尽全力，也只能葬身在茫茫汪洋之中。

风力太大，发动机早已失灵的渔船又漂离了数十米的距离，钟寅集中注意力，小心翼翼地调整着飞机的位置，被吊在半空中的阿晟，全身上下全部湿透。

眼见着船只就要撞上陡崖的时候，阿乐终于把最后一名年轻的渔民送上绞车，两人的双脚刚离开甲板，下面便响起了猛烈的撞击声。

“轰隆——”巨大的爆炸声中，墨蓝的海面好似被撕开了一道口子。机舱里的那些渔民，因为过度惊吓，有的忍不住发出低沉的类似某种兽类的哭声。

将获救的渔民送到救助站之后，钟寅没有休息的时间，重新返回机舱，准备起飞。

跌落到海中的两名渔民下落不明，必须立即进行搜救，救助局同时派遣出了救助船进行残骸打捞。结合跌落位置及水流速度，搜救区域定位在了沉船周遭五公里的海域。上飞机前钟寅已经灌了两杯黑咖啡，精神丝毫不敢放松，唯恐错过一丁点的援救机会。

这次搜救持续了整整二十个小时，直到第二日晌午，他们才分别在两处浅滩，找到已经昏迷的两人。

安置在救助站的渔民随即被送到了救助局的附属医院，进行诊治，有些伤势比较严重的，立即安排了住院。

钟寅暂作休息之后，局里安排他代表救助局去医院探望。他在一间病房同一个名叫赵淮的老渔民闲聊：“赵大哥捕鱼有很多年了吧？听说船上的渔民，好多都是十几岁就出海捕鱼了，真不容易。”

“对啊，船上是有不少年轻人，十几岁的时候就出来了。我倒不是，我以前不是做这行的，以前我还是个警察呢，身子骨不比你这小伙子弱……”

钟寅笑：“现在看起来也结实得很啊。”

话音刚落，手机响了起来，是陆桑的电话。

“阿寅，你在哪儿呢？”陆桑问道。

“我在医院。”

“医院？我也刚从小南瓜病房里出来，你在哪间？”

报了自己所在的病房号，钟寅挂了电话转过头去，将手中的香蕉递过去：“来，赵大哥，吃点东西。”

几分钟之后，陆桑推门进来。

应当是刚从工作中抽身，她身穿一袭修身的白色套裙，脚上是裸色高跟鞋，头发绾在脑后，脸上化着精致的妆容。

钟寅的脸上是浅淡的笑意：“小南瓜好多了吧？”

陆桑点头：“暂时稳定住了，但总这样提心吊胆的也不行，我还是想着尽快带她出国。”

病床上躺着的赵淮插了句话：“钟先生，这是你女朋友啊？”

“我不是。”陆桑笑笑，把身体微微一侧，整个人便出现在赵淮面前，“老朋友。”

两人的目光都落在对方的面庞上，赵淮的笑容定格了下来。他愣了愣，好似有些难以置信，伸出手来揉了揉眼睛，有些不确信地开口：“方棠？”

陆桑还是方才挂在脸上的那副微笑，把头微微一歪，耳垂上小巧的耳坠跟着摇晃了一下：“这位大哥是把我认成了别人，是吗？”

赵淮有些犹豫，好像并不能很准确地辨认出来眼前的这个人是不是他所认识的那个人，思忖了片刻开口问道：“你是不是叫方棠？”

“什么方糖圆糖，”钟寅转过脸去，打断了老赵的话，“她叫陆桑。”

老赵忍不住咋舌：“那我认错人了，不过你这姑娘，还真像是我一个相熟的人，她的眉眼跟你特别像。”

他沉默了一会儿，双眼一下子黯淡下来，整个人陷入久远的回忆中，喃喃道：“那个丫头如果还活着的话，应该也是你这个年纪。”

6.

晚上的时候，陆桑又梦到了溺水。

冰冷腥咸的海水，灌进鼻孔，灌进嘴巴，她挥舞着手脚拼命挣扎，却动弹不了，好似双脚被捆绑上巨大的石块一样。四周一片漆黑，一片寂静，是深入骨髓的恐惧和孤独，好似这尘世间，只有她一个人。

大声喊叫的声音听不到，号哭的声音听不到，心脏跳动的声音也听不到。

也许是要死了吧……那就这样死去吧……她沉沉地合上双眼。

耳边却依稀听到一个声音。

“棠棠。”

有什么人拉上了她的手：“棠棠。”

猛然睁开眼睛的时候，陆桑已经是泪流满面。她索性起身洗了把脸，打开冰箱倒了一杯白葡萄酒。手机上有留言，是 Gavin 发来的图片。

宝格丽的钻石戒指，璀璨夺目。

下面是他的留言：“Do you like it？”

陆桑刚准备回复，电脑右下角有新邮件的提醒。她走过去挪了一下鼠标，点开，看到后微微惊喜，是苏岚发来的结婚请柬。苏岚是钟寅的同事，原本也是在东海救助局工作，前两年因为身体缘故提前退役，但同陆桑和钟寅，都还断断续续地保持着联系。

只不过上次联系时，她在电话中说自己加入了“绿色江河”——

一支对长江流域烟瘴挂峡谷的生命多样性进行调查的调研队伍，她在那里做一些记录和紧急救助方面的事情。那时候苏岚还是单身，没想到这才几个月过去，就传来了结婚的消息。

真是替她开心，陆桑回复了邮件，表示“一定准时参加”。

彼时，任树正坐在书桌前查找文献资料，觉得有些疲惫，便放下了手中的文献，闭眼休息了一下，起身煮了一杯咖啡。

拿起手机刷一刷新闻，只是目光粗略地扫过去，忽然被一条题为“东海海域某渔船失事，救助局连夜救出渔民”报道中的图片吸引住。他将图片点开放大，确定里面的那位老渔民，是赵淮。

翻到新闻的尾部，“日前，被救助的渔民暂时在东海救助局附属医院接受治疗”。

少年时期，任树没少受到赵警官妻子的照顾。他看了一下这几日的日程安排，打算第二天一早飞到厦门看望一下他。

隔日，到达医院的时候已经是傍晚，任树推门进去，手中提着一些营养品和补品。

赵淮的身体已经好了很多，见到任树很是惊喜：“小树？你怎么知道我在这里？也不打声招呼就过来了！”

任树笑笑：“我也是昨天看新闻，才知道这个事情，不然早就过来看望您了。”

“嘿，”赵淮摆了摆手，“跟我还客气什么，我这还好，没什么大事。哎，我跟你说，那天的风暴，可真是吓人！我可是好久没见到这样的风暴了，要不是救援及时，恐怕我们一船人就淹死在海里了。”

哦，风暴。

任树的眼神微微黯淡了一下，那一年十六岁的方棠，在海上遇到的，想必也是这样肆虐的风暴。

当时的她，那个瘦弱的她，会不会害怕呢？

赵淮做过二十余年的警察，自然是有着极其敏锐的观察力的，看得出来任树的眼神有微微的不对劲，知道他大抵是想起了十来年前的往事。

他叹了口气，这十来年来，他又何尝不是生活在内疚和自责里。

任树在病床边的椅子上坐下，赵淮想起什么，开口道："对了，小树，跟你说一件特别巧的事儿，前几天我见到一个姑娘，差点认成了方棠。"

"是吗？"任树递过去一瓣橘子。

赵淮点头："猛一看肯定觉得不是，气质什么的完全不一样，这个女孩子看上去像是那种养尊处优的孩子，但仔细端详一下眉目眼神，就觉得特别像。"

任树笑了笑："可能是有长相很相似的人吧。不过说来奇怪，我最近也是忽然觉得棠棠还在我身边一样。"

外面的天色暗了下去，影影绰绰的光线从窗帘的缝隙中漏出来，任树的脸，也沉没在那样的阴影中。

"有时候我会想，棠棠是不是没有死。"

"也许她正在世界的某个角落，安静地生活着。"

"也还是像以前一样，喜欢花花草草，喜欢画画。"

7.

两周之后，钟寅也接到了苏岚婚礼的邀请，婚礼当天他开车来接陆桑和小南瓜一起过去。

小南瓜被精心打扮了一番，看上去可爱极了，一见到钟寅就蹭到了他怀里："钟寅叔叔。"

钟寅佯装生气，在她脑袋上敲了一下："跟你说过多少次了，叫哥哥。"

"才不是哥哥。"小南瓜吐了吐舌头，回头看了看陆桑，"对不对，桑姐姐？"

"你这小丫头，晚上还要不要去吃必胜客了？"

"去吃去吃，"小南瓜故意拖长声音，软软糯糯地喊了声，"钟——

寅——哥——哥。”

“好啦，你就别逗她了。”陆桑笑了笑，“一会儿时间可赶不及了。”

若不是故交的缘故，任树断断是不可能出现在Leo和苏岚的婚礼上的。

他自小性格安静，交友少，高岭之花一般，身上总有股避世的味道。婚礼这种太人间烟火气的场合，他是避之不及的。

Leo先前给他打电话，问他能不能帮自己的婚礼做花艺造型，任树还没来得及拒绝，Leo就在电话那边笑，用不太标准的中文说：“任，你亏欠我的。”

是的，两年前任树到亚马孙森林去寻找一种濒危植物的种子，被暴雨困在那里，手机进水与外界完全联系不上，地湿路滑，摔倒之后崴了脚，几乎是陷入绝境。

是Leo在密林之中发现他的。

他是供职于《国家地理》的摄影师，在亚马孙森林已经蹲点许久，就等着拍暴雨之中的动物。当时暴雨之中的任树面色发白，似乎下一秒钟就要昏厥。

大胡子Leo惊呼了一声，立即冲上前去，把他扶住，先用手摸一摸他的额头，滚烫滚烫的，好像要燃烧起来。

好在Leo的行李包中有多余的雨披，也有各种药品。

雨势渐渐小了一些，Leo临时搭起了帐篷，把矿泉水、退烧药和消炎药送到任树的嘴边。

Leo毕竟比任树年长几岁，又因为摄影经常出入这种地方，所以准备得还是周全一些。任树慢慢苏醒，他又悉心照料，将饼干和牛奶递上去。

由此结下的情谊，说是救命恩人也不为过。

一年前，Leo来到中国，以野生动物摄影师的身份加入“绿色江河”组织的专业队伍，也就是那个时候，他认识了同样在队伍中的苏岚。

烟瘴挂峡谷原始恶劣的环境中，爱情像闪电一般击中了这个帅气的美国男人。

号称自己是“不婚主义者”的Leo，在同苏岚第三次约会时，便冲进旁边的首饰店，买了钻戒求婚。

这场婚礼虽然规模不大，但两人都十分重视，光是花艺造型，就在视频中同任树前后沟通过很多遍。Leo不厌其烦：“苏不喜欢玫瑰，我们婚礼上不打算用玫瑰。还有手捧花，手捧花也想要特别一些……”

就这样，任树一个驰名中外的植物学家，被压榨成婚礼上花艺造型的专职劳动力。

不过他也相当用心，两人是海边婚礼，手捧花主要用的是蓝色矢车菊，喷泉草、鼠尾草、兔葵和芦莲搭配成圆形，效果图出来的时候，苏岚和Leo都很喜欢。

婚宴简单温馨，坐在下面宾客区的任树，都不禁有些动容。

“虽说现在打开网络，到处都在喊着踢翻狗粮，但怎么说呢，爱情这个东西，真的看到了，还是会非常羡慕的。”

任树中途去了一趟洗手间，走回来的时候，远远地就听到这样一个声音。

“应当是朋友致辞吧。”他思忖道。

“特别是你可以遇到一个你爱的人，正好他也爱你。Leo、岚，祝幸福。”

舞台上的女生言笑晏晏，在任树坐下之前，她已经下台走到人群中坐下，歪着头对身旁的钟寅耳语。

主持人挥手：“那现在新娘开始扔捧花，现场所有未婚女生都请站到台上来。”

钟寅用手肘捅了捅她：“桑桑，快上去。”

“我才不要，好幼稚。”陆桑板着脸直接拒绝道。

“走嘛，我也要去。”小南瓜一把拉住陆桑的手，把她往舞台上拖。

音乐声响起来，人群熙熙攘攘的，在大家此起彼伏的欢呼声中，苏岚抛出了那束手捧花。

手捧花在半空中划出一道优美的弧线，被一些女孩高举的手触碰到之后，又被拍到了半空中。

最后不偏不倚，落在了站在最后面的小小的小南瓜怀里。

她咧开嘴粲然一笑，对着陆桑扬了扬手中的花，蹦蹦跳跳地到她面前，把花塞到了她的手中。

陆桑看着她可爱的脸蛋，只觉得胸腔中洋溢着温柔的情绪，俯下身来，捏了捏她的鼻子。

已经折回来坐定的任树，抬起头看向舞台的那一瞬间，耳边仿佛传来巨大的雷声。

手中的高脚杯跌落在地，酒红色的液体溅出来，周遭是白纱和花海，言笑晏晏的宾客。任树一时间有些恍惚——是梦吗？眼前的这一切，是梦境吗？

相逢唯恐是梦中。

那年十七岁的暮冬，任树生了一场大病，没日没夜地卧床。

没有了棠棠，对于他来说，这人世间，除了雪和雾以外，就再没有什么别的东西了。

一切都是老样子，雨水从屋顶上滴滴答答地落下来，似乎已经有了初春的喧嚣之声。可是从卧室的那扇窗户看向外面，还是冬天的景象。

到我的梦中来吧，我的爱人。

彼时的任树，不止一次这样呼唤。

到我的梦中来吧，我的爱人。

任树的那句“棠棠”，几乎是不假思索地喊出来的。

第二章

# 重逢（下）

1.

周围熙熙攘攘，俯下身去揉着小南瓜脸的陆桑，忽然就觉得那嘈杂之中，有一个遥远却清晰的，和梦中一模一样的声音。

“棠棠。”

她整个人愣在那里，站起身来，下意识地抬起头，有些茫然地循着那声音的源头看去。

百米之外，站着一个年轻的男人，穿白色衬衫和黑色西裤，傍晚的海畔，夕阳在他的周遭打上金色的光泽。

她的眼神触碰到了他的。

任树只觉得好似有洪水冲开了堤坝，胸腔里翻滚涌动着的，是潮湿的强烈的情感。

即便是当年她一头乱糟糟的头发变成了柔顺的长发，昔日浑身脏兮兮的衣服变为如今穿着得体的套装，但只要对视一眼，任树便在心中笃定，那就是方棠。

有来来往往的侍从给每个餐桌加菜，一些身影挡在了任树的面前，他伸出胳膊去拨开，而后迈开双腿，准备冲上前去。

然而不对，那双眼里闪烁的光芒好似只是一瞬间的事情，台上的陆桑，脸上并没有认出旧人的多余的情绪。她沉静地扯了扯身旁小南瓜的手，恢复了方才脸上的微笑：“我们下去吧。”

钟寅正起身等在那里，抢到捧花的小南瓜很是得意，跑过去抱住他的双腿。钟寅咧开嘴笑了两下，一把将她抱了起来。

陆桑伸出手去帮小南瓜整理了一下被风吹乱的刘海，脸上也是浅淡的笑意。

那一瞬间，任树觉得自己好似站在流沙之上，双脚陷在其中，沙丘缓缓下沉，无法再向前走出一步。

每张餐桌上都有专门定制的姓名牌，任树看过去，她面前的牌子上，是“陆桑”两个字。

心中刚才陡然升腾出来的火焰缓缓地熄灭，任树强迫自己冷静下来，在椅子上坐定。

俯身伸出手去，将方才掉落在地上的玻璃杯碎片捡起来，手触碰上的时候，手背上有冰凉的液体。

他已经很多年没有流过泪了。

这一生的眼泪，好似都在十七岁的那个夏天，彻底地流干了。

但疼痛的感觉从来没有消失，只是日子慢慢滑过，凭借着自控和意志，它出来打招呼的时候，渐渐少了一些。

但十一年了，它从来没有减轻过。

“也许那并不是方棠吧，”任树思忖，“也许只是茫茫人海里，一个跟她有着相似眉眼的人吧。”

婚礼的流程和仪式已经结束，大家随意地走动，吃着自助餐点。苏岚走到前同事那边跟钟寅还有陆桑聊着天。不一会儿，Leo 大声喊任树：“树，过来合影。”

苏岚正好听到，拉起陆桑的手：“走走，我们也一起去。拍照区的花朵背景墙，设计得可漂亮了。”

陆桑脸上的表情有一点点微妙：“我就不去……”

苏岚板起脸来：“人家都是主动去找新人拍照，你倒好，找你拍照还不去，走走。”

她也顺道拉上了小南瓜，对着钟寅说：“走，钟哥，一块儿。”

背景墙前，任树已经站在那里，苏岚拉着三人加入，陆桑的胳膊和他的轻轻擦过。

摄影师已经举起了相机，示意几人再靠近一些：“对对，再笑一点，很好很好。”

一张拍过之后，任树把目光投向陆桑，自动往旁边站了站：“要不要你们一家三口拍一张？”

苏岚发出爽朗的笑声：“什么一家三口！陆桑，大龄剩女。钟寅，黄金单身汉。再拖着一个小南瓜。”

“桑姐姐才不是剩女，桑姐姐是女神。”小南瓜声音稚嫩，扬起头说道。

任树的心中莫名松了一口气，好似少年时期坐在考场上，试卷发下来之后，看到所有的题目都是自己会做的，心里亮堂堂的。

然而陆桑的声音响起来：“好了，苏岚，什么大龄剩女，我可是准备嫁给 Gavin 了。”

苏岚眼睛一翻：“我的天，你真要嫁给那个美国暴发户？”

陆桑不置可否。

任树站在那里，心中是万丈波涛，可脸上仍旧是风平浪静，只有深深看进其双眸，才看得到其中的暗涌。

陆桑的眼睛自始至终没有落在他的身上过，倒是苏岚打趣：“我觉得暴发户不靠谱，我老公这个朋友倒不错。”

她已经为陆桑介绍开来：“任树，二十八岁，植物学家。哎，对了，正好桑桑你也喜欢植物，来，你们认识一下。”

陆桑抬起头来飞快一笑，而后把头垂下去，双手扶住小南瓜：“好了，别闹了，我要带小南瓜去吃蛋糕了。”

婚礼上流淌着科恩的歌曲，安静祥和的音调，任树隔着熙攘的人群，偶尔把目光投向远处的陆桑。

他的心中仍有些隐约的期冀，或是幻想。

遥远的海面上波光粼粼，有一艘帆船平缓地行驶着，任树想着，若是那艘帆船驶过去之前，她能转过身来看自己一眼。

他便能在心中笃定，她是他失而复得的瑰宝。

然而她始终没有转过头来。

2.

拳击馆里没有开空调，八月末的伏天，戴着厚厚的防护头套和拳击手套的陆桑，一遍又一遍地对着沙袋挥舞着拳头，全身如同从水中打捞出来的一般，随着每一次拳头挥舞出去，汗水也挥舞出去。

陆桑是大学的时候开始学拳击的。那一阵子她常常受失眠的困扰，即便是入睡，也总是被各种各样的梦境困扰，钟寅建议她去学一项运动。她第一次试着练拳击便被吸引，产生了浓厚的兴趣，就这样坚持了下来，不用出差的时候每周都会过来一次。

她出拳时快、狠、准，眼神凌厉，和平日里的温和截然不同。有刚入门的学员向她请教如何挥拳，陆桑摆出架势："你就想象着你最恨的一个人，伤害你最深的一个人，现在站在你的面前嘲笑着你，你要做的，就是狠狠地把这一拳挥出去。"

落了话音，她那一记拳，已经漂亮地打了出去。

练习了两个多小时，整个人几乎到了筋疲力尽的状态，她才把头套摘下来，和身旁的教练笑着聊了两句，随手拿起桌子上的矿泉水喝下一口。

身后有人喊她的名字："陆桑。"

转过头的时候，陆桑嘴角还带着方才的笑意，然而在看到来人的时候，脸上的笑意忽然凝固，恢复了往日里的冷清。

眼前的任树已经缓缓地走了过来。

"任先生？"她歪着头，"你怎么会来这里？"

任树倒也直接："我是来找你的。"

陆桑的眼皮微微下垂，看着地面："任先生不会是想追我吧？我已经订婚了，下个月就会去美国。"

"我知道，"任树的声音低沉，看了看腕表上的时间，"可以一起吃晚饭吗？"

陆桑摇摇头："吃饭就没有必要了，我要去洗澡了。"

没等任树开口，她已经把毛巾往脖子上一搭，踏着大步往浴室走去。

方才她在练习的时候，是完全没有注意到旁人的，任树就那样坐在角落里看了两个小时。看的时候他想的是什么呢？想的是有一个晚上他和方棠躺在海边的沙滩上，潮水生生不息地涌动着，他开口问方棠："棠棠，你有想过以后吗？"

"以后？"方棠转过头看向他。

"对啊，"任树扬着脸看天空，"以后想做什么？过什么样的生活？成为什么样的人？"

方棠的眼睛眯了起来，把双手伸向天空，好像那所有的星星都在她的指尖一样："具体没有想过做什么，但一定要成为很厉害的站在高处的人啊。"

"站在高处的人？"

"对啊，"方棠指着其中的一颗星星，"就像那颗星星一样，抬起头就可以被看到，我想成为被看到的人。"

"那很棒啊。"任树的嘴角浮现一抹温柔的微笑。

"你呢？"

"我啊，"任树思忖了片刻，"那我就做一直看着那颗星星的那个人吧。"

那晚的风很大，月亮有些黯淡，星星却很明亮。

方棠想了想，又补充了一句："我以后要学一门功夫，跆拳道、散打啊什么的，这样被别人欺负的时候，就可以打回去。"

任树笑笑："对，学拳击。"

他像模像样地伸出手去，在空中出了一记左勾拳。

方棠咧开嘴哈哈大笑起来。

3.

陆桑吹好头发，又重新化了个妆，走出拳击馆的时候，已经过去差不多四十分钟了。

却没想到，她刚一走出来，便有车缓缓地开到自己面前，车窗摇下，是任树的那张脸："上来吧。"

陆桑思忖片刻，伸手拉开车门，在副驾驶座上坐下。

正值下班高峰期，街道拥堵，任树把车开得很慢。

他问陆桑想吃什么，她耸了耸肩："都可以的。"

"刚才看附近有一家私房菜馆，我带你过去。"

陆桑一路保持沉默，只把目光投向窗外。

私房菜馆并不难找，在一栋白色的小洋楼里，靠窗的位置，看得到不远处的海岸线。

服务员把菜单拿上来，热情地介绍："我们这周主推七夕套餐呢，两位要不要看一下？"

"七夕了啊。"任树淡淡地应了一声。

"对啊，"服务员不过二十岁的样子，笑起来眼睛眯在一起，"套餐很划算，都是招牌菜，还赠送玫瑰呢。"

"就这个套餐吧，"陆桑打断了她的话，"玫瑰就不用送了。"

"好的。"服务员收起菜单准备离开。

任树想起了什么似的，又开口喊住了她："等一下，葱、姜、蒜不要放。"

陆桑正摆弄着桌布上流苏的右手，微微顿了一下。

"过敏是吧？好的。"服务员应声道。

陆桑明显有点慌乱，但随即就镇定下来："好巧，我也不吃葱、姜、蒜的。"

任树点头："我知道。"

陆桑把脸转向窗外，端起柠檬水喝了一口，微微一笑："任先生还说不是想追我，都把我调查这么仔细了。"

任树低头："陆小姐，你很像我一位故人。那天在婚礼上，我几乎就以为你是她了。"

陆桑不置可否，狡黠一笑："国内如今也流行这种套路了吗？去年我在巴黎度假，有法国男人过来搭讪，说我很像他初恋。任先生的那位故人，不会也是初恋吧？"

"不是初恋，"他思忖了片刻，开口道，"是至爱。"

陆桑摇摇水杯，没有再说话。

菜已经一道道端了上来，南瓜鲑鱼、香芋牛肉、冬瓜荷叶煲鸭、梅子桂花藕，任树自然而然地把陆桑面前的汤碗拿到手中，舀上半碗老鸭汤放到她面前。

“我听 Leo 的妻子说，陆小姐是做园林设计的？”

“对，算是主业，有个工作室，业余时间也做心理咨询。”她从卡包里拿出一张名片推到任树面前，“任先生如果有什么心理咨询方面的需要，尽管来找我。”

“那我就先收下了。”任树接过那张名片，迅速扫了一眼。

窗外，夕阳收起了最后的余晖，天色黯淡了下去，餐厅里的灯光旖旎，因着是七夕，流淌着的，都是温情甜蜜的歌曲。

“你是说下个月要去美国？”任树装作不经意地问。

“对，我未婚夫在那边，我带着小南瓜一起去。”陆桑把“未婚夫”三个字咬得特别清楚。

又坐了一会儿，两人陷入了尴尬的沉默中。

陆桑看了看腕表上的时间，客气道：“任先生，要不先这样吧。我还有一些事情要处理。”

不待任树搭腔，她便朗声喊道：“服务员，埋单。”

任树忙打断：“我来。”

因着去拳击馆，带的包有些大，乱糟糟地放了很多东西，陆桑总算摸到自己钱包，将它从包里拿出来的那一瞬间，有什么东西被带了出来，跌落在地上，弹跳了两下，发出清脆的声响。

任树和陆桑同时看过去。

躺在地上的，是一只带绳子的银白色口哨。

看得出来时间有些久远，那银白色已经没有什么光泽。目光落到它上面的那一瞬间，任树的脑海中响起一声嘹亮的口哨声。

——“那这个送给你，以后你遇到危险的时候，就吹响它，我就会赶过去救你。”

——“好漂亮。”

她欣喜地接过去，放进嘴里，嘹亮的口哨声，划破了当时沉闷的夜空。

彼时，陆桑站立在那里，微微有些惊慌地看着那只口哨。

倒是任树，沉默了几秒钟之后，缓缓地俯下身去，将它捡起来放在手中。他回过头看向她，把手伸过去，强忍住心头百转千回的情感：“棠棠。”

陆桑没有去接，她抓起沙发上的包，大踏步地往外走去。

华灯初上，七夕的夜晚，街头满是牵着手的爱侣。暮夏，已经有些凉意，陆桑就这样夹在人流之中，被推搡着往前走。

眼睛落在拐角处的花摊上，一簇簇红玫瑰与满天星交织。

——“棠棠，你喜欢玫瑰吗？”

——“喜欢，最喜欢红玫瑰。”

——“有人觉得红玫瑰艳俗呢。”

——“哪里，生机勃勃的，多好看。”

——“那我让我爸给带卡赞勒克玫瑰的种子，我种一株给你。”

这些年，不是没有人大把大把地送过陆桑玫瑰，她向来是不屑的——“如今市面上流行的，粉色的那种叫奥斯汀，大红色的是卡罗拉，鹅黄色的是蜜桃雪山，都不过是月季而已，骗骗小男生小女生的，你就不要再浪费心力了。”

她曾经拥有过一株真正的卡赞勒克玫瑰。

深吸了一口气，把几乎要汹涌而出的眼泪忍了回去，陆桑整理了下被风吹乱的头发，大踏步地往前走去。

二楼，任树仍旧站在方才的餐厅里，隔着落地窗，静默地看向窗外。

4.

晚上回家，陆桑同 Gavin 通了电话：“我愿意和你结婚，不过我工作上的事情还要处理一下，小南瓜的签证也还没有办好，落实好这些之后，我立即去美国。”

电话那边的 Gavin 自然十分开心：“等你，陆。”

挂断电话从阳台走出来，坐在地毯上玩积木的小南瓜扬起脸来：“桑姐姐，我们要去美国了吗？”

“对啊。”陆桑平日在外人眼中，是不折不扣的高冷工作狂，也许只有在小南瓜面前，她才会露出最最温柔的一面，“去美国多好啊，可以带你去迪士尼看白雪公主、米奇。你不是喜欢吃牛排吗？在那里我们每顿都吃牛排。而且现在小南瓜是不是觉得心脏动不动就会不舒服？等我们到了美国，那里有个神奇的医生，让他给你施展一下魔法，小南瓜就会有世界上最强壮的心脏……”

“那钟寅哥哥呢？”小南瓜嘴巴一撇，委屈巴巴的样子，“钟寅哥哥会不会跟我们一起去？”

没想到她担心的竟然是这个，陆桑微微一愣，开口道：“钟寅哥哥不跟我们一起去美国，不过我们可以经常给他打电话，小南瓜想他的时候，我就带你回来看他。”

“骗人，钟寅哥哥说，你去美国之后，要和别人结婚了，就不会经常给他打电话了。”

“乱说，”陆桑拍了拍小南瓜的脑袋，“钟寅哥哥是我的恩人，是我的好朋友，就算我和别人结婚，也会经常和他联系的。”

“那你为什么不能和钟寅哥哥结婚？钟寅哥哥多好啊。”小南瓜还是噘着嘴巴。

陆桑索性也坐在地毯上，和小南瓜一起堆着五颜六色的积木：“小南瓜，你还小，等你长大了就会知道，世界上很多事情，都不是那么简单的。”

小南瓜不再言语，却还是耷拉着脑袋，圆鼓鼓的脸上摆出一副不开心的样子，倒让陆桑觉得有几分好笑。

陆桑是两年前把小南瓜接过来和自己一起生活的，那一年她才不过三岁，是被福利院送过来做心理治疗的。因为自幼生活在一个畸形的家庭中，小南瓜自闭倾向严重，缺乏安全感，完全拒绝与外界沟通。

陆桑用了很长一段时间，才渐渐让她打开心扉，愿意去接纳外部世界。

后来她对陆桑产生了极其强烈的依恋感，父母被执行死刑之后，陆桑和福利院商议，只要她在家的时候，都会把这个孩子接到身边。

她慰藉了这个孩子，这个孩子也慰藉了她。

让那个曾在二十岁信誓旦旦地说着“我不需要爱，也不会付出爱”的冷漠坚硬的女孩儿，有了柔情与牵挂。

但她也知道，小南瓜自幼就患有心脏病，她必须想尽一切办法治好她。

这些年业余做心理治疗，陆桑已经见识过人间的太多苦难，行走在路上的许多个微笑的人，心底可能都怀揣着无法对人言说的阴霾与重负。

她努力去倾听，去接纳，去给出建议，去帮助他人重建。

然而她始终无法治愈自己。

翌日，钟寅在救助局带领新进来的几个年轻男孩训练的时候，有人喊他：“钟队，有人找你。”

钟寅看了看腕表，做出手势：“现在是操练时间，等四十分钟之后。”

四十分钟之后，身穿迷彩服的钟寅将头上的帽子拿掉，一边大口喝着矿泉水一边往休息室走去。见到来人时他感觉有些面熟，可一时间又想不起来在哪里见过。对方先伸出手来：“我是任树，在 Leo 的婚礼上我们见过。”

“噢，”钟寅恍然大悟，“想起来了。”

但他还是有些不解：“你怎么会来找我？”

原本任树想建议出去坐坐，但局里毕竟管理严格，休息室也没有其他人，钟寅表示可以就在这里谈。

“我是有些事情想问问你，”任树开口道，“是关于方棠的。”

“方棠？”

“就是现在的陆桑。”任树解释道，而后从口袋里拿出一张照片，递到钟寅面前。

那张照片已经褪色发黄，看上去有些年月，钟寅不明就里地接过来，照片上是一个少女。

那女孩儿坐在树下，穿着看不清颜色的宽松的毛衣和长裤，好似并不知道有人在拍她，侧脸看向一旁。

“你觉得这是陆桑吗？”任树问。

钟寅没有开口，坦白来说，若是旁人，看到这张照片，几乎不可能把她和如今的陆桑联系起来。

如今的陆桑，是国内知名的园林设计师，名下的工作室估值上亿，穿香奈儿的套装，走路的时候脚下有风，整个人好似一枝铿锵有力的红玫瑰。

照片上的少女，衣服脏兮兮的，整个人羸弱、憔悴。

若非要找出什么相似之处，应当只有眼神，倔强又清冷。

但钟寅不同，钟寅当然认得出来，照片上任树嘴里的方棠，就是陆桑。他十一年前第一次见到陆桑的时候，她就是这个样子——瘦弱、惊恐，整个人好似荒原上的一只小动物一样，战战兢兢的，时刻担心自己面临着灭顶之灾。

不明白来人的用意，他自然也没有立即回答，反问任树：“是又如何？”

“我一直以为方棠已经不在人世了……”他的声音有微微的哽咽。

十一年前。

钟寅盯着手中的那张照片，脑海中很多记忆汹涌而来，十一年前，那个狂风暴雨肆虐着的救援夜晚。

5.

若是查新闻，应当还可以找到那条旧报道。那天下午，闽江口水域“德胜”号与“富航”号相撞，船上多人未撤退成功，东海救助局启动紧急救助工作。

原本计划出动救助船，但正逢台风突袭，救助船完全无法靠近，只得转为飞行救助。海上飞行救助队那时候才成立不久，钟寅是从海上船舶救援转业到那里进行飞行培训的，先前他作为后备飞行员参加过一些飞行救助，但那一次，是他第一次以机长的身份救人。

救助难度异常大，恶劣天气下的海洋如同嘶吼号叫的野兽一般，不断有银色的闪电撕破浓墨般的夜空。将两艘失事船只上未撤退人员全部营救上来的时候，已经是凌晨时分。

大家都松了一口气，基地也下达了返航的命令。然而，就在钟寅准备返航的时候，飞机上的强探照灯最后一遍从海面上扫过，他的眉头紧紧蹙起，大喊了一声：“不能返航，还有人！”

对讲机里传来基地的声音：“钟寅，已经做过人数统计，所困人员已全部救出，立刻返航，立刻返航。”

风雨已经平息了下来，方才呼啸的海面也已平静下来，乍一看去，看不到任何人影。

钟寅却坚信方才探照灯从海面上照过去的片刻，随着海浪上上下下起伏的，是一个人影。

“不能返航。”他肯定地回复一句，然后将探照灯全部重新打开，救援机缓缓往下降，在离海面不过十五米的高度搜索着。

同行的后备飞行员有些担忧：“机长，基地在命令返航，而且，救生员都转移在了另外两架飞机上，我们是救不了人的……”

“救得了。”钟寅声音坚定，屏住呼吸，驾驶飞机继续在海面上空盘旋，“只要有人，就一定要救。”

探照灯继续晃动着，钟寅耳边的对讲机里传来基地领导愤怒的声音：“钟寅，二十分钟后海面上还有台风，我命令你返航！立即返航！”

身旁人也劝他：“机长，这样会受处分……”

“保持安静，协同搜索。”钟寅冷静地下着命令。

机组人员不再言语，大家对视了一眼，相互点了点头，也协同进行着搜索。

五分钟过去了……十分钟过去了……十五分钟过去了……钟寅只能估算落水人员可能的漂流范围。

“看到了！”同行的阿荣大声喊道，声音有些激动，“在那里，那里有人！”

探照灯明晃晃的灯光打在了一块木板上，果不其然，仔细看过去，木板的边缘，有一个小小的身影。

“阿荣，”钟寅转过头看向身旁，并非征询意见，而是直接命令，“做个交接，你来飞，我下去救人，控制好高度。”

“机长……”

“遵守命令。”

“是，机长！”

将救援绳在自己身上捆绑好之后，钟寅双手握住绳子，一点点往下降落。

台风就是在那个时候卷土重来的，刚刚平静下来的海域，一时间又如同被惊扰到的巨龙，有让天地变色的力量。

一个巨浪打过来，方才的那块木板，便了无踪影。

暴雨毫不留情地拍打着钟寅的面庞，绳子也有些滑，他双手抓得更紧。

头上帽子上的探照灯也在四处照射着，钟寅的心中有些急切，也有些担忧，如此恶劣的天气，若不及时找到，那人几乎没有生还的可能。

飞行员强顶着基地的压力又来来回回在海面上方盘旋了十几分

钟。驾驶飞机许久，又这样被吊在半空中，钟寅也几乎筋疲力尽。

就在快要放弃的时候，肆虐的狂风暴雨中，忽然传来清脆嘹亮的口哨声，好似光明和希望一般，即便是在那样肆虐的风暴中，却还是依稀可辨。

二十出头的铮铮男儿，眼泪几乎要流了出来。

少女被钟寅用救援绳系在腰间环抱住带回机舱的时候，嘴里仍旧牢牢咬住一只银色的口哨。毫无血色的一张脸，嘴唇发紫，只有微弱的生命迹象。纵使钟寅利用所学知识做紧急抢救，还是没有任何好转。

飞机着陆之后，少女立即被安排送往救助站附属医院进行抢救。

她在医院昏迷了整整五天，做了很多次的心脏复苏，第六天的时候，才渡过危险期。

护士司芸开心极了，从病房冲出去给钟寅打电话。

少女缓缓地睁开眼睛，盯着头顶上完全陌生的天花板，有那么一瞬间的茫然。

转过头去，映入眼帘的第一个画面，便是钟寅俯身将手中的花束放在床边柜子上。

康乃馨和满天星，中间搭配着的，有几枝她喜欢的红蓼。

钟寅转过头来，碰上她的目光，眼里有欣喜："你醒了？"

那一刻，少女觉得异常安心。

好似前尘旧梦都已消散，她的今生，从此刻开始。

她全身上下除了衣服和脖子上的那只口哨，没有任何可以识别身份的东西。钟寅问她的姓名、住址，她紧紧咬住嘴唇一言不发，用警惕的眼神打量着他。

司芸私下同钟寅说过："小姑娘身上很多伤疤，新的旧的都有，应该是受过很大的伤害，一定要注意保护她的情绪。"

她不说，钟寅倒也不逼问，附属医院和救助局紧紧挨在一起，闲暇的时候他便会过来看她，偶尔带点零食、水果或者拿几本书。

小半个月后，因为中秋快要到了，钟寅过来时给她带了一盒冰皮月饼，拆开一个递给她。她犹豫了一会儿，伸出手颤巍巍地接过，放在嘴里小心翼翼地咬了一口，好像想起了什么往事一般，垂下头去，微微笑了一下。

她开口说了这么长时间以来的第一句话。

“我叫陆桑。陆地的陆，桑叶的桑。”

除此之外，她不愿意再透露更多的个人信息，钟寅查阅最近一年报上来的失踪人口名单，也没有找到这个名字。

她说她叫陆桑，钟寅便接受了这个名字。

他当然知道她有伤痕，她有阴霾，她有不愿提及的往事。

他并不想去追问这些。

6.

高崎机场，国际航班候机楼前。

陆桑从送机车的后备厢里拿出行李箱，将一起带着的泰迪熊塞到小南瓜的手中：“来，抱好你的熊宝宝。”

相关手续差不多都已妥当，工作上的事情虽说还没有完全处理好，但想着在纽约也可以继续处理，Gavin 也在催促着，陆桑还是选择了尽早出国。

手里牵着小南瓜去柜台办理值机手续，小南瓜还是第一次坐飞机，对一切都很好奇。

手机不停地在响，各种事情仍旧是在处理之中，陆桑一边拿着两人的登机牌找安检口，一边戴着耳机用英文交涉着日前接下来的这个园林设计的 case（单子）。她刚挂断电话，又有电话打来，她下意识地接通：“你好，哪位？”

那边传来的，是始料不及的声音：“棠棠，是我。”

事到如今，陆桑知道自己若是再说出“你认错人了”之类的话，只能显得苍白无力，需要更多的解释。她一时间不知道如何作答，索性沉默。

任树开口："你什么时候有时间？我想和你好好聊一聊。"

陆桑在心底轻轻叹了口气，而后开口道："我没有时间了，今天就飞纽约。"

"今天？"任树有些吃惊。

"对，"陆桑抬起头看了看候机大厅墙上随处可见的时钟，"一个半小时以后。"

她已经牵着小南瓜的手走到了安检区的VIP通道，示意小南瓜将手中的矿泉水丢到垃圾桶，对着任树开口道："我要去安检了，先挂了。"

顿一顿，她又补充了一句："任树，你就当方棠已经死了。"

任树几乎是疯了一般推门跑出房间，径直冲到地下车库，将车开出来。

高崎机场，他满脑子都是这个地方，高崎机场。

一个半小时，时间是足够的，但恰逢晚上下班高峰期，处处拥堵，汽车开两分钟就要停上五分钟，任树等得焦躁。

担心方棠已经过了安检进了候机厅，任树给自己的助理打电话："你帮我订一下机票，厦门飞纽约的，今天晚上的，哪趟航班都可以，只要保证我半个小时之后到机场能拿到票就可以了。"

坐在驾驶座上的他，看起来面无波澜，心中却好似升腾着火焰，热烈、炙热，快要把自己灼烧了一般。

八月底，仍旧是多雨，方才晴朗的天空忽然云层涌动，而后便有豆大的雨点砸下来。车流的移动更加缓慢。作为一个自然科学家，他竟然在这一刻，由衷地想向上天祈祷。他已经失去了她一次，他祈祷这一次，上天能帮助他留下她。

小南瓜不肯在候机室好好休息，陆桑陪着她到登机口那边隔着玻璃看飞机，她把整张脸贴在玻璃上："桑姐姐，下雨了呢。"

"对啊，下雨了。"陆桑伸手揉了揉小南瓜的脑袋。

口袋里传来手机短信的声音，她拿出来看，是方才任树的号码。

“棠棠，留下来吧。”

陆桑在屏幕上移动着手指，准确地按下了“删除”，想了想，顺势将任树的号码设置成了“阻止来电”。

广播里已经传来了登机的通知，陆桑牵着小南瓜的手大踏步地往 A12 登机口走去。

“棠棠。”那叫喊声响起来的时候，陆桑只觉得心中一颤。

不要回头。她告诉自己。

“棠棠。”

不要回头。

候机厅人来人往，熙熙攘攘，在一片混乱与嘈杂声里，陆桑听到了嘹亮的口哨声。

三短一长。

陆桑只觉得双脚好似有千斤重，每往前走一步都异常艰难。

三短一长。

有冰凉的液体顺着面庞滑落，小南瓜扬着头看她：“桑姐姐，你怎么哭了？”

三短一长。

前尘旧事席卷而来。

那年收到银白色的哨子的她欣喜地吹来吹去，和任树设定了每个哨音表达的意思。

两个短声是“再见”，三个短声是“帮帮我”，三个长声是“谢谢你”。

三短一长——是某日她心血来潮看着任树时，偶然吹出来的，任树问她是什么意思，她坚持不肯说。

是“最喜欢你”。

陆桑的脚步停了下来，猛然转过头去。

他因为一路奔波，额头上是细密的汗珠，衣服也微微潮湿。

那只哨子仍在他的嘴边，他缓缓地一步步向她走来。

陆桑的眼泪汹涌而下，整个人呆呆地站在那里，哭得不能自已，她一遍遍地呢喃着他的名字：“任树，任树。”

他在她面前站定，一把将她揽在怀里：“棠棠。”

国际航站楼那天放的背景音乐，是中岛美嘉的歌。

她空灵又绝望的声音正好唱到了那首歌的最后——

曾经我也想过一了百了 / 是因为还没遇见到你 / 像你这样的人存在这世界上 / 让我稍微地对这世界感到喜欢 / 像你这样的人存在这世界上 / 让我稍微地对这世界有了期待

# 第三章
# 相聚

1.

好在这是机场，见证过这人世间太多的告别与分离，让陆桑的这场哭泣显得并不突兀。

惊恐的是小南瓜，她从未见陆桑这样哭过，一副怯生生的样子，伸手死命拽着陆桑的衣摆。

机场大厅的广播里回荡着工作人员的声音：“陆桑女士请注意，您乘坐的厦门前往洛杉矶的MF857航班很快就要起飞，请您迅速前往登机口A12登机……陆桑女士请注意，您乘坐的厦门……”

情绪的崩溃只是暂时，伴随着工作人员不急不慢的声音，陆桑方才崩溃了的情绪渐渐平复下来，整个人也感觉到理智正在回归。

意识到自己身旁跟着的小南瓜，她将自己的身体从任树的拥抱中抽离出来，往后轻轻退了两步。

眼泪已经吞咽下去，她对着任树摇摇头，轻轻说出“抱歉”两个字，而后一把抓住小南瓜的手，转过身大踏步地朝着身后的A12登机口走去。

任树的那句“棠棠”卡在胸口，卡在嘴边，却怎么也开不了口。

她的步履坚定，要走的决心坚定，他甚至不知道该如何开口挽留她。

他在少年时期，便与方棠不同。她是坚定的，勇敢的，决定什么事情就一定要去做的。而他是内敛的，隐忍的，沉默的。

陆桑已经在出示登机牌，走进了登机口。

任树抬起头来，记下了电子显示屏上显示的她此行的目的地。

洛杉矶。

没有关系的，留不下她，也没有关系的。

知道她仍旧在这人世，已经是上苍给予他最大的福祉，他可以去寻找她。

空姐递来毛毯，陆桑往小南瓜腿上盖的时候，她开口问她：“桑姐姐，刚才那个人是谁啊？”

陆桑微微笑了笑，伸手揉了揉小南瓜的头：“是我很久以前的一个朋友，叫任树。”

小南瓜撇撇嘴，伸出手去拨弄了一下陆桑的睫毛：“肯定不是一般的朋友，你的睫毛膏都哭花了。”

顿了顿，她自言自语：“纪铭知道我要去美国，也哭了呢，哭成了大花脸，他也不是我一般的朋友。”

飞机缓缓地起飞，小南瓜的心脏有短暂的不适，好在飞机飞行平稳之后便正常起来，让陆桑松了口气。

窗外是翻滚的云层，十几个小时之后，她将抵达洛杉矶机场。

说起来这的确是她人生中一次巨大的变动，而这个选择，究竟是对是错，她也说不清楚。

正如十一年前，她在那熊熊火光中所做出来的，跳进海洋中的选择一样，都必将把她带往远离任树的另一条路。

她曾期盼着重逢。

然而这人世间，原本就没有重回旧梦的路。

2.

从机场折回的路上，任树脑海中想到的第一个人，便是钟寅。

那日任树拿着照片去找他，他并没有多说什么，而现在任树却是要知道个明白的。方棠这些年来发生了什么，拥有过什么样的生活，她嘴里的那个未婚夫又是什么人，他是都要知道的。

钟寅当时正在开会，回复了任树的消息，约他晚一点儿见面。

钟寅心里又何尝不好奇，他同陆桑已经相识十一年，他对她这十一年人生里大大小小的每一件事情都了如指掌，然而她的过去，她从未提起过。

她被救下来的时候身上伤痕累累，不爱说话，总是把一只银白色的口哨带在身边，偶尔会做噩梦……

钟寅那时只能在心中揣测，她应当是有段充斥着伤口与阴霾的过往，而伤口这种东西，只能等它慢慢愈合结痂，他不愿做掀开伤口的那个人。

约在了一家咖啡馆，任树先到了那里，在靠窗的一张桌子旁边坐下。

服务员端着一杯柠檬水过来，任树道谢之后表示在等人，暂时不需要点单。

十八九岁的小姑娘，脸红扑扑地走开，和自己的同事聚在一起窃窃私语："好帅。"

任树的容貌其实和少年时并无太大差别，还是瘦削的，爱穿纯色的衬衫，脸上也并没有太过分明的棱角，神色是温和平静的。

"是等女朋友吗？"

"应该是吧，我什么时候才能交到这样的男朋友……"

姑娘们低声议论着的时候，咖啡馆的门又被推开，钟寅正把手机放到耳边："我已经到了……"

那边任树微微起身，招了招手："这里。"

钟寅挂断电话，大踏步地往里面走去。

几个服务员又开始犯花痴："啊，我喜欢这个类型的。"

"等会儿点单让我去好不好？"

已经不是第一次见面，两人也没有过多寒暄，点了两杯美式咖啡之后，任树便开口道："我刚从机场回来，我见到了她。"

"陆桑？"

"方棠，"任树开口说道，"她就是方棠。"

钟寅叹了口气，沉默了一会儿，抬头看向任树："任先生约我出来，是想知道些什么？"

"所有的事情，"任树开口说道，"这些年来，方棠身上发生的所有事情。"

“没有这个必要的，你也看到了，陆桑现在过得很好。”钟寅开口道，“这些年来，她想要的一切，都不遗余力地去争取，好的生活，受人尊敬的工作，对别人力所能及的帮助，现在也决定结婚了。如果她是你一直等待和寻找的那个人，你看到这些，应该就可以放心了。”

任树微微有些动容，但还是摇摇头：“这些年来，棠棠真的快乐吗？”

钟寅一时间有些语塞，任树的这个问题，他的确是不知道如何回答。

她快乐吗？看起来好像是的，大学拿到第一笔奖学金的时候，收到理想工作的 offer（录用通知书）的时候，工作室获得第一轮融资的时候，她都灿烂地笑过。

然而那笑容的背后，那明亮双眸的背后，却又好像总是有着那么一层薄薄的阴霾。

风吹不散的阴霾。

“棠棠要嫁的，是一个什么样的人？”

“美国人，叫 Gavin，年初在一个竞标会上见到了陆桑，之后就一直在追求她。这些年追陆桑的人不少，但陆桑一直没有恋爱。我原先以为陆桑是不会考虑 Gavin 的，但她前些阵子同我聊过一次，说 Gavin 的亲戚是美国很有名的心脏专家，若是同 Gavin 在一起，小南瓜可以去美国做心脏移植手术，基本可以保证痊愈。”

“小南瓜是……”

“是一个孤儿，和小桑很投缘。”钟寅自己都没有注意，口中的称呼已经变成了小桑。

“你没有阻止她吗？”任树有些不解，“难道要因为治病，就和一个不了解的人结婚吗？”

钟寅的嘴角浮现一丝苦笑，转了转手中的马克杯：“任先生，我不知道以前的小桑是什么样子的，但你应当是同她分别太久了……”

他顿了顿，努力组织好语言去描述："小桑那么要强的性子，决定了的事情可是九头牛都拉不回来的。我在几年前就答应过她，不管她做出什么样的决定，都一定会无条件地支持她。"

"这些年来，她都生活在这个城市是吗？"

"也不是，"钟寅摇摇头，"读大学那几年去了北京。"

北京啊，任树的心中微微一颤，他的大学生涯，也是在北京度过的。

也许某天他同她走进过同一家餐馆，看过同一场演出，两只手在国家图书馆书架上同一本书的扉页上停留过。

但他从未遇到过她。

那些年来，他怀揣着巨大的疼痛，巨大的心碎。

任树沉默了片刻，而后抬起头来，目光里满是坚定："我要带她回来。"

钟寅一时间有些错愕："嗯？"

"你有她在洛杉矶的入住地址和联系方式吗？"任树问道，"我要带棠棠回来。"

钟寅开口："任先生……"

"我们答应过对方的。"任树脑海中浮现的，是方棠同他还在那座岛屿上的时候的画面。

一直以来，坚强的那个人是方棠，勇敢的那个人是方棠，活得好似女将军的那个人也是方棠。而那个晚上，任树第一次看到方棠的眼泪。

她哭得不能自已，他紧紧地拉住她的手。

"棠棠，你不是一个人了，我会保护你的。"

"你会不会离开我？"

"我不会离开你。"

"如果我走了，你会不会找我？"

"不管你去哪里，我都会和你一起去。就算你走了，只要你在这个世界上，我都一定会找到你。”

“不准骗我。”方棠哭得愈加厉害。

任树匆忙摇头：“不骗你。”

从记忆中回过神来，任树把刚才的话说完：“我答应过棠棠，不会让她一个人。”

钟寅叹了口气，从口袋里掏出手机，翻了一下递到任树面前：“这是她在洛杉矶暂时落脚的地方。”

任树自小记忆力惊人，瞄了几眼之后便记在了脑中。

“谢谢你。”

钟寅把手机收回去：“我和你一样，都希望她能幸福。”

手机适时响了起来，钟寅对任树说了声“抱歉”，起身到旁边接听。

“喂？熹微。”

“钟哥哥，”电话那头是赵熹微有些闷闷的声音，“你在哪里呢？”

听出来赵熹微的情绪不是很高昂，钟寅的声音也当即柔软下来：“我在外面见一个朋友呢，熹微怎么了？”

“刚睡醒，有点无聊。”坐在床上穿着一袭白色睡裙的赵熹微摆弄着自己的长发，“我去找钟哥哥好不好？”

让她自己出门，钟寅肯定是不放心的，他看了看腕表上的时间：“我去接你吧。”

任树正好也已经起身埋单，两人结伴走了出去。

3.

华灯初上，钟寅开着车行驶在夜色里。

刚才的咖啡馆距离赵熹微的住所不是很远，她听到敲门声小跑着过来开门，脸上满是雀跃：“钟哥哥，你来了。”

她身上穿的，是有着层层叠叠花边的蕾丝裙。

不再是十几岁少女的体态，也不再是十几岁少女的容貌，眼前的这张面庞上，已经有了多么昂贵的护肤品都无法挽回的憔悴和苍老，还有因为疾病导致的面部浮肿。

唯独她的思维，停留在了十几岁。

姑姑离世之前，最牵挂的就是尚未找到的熹微，临终前眼中都有泪水："我这一走，不知道熹微回来，还找不找得到家……"

她一把抓住身旁钟寅的手腕："钟寅，你答应我，一定要找到熹微，不然……不然我死不瞑目……"

虽说最后失而复得的，是一个破碎了的、濒临崩溃的表妹，但能够回家，也算是天大的恩赐。

钟寅对赵熹微笑笑："白天下了雨，有点冷，还是换上裤子吧。"

性情还是变了一些的，先前的熹微，公主一般，叛逆又骄傲，不管别人提出什么样的建议，可都是听不进去的，不像是如今，眼神里经常有惊恐与害怕的情绪闪过。

听到钟寅的建议，她温顺地点了点头，走到房间里换上衬衫与长裤再出来。

当年被人贩子拐卖的时候，因为在封闭的车厢里被捆绑住手脚几十个小时，留下了幽闭空间恐惧症，她至今都不愿意坐车，好在住所附近便是公园，钟寅同她步行过去。

公园里倒也没有很多人，钟寅同她并肩走在湖边，或许是在家闷的时间有点长，她看什么都很好奇的样子。

钟寅一边在脑海中想着自己的心事，一边同她有一句没一句地闲聊。

湖畔修了弯弯曲曲的观景路，一个路口转过去的时候，钟寅说出的话没有人应声，这才发现熹微没有跟上来。

"熹微？"他停住脚步转过身去，喊了一声。

他往回折了几步，发现她整个人侧过身子，正呆呆地站在那里。

她的眼神落在湖边长椅上坐着的那个人的背影上，眼中是钟寅一时间看不懂的复杂神情。钟寅还没有反应过来，只见她已经跌跌撞撞地往前走了几步，嘴里轻轻呢喃着什么。

湖面上泛起了薄雾，赵熹微和那个人都氤氲在那层薄薄的雾气里。

钟寅有些担忧，赶紧快步跟了上去。

赵熹微伸出去的手已经拉上了那人的衣角，嘴里轻轻喊出来："任树哥哥。"

那个人转过头去，茫然地看了一眼自己身后的这个女孩儿和男人，有些错愕："怎么了？"

赵熹微这才反应过来，如同受惊的小鹿一般，立即将手松开，转过身去大踏步地跑开。

"熹微。"钟寅急忙跟上她。

与此同时，他脑海中却浮现了诸多疑窦。

任树？

是这些日子出现在他和陆桑生活中的任树？

熹微如果还记得他的话，应当是她出事之前就认识的人，而能留下这么深印象的，必然也是十分重要的人。

钟寅依稀记起，姑姑曾经说起过，熹微走失的那个周末，没有在家，也没有在学校。

而再找到她的时候，因为过往经历的悲惨与记忆的损伤，她无法也不愿去还原事情的真相。

但任树这个名字，再一次浮现出来。

钟寅意识到，任树同他人生中最重要的两个人的过往，应当都有着千丝万缕的联系。

但他也有新的困惑，如果熹微以前就认识任树的话，那么熹微是否也认得陆桑？

因为心里知道在过往的人生中，陆桑想必也有着不愿意提起的往事，钟寅不愿意把更多不开心的事情压在她心上，所以几乎是没有同她提起过自己这个少女时期遭遇拐卖的表妹的。

但记忆中，熹微被找回之后，陆桑同她好像也见过一次面。

回想她当时的神情，好似并没有什么异常。

钟寅摇摇头，从脑海中赶走这些无谓的猜想。

4.

飞机在洛杉矶机场跑道上缓缓滑行，陆桑轻轻推了推身旁的小南瓜：“我们到了，快起来啦。”

小南瓜哼唧了一声，睁开睡意惺忪的眼。

陆桑一边照顾着她，一边站起身来拿行李架上的行李，而后牵着小南瓜的手下飞机。

走出机场大厅的时候，她一眼就看到靠在那辆黑色宾利车窗旁的 Gavin。Gavin 也注意到了她们两人，快步走上前来，接过陆桑手中的行李。

小南瓜是第一次见 Gavin，对这张外国叔叔的面孔既感到疏离，又觉得有些好奇，也有些陌生。Gavin 倒是很随和，打开车门将驾驶座上准备好的礼物——芭比娃娃，塞到小南瓜的手里。

小南瓜却是一副不怎么感兴趣的样子，拿在手中看了一会儿，抬起头来说道：“谢谢叔叔，但是以后能不能不要送我洋娃娃，而送我积木模型呢？我告诉过桑姐姐，长大我要当建筑师呢。”

一本正经的话把陆桑和 Gavin 都逗乐了。Gavin 俯下身子揉了揉她的脑袋，用一口标准的中文说道：“好，下次送你可以盖房子的积木。”

两人坐上了车，Gavin 的车拐上机场高速之后，陆桑同他报了一个地址。

他微微吃惊：“不去我家？”

“我还要照顾小南瓜，住在你家不方便。我已经托朋友找好了房子，你送我到那里便可以了。”

Gavin 的嘴角动了动，最终还是什么都没有说，点了点头：“好。”

也是有着自己的考量的，她本就不是十八九岁怀揣着爱意奔赴异国他乡的少女，这场奔赴，多的是成年人冷静理性的思忖与考量，是权衡利弊之后的选择。

既然是选择，她便要把所有的一切都考虑周全。

Gavin 一家都是生意人，生活和交际环境复杂，她这次过来的首要目的是带小南瓜看病，并不想过多地涉入他的生活中去。

婚姻嘛，原本就是以互惠为目的的合作关系，在她看来，原本也不是多么需要费心考量的事情。如果她确实需要一个伴侣的话，这个美国男人，应当也的确会是一个不错的选择。

四十多分钟的车程，最终他们到达了一处典型的美式郊区住所，带草坪的白色独栋小楼。

天气倒也不错，出奇地晴朗，Gavin 把车缓缓地开进车库。下车之后陆桑拉着小南瓜的手，Gavin 提着行李走在两人身后。一阵风吹过来，吹乱了陆桑的头发，她伸出手去拨弄着将它们撩到耳后。外人不管怎么看过去，都是一幅和和美美的家庭生活图景。

好像已经和往日完全告别。

告别了原先的城市，告别了原先的住所。

一切看起来都是崭新的一般，是自己设想好的道路。

只是陆桑自己也说不清楚，为何她并不觉得欢愉和轻松，为何胸腔中的某个部位，总是会隐隐作痛。

房间里是典型的美式乡村风格的装修，给人典雅、舒适的感觉。Gavin 原本预订好了餐厅，孰料刚把东西放下就接到了家中电话，这才发现和家中的家宴时间冲突了。

和父母的关系算不上亲近，也并未和家中提起过要和一个中国女孩儿结婚，Gavin 思忖着直接带陆桑过去不算合适。当然陆桑也不愿意过去，她主动说："我和小南瓜没怎么睡觉，都太累了，想休息一下。晚上我正好约一下帮我租房子的朋友。"

Gavin 点头："那我忙完再来看你们。"

陆桑笑笑，送 Gavin 到门口的时候又补充了一句："小南瓜的医生……还是麻烦你尽快约一下。”

Gavin 再次点了点头，挥手作别。

5.

当地时间晚上七点钟，陆桑坐在餐厅靠窗的位置喝着柠檬水，偶尔看一下时间。

餐厅的玻璃门被推开，一个穿着华丽亮片裙、戴着大耳环的女孩儿四处环顾了一下，老远就冲着陆桑挥了挥手，踩着高跟鞋小跑着过来。

人还没有入座，她已经叽叽喳喳起来：“洛杉矶的这鬼交通，路上堵车堵了我半个多小时！不过我跟你说，这家餐厅是全洛杉矶唯一一家好吃的餐厅，其他地方的，都不知道是个什么鬼东西，我当年跑到洛杉矶真是脑子进了水……”

打开菜单，没等陆桑说话，她又自顾自地介绍开来：“这个鹅肝沙拉不错，你一定要尝一下。还有他们家的焖扇贝和烤龙虾……”

“好了，”陆桑笑笑，“戴圆你的吃货本质真是深入骨髓。”

菜上了桌，先倒了两杯香槟，戴圆举起高脚杯同陆桑碰了碰：“我给你找的房子怎么样？满意吗？”

陆桑点头：“挺好的。”

“那就好。”戴圆舀了一口奶油浓汤，送进嘴巴，“你给我打电话的时候我正忙得昏天暗地，也没听太清楚，好在知道你要求也不多，不过……”

戴圆放下手中的汤勺，冲着陆桑挤了挤眼睛，摆出一副八卦的神情：“婚礼也在洛杉矶办吗？”

陆桑耸耸肩：“再说吧，都还没定呢。”

戴圆哪里肯停止八卦：“戒指呢？求婚戒指给我看看。”

陆桑清了清嗓子：“没有戴。”

戴圆翻了个大白眼：“你电话里说要结婚可把我开心坏了，想着还能给你做伴娘呢，没想到你这个准新娘这么不上心……”

陆桑笑笑：“好啦，圆圆你也知道的，我对结婚这事，本来也就是无所谓的，不是什么大事。”

“怎么就不是大事了？”戴圆一本正经地同陆桑掰扯，“我觉得是天大的事情。再说了，就算你觉得不是大事，也总要替钟寅想想吧，他肯定觉得是天大的事情。”

陆桑手中的勺子晃了晃，觉得有些好笑：“我结婚，关钟寅什么事了？”

这下倒是轮到戴圆瞪大眼睛，龙虾肉停在嘴边：“你不是和钟寅结婚？”

陆桑哑然失笑：“戴圆你脑子是不是坏掉了啊，我干吗要和钟寅结婚？”

戴圆深吸了一口气，努力平复一下情绪：“你上次在电话里说要准备结婚，来洛杉矶住一阵子，我以为你是要和钟寅结婚，他休假陪你过来。竟然不是钟寅，那是谁？”

“你不认识的，一个美国人。”陆桑淡淡地说道。

戴圆觉得没劲，龙虾肉都顾不得吃，往沙发背上一靠：“真没劲，早知道不帮你找房子了。”

“哟，”陆桑撇嘴，“怎么这么巴望着我和钟寅结婚？”

“钟寅一直都……”话到嘴边，戴圆又咽了下去，想了想开口道，“钟寅多好一个人！我记得咱们读大学的时候，他有一回来学校看你，我的天，好帅。虽然大学时候的你比较土包子吧，但看你们走在一起，还是觉得像在看偶像剧一样。”

“好了，别乱说。”陆桑的声音柔和，“我和钟寅认识这么多年了，是彼此很好的朋友，要在一起的话早在一起了。”

“你是不是嫌弃钟寅比你大好几岁？我跟你说，找老公就要找大几岁的，反正我就觉得……”

陆桑用叉子叉起来一块三文鱼塞到戴圆的嘴里：“好了好了，

别光顾着说我，你在洛杉矶怎么样？”

“我，你看不出来吗？”戴圆站起身来在陆桑面前晃动了一下自己妖娆的小身板，“当年我爸妈以为我离了他们就活不了了，可现在，喏，看看，我活得不要太快活。”

“恋爱了吗？”

“上个月刚分手，”戴圆甩了甩手，“我那个前任也是极品，酒吧里搂着别的女生，我当时找过去一杯酒就泼到他脸上了。”

她嘴巴一嘟，做出苦恼的样子：“你说这世界上的男人吧，人品好的长得丑，有钱的没品位，长得帅的油腔滑调，再这样下去，我可要回国内找男朋友了。”

“你呀，”陆桑低头抿了一口香槟，“好好待在洛杉矶吧，不要回国祸害同胞了。”

饭吃到一半，戴圆从包里掏出口红补了个妆，而后便掏出手机来：“来，我们来拍照。”

“我不爱拍……”话说到一半，戴圆已经举起了手机，陆桑只好对着屏幕整理一下头发，把脑袋凑过去。

两张脸在屏幕上定格的时候，陆桑有些唏嘘，印象中自己人生中的第一张合影，就是大学的时候和同寝室的戴圆一起拍下的。数年未见，两人却并不觉得生疏。

人生啊，向来奇妙。

有时候会觉得它何其残酷，水深海阔，全要凭借自己的一双手推开。

有时候又会觉得它何其美好，也给了自己珍贵的相遇与陪伴。

人生还是值得过的。

想着小南瓜还独自在家，陆桑并没有逗留太久，约戴圆周末的时候到自己的住所坐一坐。

戴圆点头：“没问题。”

两人在餐厅门口分别，互相拥抱了对方。要分开的时候，戴圆忽然开口："阿桑，你真的不考虑一下钟寅吗？"

陆桑觉得好笑，用力地拍了一下戴圆的肩膀："我说你是怎么了？你又不是不知道，我和钟寅只是朋友而已，他也从来没有向我表白过……"

"就你以前那冰美人的样子，谁敢跟你表白？"戴圆白了她一眼，"行，那我就周末再去找你。"

6.

戴圆的车停在了地下车库，找到之后，她打开车门坐了上去。

她把手机从包里拿出来，找出刚才同陆桑的合影看了看，而后翻了翻手机的通信录，找到了钟寅的名字。

坦白来说，成年人之间大抵很难会有过分熟稔的友谊，她同钟寅，也许久都没有联系过了。

多么要好的朋友倒也说不上，但或许是因为机缘巧合，她曾倾听过他的心事。

电话一接通，就传来钟寅爽朗的笑声："哟，戴圆，你这个大忙人怎么想起来给我打电话了？"

"我算什么大忙人啊，"她笑笑，"倒是你钟大英雄，才是三天两头地忙着救人吧。"

"工作而已啦。"钟寅应答道。

戴圆索性也不和他拐弯抹角："我晚上见陆桑了。"

"那挺好啊，"他漫不经心地说道，"你们也多年没见了，好好叙叙旧，以后陆桑在那边，也有个老朋友……"

"行了，钟寅，"戴圆打断他的话，"你别跟我装傻，你知道我什么意思。陆桑跟我说她是过来结婚的，我原以为是要和你结婚，竟然是不知道从哪儿蹦出来的阿猫阿狗。我说钟寅，你再不跟她表白，这辈子可就没有机会了。"

午后，方才正在局里健身房锻炼的钟寅用毛巾擦了擦额头上的汗，走了几步站到窗前，看了看外面树木郁郁葱葱的枝叶。

外面有焦灼的蝉鸣声。

他在心中轻轻叹了口气，而后开口道："戴圆，你知道吗？那个人出现了。"

"那个人？"戴圆不明所以。

"是啊，"一向爱说爱笑的钟寅，眉宇间有着罕见的哀愁，"这些年小桑心里的那块地方，从来都没有对我打开过，是属于那个人的。

"戴圆，我原先总以为，只要我有耐心，只要时间足够久，我是可以走到小桑心里的。

"我错了，她的心，一直在为另外一个人守候着。"

坐在车里的戴圆安静地听完钟寅的讲述，而后翻了一个典型的戴氏白眼："你别在我面前矫情。话说我真是不理解你们这种人，前怕狼后怕虎的，喜欢一个人非要跟人家做朋友。以前我还能理解你，以为你有自己的打算，结果呢？人家现在都要结婚了，你还没有任何行动。你那风暴中救人的勇气都哪儿去了？真是气死我了。"

她耸了耸肩："好了，我懒得跟你说了，就是给你提个醒，免得你以后后悔。"

挂电话的前一秒钟，她还不忘对着话筒嘟囔一句："怂蛋。"

"哎，戴圆，你这么说我可不高兴……"

戴圆已经挂断了电话。

钟寅摇摇头，将手机拿在手中，重新往器械区走过去的时候，路过拳击台。

脑海中倏忽浮现出来的，是第一次站在拳击台上的陆桑的样子。

那年她还不满二十岁，瘦削的身材，钟寅原本只是想带她体验一下的，没想到她在这方面倒也有些天赋，第一记拳打出去，便极其凌厉。

而之后发生了什么呢？

那一记重拳好似触发了陆桑心中的某个开关，她不再是平日里那个安静淡漠的小姑娘，钟寅看到她甩起了头发。那个拳击袋对她来说应该太过坚硬，尤其是最开始的时候缺乏技巧，必定会产生极其强烈的痛感。

可她好似完全感觉不到疼痛一般。

豆大的汗珠从她的额头上滴落下来，身上的T恤、短裤也都被汗水浸湿，眼神中是钟寅从来没有见过的复杂情感，有愤怒，有悲痛，有心碎，也有决心。

她整个人发疯一般将拳头砸向眼前的拳击袋，原先咬紧的牙关松开，发出了“好痛”的哀号。

拳头却并没有停下来。

“好痛！”她又挥上去了一记拳头。

“好痛！”她的眼泪从眼眶中滴落下来。

“好痛！”陆桑的眼前已经开始模糊。

钟寅眼见着她的状态已经不对，大声呼喊着她的名字，然而那声音对陆桑来说是轻飘飘的，还没传到耳朵里，就完完全全地消散了。

陆桑身体摇晃了几下，就要摔倒在地的那一瞬间，钟寅冲上拳击台，伸出双臂来拦腰抱住了她。

陆桑的意识已经是一片混沌，嘴里轻轻呢喃出来一个名字。

两个字，钟寅并没有听得清楚。

就是从那一次，陆桑才决心要学拳击的。

她想做的事情，钟寅都愿意毫无条件地支持她。

那个暑假，他带她来到当地最好的拳击馆，找到自己熟悉的教练。教练曾经也是赫赫有名的拳击手，对女生打拳击向来有一些偏见，钟寅带陆桑过去的时候，他漫不经心地瞄了她两眼：“为什么想学拳击？”

她沉吟了片刻，开口道：“暴力是最后的防线，为了保护自己，也为了保护我在意的人。”

教练放下手中的牛肉干，转过脸来看了看她。

眼前的这张脸，有着清淡的眉目和坚毅的轮廓。

7.

花了两天时间带小南瓜熟悉了一下周遭的环境，傍晚的时候，陆桑带她去社区的超市逛了逛，推着小推车选购一些周末接待戴圆的食材。

虽说是担忧着小南瓜的病症，但坦白来说，也正是因为小南瓜的生病，才让陆桑这些年来高速运转着的生活有机会缓下来。

国内的设计所暂时交给了信得过的合作伙伴打理，虽说还是有诸多事务要操心，但远程会议和邮件基本上可以解决问题。她也思忖着若是真的定居洛杉矶，是一定要开辟这边的市场的，好在过去的两年里已经拿下过几个英美的单子，问题应该不是太大……

“桑姐姐，”小南瓜噘着嘴巴抗议，“你都发呆好久了，到底要哪一种沙拉酱？”

陆桑这才意识到自己已经在保鲜柜前站了许久，笑了笑，将千岛酱丢进购物车：“选这种。”

逛到零食区，小南瓜歪着脑袋认真端详着，好像在找什么东西。

“想吃什么啊？”陆桑问她。

“怎么没有钟寅哥哥给我买过的那种巧克力豆？”小南瓜翻来翻去，“那种可好吃了，你快打电话问问钟寅哥哥叫什么名字。”

“我们现在在美国，和钟寅哥哥有时差，钟寅哥哥白天工作都很累的，我们就不去打扰他了。”陆桑弯下身去拿了一盒好时巧克力在手上，“就吃这种好不好？”

“那好吧。”小南瓜不情愿地点点头。

虽说这些年陆桑是不怎么做饭的，但从小学会的手艺还在，她思忖着戴圆最想吃的肯定是中国菜，所以买的多半是一些做中餐的食材。

约好的是一起吃晚饭，可陆桑三点多便开始在家中那个开放式厨房忙活准备着，趴在书桌上一边列菜单一边嘟囔着："番茄牛腩、清蒸鲈鱼、宫保鸡丁、糖醋里脊、上汤娃娃菜、海鲜豆腐羹……"

"钟寅哥哥最喜欢喝你做的海鲜豆腐羹了，上次他喝了三碗！"坐在沙发上堆积木的小南瓜接了句话，声音清脆。

陆桑笑笑，小南瓜说的是上次钟寅生日时的事。

钟寅向来是一个对过生日这种事情不怎么热衷的人，人到了一定的年岁，好像对这些仪式化的东西都有些兴致索然。但孩子不一样，孩子是兴致勃勃的。陆桑那天正在谈一个 case 的空当，小南瓜用座机打来电话："桑姐姐，你今天不准加班。"

"怎么了？"

小南瓜翻了翻桌子上被自己做上记号的日历："今天是钟寅哥哥的生日啊，生日不是要一起庆祝一下吗？我们来给钟寅哥哥一个惊喜好不好？就像上次我过生日的时候，你们给我准备的 surprise。"

"surprise"对她来说算是比较难的单词，她的发音有些别扭。

谈好之后，客户方向陆桑发来邀约："陆小姐可否赏脸晚上一起吃个饭？我已经让我的助理订好了餐厅。"

"真不好意思，我晚上已经有了安排。"她婉言谢绝。

从办公室走出来之后，陆桑从包里掏出手机，刚想订餐厅的时候，忽然想起来上一次同钟寅一起在外吃饭的时候，他忽然感慨了一句："好久没有尝过你的手艺了。"

陆桑改变了主意，索性去超市买来食材，在家中和小南瓜一起准备了一顿晚餐。

谁料那天晚上钟寅临时接到了救援任务，手机完全没有来得及看，救援任务结束之后已经是夜里十二点多，这才看到陆桑发来的晚上过来一起吃饭的信息。

他内疚地打电话过去："还有饭吗？"

陆桑把手机递到小南瓜那里："你和他说。"

小南瓜生闷气："臭钟寅，没有了，都被我和桑姐姐吃光了！"

“一点都没给我留啊？”钟寅佯装吃惊，“那怎么办，我肚子好饿。”

“那你过来吧，我让桑姐姐再给你做一份海鲜豆腐羹。”

“好嘞。”钟寅应声，擦了擦自己湿漉漉的额头。

他敲门的时候，海鲜豆腐羹正好在炉子上沸腾，房间里氤氲着浓郁的香气。

陆桑盛汤，小南瓜跑过去开门，他举起来手中的袋子：“我还打包了两份水煎包。”

门铃声响了起来，陆桑扭过头去看了看墙上的挂钟：“戴圆也太积极了吧，才四点钟就过来了。”

小南瓜从沙发上跳下来：“我去开门。”

她小跑着到了门口，踮起脚来去拉门。陆桑起身走到冰箱前，将两个鸡蛋拿在手中。

耳边传来小南瓜的尖叫声。

“怎么了……”

陆桑转过身去，目光穿过客厅、长长的走廊，一直到了门口。

门口站着的那个人，当然不是戴圆。

陆桑的眼里满是震惊：“你怎么来了？”

第四章

# 薄雾

1.

钟寅一副风尘仆仆的样子，他没有回答陆桑的问话，而是径直走到厨房的台面边，用手挑了一下购物袋，看了看里面的食材。

“哟，买了鱼，要红烧吗？”

“那是鲈鱼，清蒸。”

“桑姐姐还要做海鲜豆腐羹。”小南瓜补充了一句。

“小南瓜，”陆桑开口道，“玩了好久了，到书房看会儿书。”

看书当然是不情愿的，但小南瓜对自己被支走这件事情没有什么异议，往书房走过去，还不忘冲着钟寅挤眼睛。

陆桑放下手中的东西，神情严肃：“钟寅，你过来做什么？”

“我……”钟寅顿了顿，“我这不是几年都没怎么休过假吗，就和领导申请了假期，想想也没别的地方好去，就过来了。”

“真的？”陆桑不相信。

“真的真的，”钟寅甩甩手，把话题转向别处，“你这是有客人要过来？”

“戴圆晚上来吃饭。”

“戴圆啊，”钟寅假装不知道这件事情，“那正好，我也好多年没见过她了，一起吃个饭。”

“什么正好？”陆桑不满意，“你不准在这里，不然戴圆又要八卦了。你不知道，我前几天和她一起吃饭，她就在那里八卦个没完，还以为我要和你结婚呢。”

想起来要先把牛腩切好腌一下，陆桑拿起刀在案板上切起来。

这句话是用玩笑的口吻说出来的，但身后的钟寅，并没有出现她想象中的反应。

她想象中他应该是什么样的反应呢？应该也是哈哈大笑几声，同她一起吐槽：“这个戴圆，真是八卦。”

但没有，她身后的人是沉默的。

那沉默让她忽然觉得有一些紧张。

“那你愿意吗？”钟寅开口问她。

“愿意什么？”总算有了声音，她方才那颗忐忑的心平复了下来。

“愿意同我结婚吗？”

陆桑的右手一抖，差点切到了手指，惊吓之后轻轻“啊”了一声。

她回过头去冲着钟寅咧嘴一笑：“开什么玩笑呢？”

傍晚时分，夕阳沉沉，有几缕美妙的颜色从窗帘的缝隙中漏了进来，打在陆桑额前的碎发和小巧的鼻翼上。

钟寅一时间有些恍惚。

一双手臂缓缓地伸上前去，揽住了陆桑的腰肢。

她还是这么瘦弱，少女一般的体态。

陆桑的眼睛里先是茫然，然后便是惊慌，本能般地想往后退，却并无退路，身后便是厨房的台面。

“小桑。”钟寅的眼睛好似深不可测的海洋一般，带着让她一时间有些困惑的深情，因为奔波和疲惫，他的声音有些嘶哑，“我没有开玩笑。”

尽管这些年来，她是外界眼中做事雷厉风行的女强人，是抢case不择手段的行业翘楚，但眼前的这个局势，还是一时间让陆桑有些慌乱。

她微微挣扎了一番，用双手掰开了钟寅环在她腰间的那双手。

知道此时的自己是应该说些什么的，可她又觉得好像说什么都不对。

好在是两层小楼，她“噔噔噔”地跑进了楼上的卧室。

关上了门，陆桑却仍旧是有些不知道该如何自处。好在卧室里有一个偌大的衣柜，她伸手拉开衣柜，将脚上的拖鞋甩掉，整个人走了进去。

她缓缓地蹲下身去，伸出手来环抱住自己的双膝。

多少纷杂的画面与念头在她的脑海中轮番上演着，这一刻的陆桑，好像回到了自己的少女时期。

那段在南方小岛上生活的少女时期。

那些曾经在家中潮湿阴暗的衣柜中得到庇护的时光。

那些她不想提起却又好似永远走不出来的过往。

还有那个人，那个少年。

“任树。”她的鼻子一酸，轻轻呢喃出了这个名字。

2.

被钟寅从衣柜里抱出来的时候，陆桑才意识到时间已经过去了许久。

钟寅已经在楼下烧好了饭菜，三脚猫的烧菜功夫差点把厨房变成了火灾现场。陆桑放在楼下的手机来了电话，是戴圆打来的，说自己一会儿就到。

钟寅这才上楼去，站到卧室门前，伸手敲门：“小桑，戴圆一会儿就过来了。”

里面却没有人应声。

他又敲了两下：“小桑？”

微微蹙起眉头，他伸手拧了一下门锁，“咔嗒”一声推开了门。

却没在卧室里看到陆桑。

他有些诧异，以为陆桑不在卧室，可去了楼上旁边的两个房间找了找，还是没看到陆桑的身影。

倒是看到了在书房翻了两页书就睡着了的小南瓜，怕吵醒她，钟寅也不敢发出太大的声响。

这时，他口袋里的手机响了起来，看着屏幕上显示的名字，钟寅微微犹豫了一下，还是走到楼梯口接通。

“喂，任树？”

“是我，”任树平静地说着，“我正准备登机，想再和你确认一下棠棠的住址。”

钟寅这才想起来还有这档子事，忍不住在心中为自己叫苦，所谓的前有狼后有虎，说的大概就是自己目前的境遇。

任树把地址报了一下，钟寅点头：“没问题的。”

顿了顿，他补充道：“我现在就在这里。”

“啊？”任树微微吃惊，“你也在洛杉矶？”

钟寅点头：“嗯，我也是刚到的……问题是，我现在找不到她了。”

“找不到？什么意思？”任树的精神立马紧张起来。

“你先别担心，肯定不会出什么事情。就是，就是我明明看到她上了楼，却没有在房间里。说也奇怪，我确实没有看到她出去……”钟寅说道。

任树想了想，开口问他：“钟先生，棠棠上楼前情绪一切都正常吗？是不是和平时不太一样？”

“呃，这个，算是有些不一样吧。”

“你看看她会不会在衣柜里。”

“衣柜里？”

“对，”任树点头，“以前棠棠和我说过，要是有什么不开心的事情，不知道怎么办的时候，就会躲到家里的衣柜里，觉得那是个特别安全……”

他的话说到这里，钟寅已经顾不得听，转过身重新拧开卧室的门锁，推门进去，顺手按下了门边的照明开关。

在那个白色的木质衣柜门前站住，他缓缓地伸出手来，拉开了衣柜的门。

暖黄色的灯照在整个房间里，也照亮了那个衣柜。

层层叠叠的衣服中间，他果然看到了陆桑。

她应当是正在熟睡，安静地躺在那里，发出均匀的呼吸声，方才也许是哭过，隐约看得见面颊上还有泪痕。

钟寅觉得心疼，弯下身去伸出双臂，将她缓缓地抱了起来。

她并没有醒来的意思，只是轻轻“嗯”了一声，微微扭动一下身体。

头发凌乱地散开，不施粉黛的一张脸，因为熟睡，微微泛红。

钟寅就这么看着，只觉得胸腔中涌动着一股难以言说的潮湿的情感，几乎是情不自禁地，俯下身去轻轻吻了吻她的额头。

闻得到她发丝的清香。

将她抱到床上之后钟寅才下楼，把烧得差不多的饭菜盛好端上桌，心中充斥着的，是复杂的情绪。

自己这一次冲动前往，究竟是不是一次正确的选择，他也说不清楚。

有些话戴圆说得没错，从他意识到自己喜欢上陆桑的那一刻起，他就总是告诉自己，有时间的。

有时间等待着她的一颗心向自己打开，有时间等待着她愿意彻底相信和接纳自己，有时间替她妥帖地愈合过往留给她的伤痕。

这种等待，又何尝不是一种懦弱呢？

所以他会出现在这里，出现在陆桑的门前，想要告诉她，不要去结婚，不要留在洛杉矶，回去吧。

跟我回去吧。

让我来给你一个家。

勇气的积聚并不容易，尤其是冒着可能失去一个多年好友的风险。

方才电话里任树寥寥几句话，便让他的那些勇气又全部消散。

没有用啊，还是没有用啊。

陆桑的心中，永远有着那么一块他无法踏足的领域。也永远有那么一个她，被禁锢在那个领域中。

那个领域中，究竟是凛冽刺骨的寒冬，还是炽热焦灼的夏日，他全不知道。

而那个人知道。

任树知道。

他知道通往那个领域的道路，知道每一个关口的密码，拥有道路尽头那扇门的钥匙。

钟寅将切好的黄瓜摆盘，轻轻地叹了口气。

3.

陆桑睁开眼睛的片刻微微有些失神，几秒钟之后才反应过来，她一把抓起床头的闹钟，上面显示时间已经接近七点钟。

她赶紧从床上爬起来，从衣柜里拿出一件开衫披上，随手将头发绾起来扎在脑后，匆匆下楼。

她原本以为等待着自己的还都是毫无头绪的食材，从楼梯走下去的时候瞄了一眼，楼下却是一派她完全没有想到的情形。

菜已经端上了桌，也确实是按照她写下来的菜单做的，虽说卖相不怎么好看，但也还有抢救一下的潜力。而小南瓜正坐在钟寅的大腿上，手里抓着一个炸鸡腿津津有味地啃着。

陆桑突然说："不是跟你说过吃油炸食品不健康吗？"

小南瓜立马将炸鸡腿丢在盘子里："是钟寅哥哥非让我吃的。"

"哎？你这小家伙……"钟寅做出一副要揪耳朵的架势。

"真是麻烦你了，"陆桑有些不好意思，"你坐了这么久的飞机，本来应该我做饭给你接风的。"

"跟我还客气什么，"钟寅笑笑，"戴圆应该一会儿也就到了。"

果然，话音刚落，门铃声就响起来，开门一看，正是戴圆。今日的她换了造型，顶着一头大波浪卷发，耳朵上戴着两个大得有些夸张的水滴状耳环，身上的衣服倒是典型的"戴圆风格"，blingbling的。

说也奇怪，这些放在别人身上会显得庸俗不堪的元素，放在戴圆身上却都是极其合适，衬得她整个人古灵精怪。

她扬了扬手中的香槟："我家最好的一瓶酒了。"

虽说早已知道钟寅过来，她却还是假模假样地开始了自己的演技，惊呼一声："钟寅，你也在！"她踩着自己十厘米高的高跟鞋冲过去给了他一个美式拥抱。

小南瓜的事情，陆桑同她说起过，她自然也是乐滋滋地去和小南瓜打招呼："这里还有一个小可爱。"

因为方才已经有了近乎莽撞冲动的表达，钟寅生怕戴圆会再说出什么不合适的话让大家尴尬，但好在并没有。她坐下来后就乐不可支地同大家分享着自己这些年在洛杉矶的经历，不管是好事还是坏事，好像都可以伴随手中的那杯酒说出来，偶尔还夹杂着没心没肺的笑声。

陆桑偶尔是会羡慕戴圆这样的人的。

她是切实地活在当下，能带给周遭所有人开心和轻松，好像没有过去，也没有明天。

洛杉矶的生活倒是没有锻炼出戴圆的酒量，两杯香槟下了肚，她已经面色绯红，高跟鞋一甩，躺到了客厅的沙发上："没法开车，我今晚睡这里了。"

陆桑笑了："只有一间客卧，你和钟寅要抢一下。"

戴圆甩手："给钟寅，我和你睡，这个房子我先前看过，你卧室的那张床可大了……"说到一半的时候她想起来什么，"哦，你说过和别人一起睡睡不着……"

陆桑的确是从来不愿意同旁人一起睡。

戴圆记得在大学的时候，有一年暑假，其他两个室友都回家了，陆桑在这边做兼职，她则是谈了一个男朋友，晚上回来很晚，不知怎的想和陆桑说说心里话，窸窸窣窣地爬到了陆桑的床上。

陆桑正睡意蒙眬，她自顾自地钻进去，还不忘用一只手环住陆桑的腰肢。

动作大了一点，陆桑微微睁开眼睛，意识到自己旁边有人的那一瞬间，尖叫了一声，一个拳头就砸在了戴圆的脸上。

好在那个时候戴圆还没有往脸上打过玻尿酸，不然一定会出现毁容惨剧。

“你干吗？”陆桑好似受惊的小动物一样，满脸惊恐，死命地抓住被子。

“一起睡嘛。”戴圆捂着脸，委屈巴巴。

“不要。”陆桑板着脸一本正经。

戴圆撇撇嘴：“都是女孩子，一起睡有什么？”

“不要！”她重复了一句。

戴圆只得带着熊猫眼爬到自己的床上。

她刚爬上去却又听见宿舍里传来窸窸窣窣的声音，依稀听到陆桑下了床，又听到卫生间“哗哗”的水流声。

在外面玩了一天很是疲惫，戴圆本身已经有蒙眬的睡意，却感觉到浸了凉水的毛巾放在了自己的眼睛上。

随后响起陆桑低微的声音：“敷一下吧，很有用的。”

4.

钟寅称得上是整个救助局最有经验的救助飞行员，自诩无论在什么样的状况下都可以镇定自若，果敢地做出决定，但在要不要告诉陆桑任树要过来这件事情上，直到睡觉，他还是没有做出决定。

他索性也不想了，假装自己完全不知道这件事情。

原本计划着第二天睡到自然醒，但这么多年的生物钟已经养成，陆桑还是六点钟便从床上起身，洗漱之后冲了杯黑咖啡，然后坐在落地窗前，打开电脑处理了一会儿文件。七点左右，她从冰箱里拿出吐司和牛奶，便开始准备早餐。

早习惯了昼伏夜出生活的戴圆自然是喊不起来的。陆桑、小南瓜、钟寅三人坐在一起吃早餐。钟寅向陆桑说起了今天的安排：“带你们去市里玩吧，我还是好多年前来过洛杉矶，正好也再看看。”

“我不和你们一起，”小南瓜接道，“昨天我和戴圆姐姐约好了，她说她家里有个放映室，可以给我看《变形金刚》的光盘。”

“光盘可以改天再去看呀，”陆桑劝她，“你不想去公园？”

“不想！”小南瓜态度坚决。

陆桑耸了耸肩，觉得小南瓜真是一反常态，不过也并没有多想。倒是钟寅在心中明白，这绝对是戴圆昨晚收买了小南瓜。

戴圆起床的时候，陆桑已经换好衣服从卧室走出来。

戴圆对她的衣服表示抗议：“我说姐姐，你是出去玩好不好？干吗穿得像出去谈生意一样？换掉换掉。”

她不由分说地把陆桑推进卧室，在衣柜里翻找了一番，选出一件大红色带白色波点的裹身裙：“这个裙子就很好嘛，多美式风格。”

她又顺手拿起桌子上的卷发棒，在陆桑头发末端卷了卷，一个俏皮复古的美式女郎展现在眼前。

知道陆桑对看海向来没太多兴趣，两人去的，是位于布伦特伍德的盖蒂艺术中心。

钟寅大学的时候辅修过西方艺术史，平日里对这些也颇有兴趣，他知道，陆桑也是喜欢画画的。

从洛杉矶市区驱车往西，到加州405号州际公路后向北，不远处便看得到绵延不绝的圣莫尼卡山脉。

洛杉矶这日的天气也是出奇地好，天蓝得好像要把人融化了一般，钟寅把车窗打开，风把陆桑的头发吹得高高飘起。

她难得地发出不顾及形象的哈哈大笑声。

随手按下车中音乐播放器的开关，响起来的是 Willie Nelson 1982年的老歌*Always On My Mind*。

钟寅跟着哼唱：“…Little things I should have said and done, I just never took the time…You were always on my mind…”

若是有别的车那一瞬间从两人身旁经过，想当然地会认为，这是一对来旧金山度假的情侣，年轻，快活，迷人。

陆桑也觉得自己的心中有难得的轻松与欢愉，即便是五音不全，也还是跟着一起哼唱起来。

“你最想看艺术中心的哪一幅画？”停车的时候，钟寅问陆桑。

她不假思索：“凡·高的《鸢尾花》。”

位于山顶上的白色建筑看起来低调并不引人注目，然而沿着楼梯上到二楼的主展厅时，即便是参观过不少美术馆、博物馆的陆桑，都忍不住发出惊叹声。

宽敞的大厅里挂满了早期文艺复兴时期的油画，金色的画框配上暗红色的背景墙，脚下的木地板和头顶上的水晶灯，都让人觉得好似置身于欧洲中世纪的古堡宫殿。

主要的展览分散在三座相邻的楼中，楼中间用玻璃楼梯连接，艺术品按照不同的年代被分布在不同的展厅中：西侧是中世纪、文艺复兴和巴洛克时期的作品，北侧是16世纪到18世纪法国、英国与弗兰德斯地区的作品，而南侧就是凡·高等人的印象派聚集地。

“那里。”陆桑的声音中有惊喜，指着一面墙小跑过去。

是凡·高的《鸢尾花》。

“鸢尾花，单子叶植物纲，草本植物，分布于北温带，五月开花。法国人视它为国花，认为它是自由和光明的象征。”陆桑的脑海中清晰地响起来这个声音。

“凡·高画过一幅鸢尾的画，你看过吗？”是少年时的任树。

女孩儿摇头：“没有哎，我只看过凡·高的《星空》。”

“图书馆有哎。在一个偏僻的角落里，有本凡·高画册，等周末我们去看，你自己去的话肯定找不到。”

“才不会找不到，我对那个图书馆了如指掌。”

“我怕被别人借走，把它放在一个更隐蔽的地方了。”任树挠挠脑袋，有些不好意思。

“哈，这么没素质，小心被蒋阿姨发现，以后不准你去了。”她伶牙俐齿地嘲笑他。

最后却还是结伴前往，的确是一本太过老旧的书，封面都是一片斑驳。

但两人还是看得认真，方棠是第一次看，几次都发出惊叹声：“这个颜色太漂亮了。”

“我喜欢他画的麦田。”

那本书除了收录凡·高的画，还收录了他的一些信件。

“1888 年 6 月 4 日，”方棠翻到其中一页，“和我们是一天哎，看看他写的什么。”

“现在，我是在地中海边上的桑泰斯－马里耶海湾给你写信。地中海就如同鲭鱼的颜色一样。我之所以这样比喻，是因为海的颜色瞬息万变，甚至无法确定是不是蓝色，或许下一秒瞬息万变的光线，又为它添了一丝粉色或者灰色。有天晚上，我沿着海边一个无人的沙滩散步。那里不算热闹，但也不凄凉，只是美。深蓝色的天空中点缀着比基础钴蓝色还深的蓝色云朵，其他则是蓝和奶白混合的颜色。在深邃的蓝色中群星闪烁……”

“真美啊！”站在那幅蓝色鸢尾花画作面前的陆桑，忍不住发出这样的惊叹，声音和十来年前那个少女稚嫩的声音融为一体。

“真美啊！”是那个少女的声音，“真希望以后有机会看一看凡·高的真迹。”

“《鸢尾花》收藏在美国加州的美术馆，等我们长大了可以一起去看。”

“美国啊？”少女的声音里有疑虑，“好远啊，感觉永远都到不了的样子。”

“怎么会到不了？”任树笑笑，“棠棠不是说过，什么地方都会陪我一起去吗？”

讲解员用英文介绍着眼前这幅凡·高的《鸢尾花》：“1889 年 5 月，凡·高被医生诊断为癫痫症，入住普罗旺斯圣雷米精神疗养院。1890 年的早春，凡·高又一次经历精神崩溃，直到他即将搬往奥弗之前才出现了一段短暂却宝贵的平静期。在疗养院的最后一个星期，凡·高对鸢尾花投入了巨大而持续的创作热情。

“这一阶段的凡·高看上去平和了许多，相比处在割耳事件阴影中创作出来的星夜系列肆意、游刃的笔触，凡·高在这幅《鸢尾花》中，表达了自己的生命状态——孤独地张扬生命力的倔强，冷笑一切凡间的艳俗。”

“除了鸢尾，那个时候的凡·高还画了棠棠你最喜欢的玫瑰。”

“那我们以后都要去看。”

“嗯，”任树点头，“那就这样说好了。”

在那幅画作前究竟伫立了多长时间，陆桑自己也说不清楚。

钟寅也就那样静静地站在她的身后，红色的裙子裹住她美好的腰肢，让她整个人看上去同眼前的这幅画无比和谐，带着打动人心的倔强和力量。

陆桑深深吸了一口气，努力将自己从回忆中打捞出来。

她转过身不好意思地对钟寅笑笑：“走，我们去那边看看莫奈吧。”

钟寅并没有多问，只是点点头，和她并肩同行。

5.

艺术馆足够大，完全可以泡上一整天，傍晚出来的时候，外面已经是沉沉的暮色。

钟寅凭借着多年前的印象，竟还真的找到了先前来过的一家餐厅，不算大，但味道极好，两人吃了尤为开心的一顿饭。

从餐厅走出来的时候，钟寅提议：“要不要去看演出？”

陆桑原本是想拒绝的，而且总觉得今天似乎有些不大对劲。她和钟寅——虽说相识的这些年里，对彼此来说他们都是再熟悉不过的人，从路边街头的麻辣烫、沙茶面，到为了开心的事情庆祝的高档餐厅，他们一起吃过很多顿饭。打从她还是个少女的时候，钟寅就带她一起看过电影、话剧、音乐会，她也从来都没有觉得有什么不合适的地方。

然而今日，不知是因为在异国他乡陌生的街头，还是昨天钟寅那句莫名其妙的表白，站在洛杉矶街头的时候，陆桑隐隐觉得有些不妥。

路灯把两人的影子拉得老长，陆桑垂下头去，用手整理了一下被风吹得有些凌乱的碎发，说：“钟寅，太晚了，我们还是……”

钟寅倒也看得出来她的为难，微微一笑，伸出手来揉了揉她的头发：“乱糟糟的挺好看。”

“刚整理好的！”陆桑也不顾自己的形象，大声喊道，伸出手来毫不客气地将钟寅的头发揉乱。

“我这么短的头发，揉不乱。”钟寅吐了吐舌头。

“这么大的人了，还这么讨厌！”陆桑冲他翻了个白眼。

车停在了餐厅的地下停车场，都吃得有点多，两人打算在街头散会儿步。

这个时间点，外面的人很多，熙熙攘攘的，不远处有个夜间集市，陆桑老远就看到，说要到那里去看看。

好在高跟鞋的鞋跟不算太高，她倒是跑得比钟寅还快，钟寅跟在她的身后，嘴角也带着温柔的笑意。

那一刻他在心中想的是什么呢？想这些年来，他与陆桑，各自有各自的工作，各自有各自的战场，大多数时间都是忙得不可开交。

再加上各自的心中，也都埋着各自的心事。

也许她和他的生活中，早就应该有一些这样的日子。

这样的，让她开心的，快活的，眉宇间没有忧愁的日子。

钟寅在心中叹息，还来得及吗？这所有的一切，还来得及吗？

夜间集市熙熙攘攘，有各种各样新奇的玩意儿，复古的蓝色刀叉，不知从哪里打捞上来的海螺，复古的耳环、项链，手工冰激凌店和旧书店。

路过街角的小酒吧，他们每人要了一杯鸡尾酒端在手中。夜色愈加沉沉，集市上也愈加热闹。街头歌手对着面前的麦克风唱起了歌，节奏欢快，感染着周遭人的情绪，让围观的不管是当地人还是游客，都沉浸在其中，跟着节奏摇晃着身体。

音乐的节奏更加强烈，鼓手用力地击打着鼓面，陆桑和周遭的人一样，跳进了这块可以暂时被当作舞池的空地。

钟寅也跳了进去。

空间太小，而周围的人又太多。

因得熙熙攘攘的人流，两人走出去的时候，肩膀都紧紧贴在一起。

人潮把两人逼成情侣状。

中间电话响起来一次，是戴圆的号码，接通之后响起小南瓜的声音："桑姐姐，我今晚睡在戴圆姐姐家，不回去了，你和钟寅哥哥好好玩。"

挂完电话，小南瓜和戴圆相视一笑，两个人做了一个击掌的动作。戴圆往嘴里塞了一把爆米花捅了捅她："快，你要死了。"

小南瓜赶紧坐直身子，盯着电视屏幕专心致志地按着手中的游戏手柄。

集市的拐角处，有一个打扮得有些怪异的老婆婆，花白的头发编成发辫，上面挂着铃铛和串珠，身上套着一件有些破旧的波西米亚风格的裙子。

面前的牌子上，是"占卜"的英文，钟寅同陆桑从她面前经过时，听到她用英文说道："看一看两位的命运吧。"

钟寅饶有兴致地停下脚步："小桑，你相信命运吗？"

没想到钟寅会忽然问出一个如此宏大的话题，陆桑微微愣神，而后开口道："我信自己。"

原本已经从那个摊位前走过，钟寅却又停下了脚步，示意陆桑同他一起折回："不如我们也试试相信命运。"

陆桑虽说是摇了摇头，但还是笑着走了过来。

也搞不清楚是什么占卜，老婆婆让两个人都伸出来一只手，而后又从自己身上有些破烂的斜挎布包里拿出一些牌，示意陆桑抽出一张。

而后她认真端详了片刻，用钢笔在纸张上书写一番，抬起满是皱纹的脸，拉住陆桑的手。

她不是美国人，英语说得并不算熟练，陆桑要非常认真地去听。

“每个人都有需要帮助的时候……”盯住眼前老婆婆的眼睛，陆桑轻轻地翻译，“每颗心都有需要理解和指引的时候，你所经历过的邪恶的力量能够转化为善的力量，黑暗能够得到释放，走向光明……这张牌代表的是指引纠错，如同改变卫星错误的航道，但我们无法改变已经要破碎的卫星本身。”

最后一句话是：“生活的顺利不只是靠占卜得来的，靠的是信念的力量。”

陆桑把手抽了回去。

眼前的波西米亚风格老婆婆，给了她一个神秘莫测的笑，而后伸出那只满是皱纹的手，示意收费。

钟寅从口袋里摸出两张钞票，放到她手中。

他对陆桑笑了笑：“这种东西，看来不管古今中外都一样，都是一些似是而非的话。”

两人已经走过去很远，陆桑再回过头的时候，隔着人流，仍旧能看到那个老婆婆，她的脸上还是堆着神秘莫测的笑意，看见陆路桑回头，还冲着她挥了挥手。

6.

因为小南瓜不在家，两人倒也没有太在意时间，凌晨两点的时候，钟寅才开车返程。

这里距离陆桑的住所是蛮远的一段距离，从喧嚣的闹市开出去，便是寂寥无人的高速公路，天空是藏蓝色的，悬挂着几颗星。

陆桑有些倦意，在副驾驶座上把身体缩成一团，脑袋靠着车窗玻璃，开口道：“钟寅，明天我带你见见 Gavin 吧。”

钟寅倒是毫不客气：“我不想见。”

陆桑难得见到他这样一本正经地拒绝，忍不住笑出声来。

后来陆桑靠着车窗睡着，后座有毛毯，钟寅放缓了车速，将车靠边停下来，把毛毯扯过来之后，轻轻盖在了她的身上。

玩了一天，她的妆容微微有些花掉，眼眶下方有些黑黑的，嘴巴上没有了明艳的口红，是原本的粉嫩的唇色，扇子般浓密的睫毛，在面颊处打下一圈小小的阴影。

睡着的她，好像卸掉了平日里所有的防备、伪装、心结，只是一个不谙世事的女孩儿。

钟寅把毛毯往上面拉了拉。

陆桑这一觉睡了一个多小时，醒来的时候她有些茫然，问钟寅："到哪儿了？"

钟寅看了看车上的导航："二十来分钟就到了，你再眯一会儿吧。"

"睡饱了，"陆桑看了看窗外已然有些发白的天色，"天都快要亮了。"

眼前的街景都渐渐熟悉起来，车开进陆桑所在的这个社区，拐弯准备行驶进自家车库。打开近光灯的时候，钟寅和陆桑都微微吃了一惊。

那栋房子门前的台阶上，坐着一个人。

而他的脚边，放着偌大的一捧玫瑰。

一时间睡意全无，陆桑好像一头扎进冰水中，大脑完全清醒过来。

车还没有完全停稳，她便已经开始拉车门："钟寅，让我下去。"

她整个人几乎是跌跌撞撞地下车，迈开腿往前跑去。

如今市面上流行的玫瑰，粉色的那种叫奥斯汀，大红色的是卡罗拉，鹅黄色的是蜜桃雪山，其实都不过是月季而已，只有她门前的这一大捧，是真正的卡赞勒克玫瑰。

郊区的黎明，笼罩在一层薄雾中，任树是先看到那辆车的灯光，再看到她的。

即便是在雾色中，她的红裙子也看起来尤为鲜艳。

这是梦吗？

陆桑的脚步慢了下来，用右手的指甲狠狠地掐了一下自己的手臂。

轻轻地“啊”了一声，是疼痛的。

任树缓缓地从门前的台阶上站起身来，陆桑看过去的时候，只觉得这些年来，他好像一直都没有变。

自己万水千山走过，早已不是当年的那个方棠。

而任树，好像还是以前的那个任树。

好似她心海中的灯塔，只要她一转过头来，就看得到。

身后，钟寅把车缓缓地停了下来，此时此刻，在这场景中，他感觉到了自己的多余。

然而也就是在这一刻，他感觉到了爱意，一股强烈的爱意。

他感觉到了嫉妒的情绪，嫉妒眼前这个他只是见过寥寥数面的年轻男人，嫉妒陆桑走向他时的每一个神情。

他也感觉到了心碎。

手里电话响起来的时候，他原本有些吃惊，想不到谁会在这个时间点打来电话。一换算成国内时间，便也觉得合理，他拿出手机看，是局里打来的。

阿荣的声音传来：“钟队，局长让我赶紧和你联系，你的假期估计要泡汤了……”

“怎么？”

“东海海难，菲律宾的‘群星公主’号在东海海面上遭遇台风和暴风雨，是两个小时前的事情。救助局已经在组织队伍准备搜救了，但现在天气还是特别差，海上仍然是起着风暴，局长让你坐最近的航班回来。”

“好，我知道了，”钟寅面色严峻，“我等下就去机场，船上有多少人？”

“据说有一千多人，可能有超载情况，具体人数现在还不知道，控制中心无法跟客船取得联系，基本是处于失联状态……”

好在这次过来，原本也没有带什么行李，钟寅拿上丢在车上的背包，身份证、护照也都在里面。

用手机查了一下，开车过去的话，差不多赶得上清晨的航班。

钟寅抬起头来，注视着不远处的陆桑和任树。

他们应当是在交谈着的，可交谈着什么，钟寅不知道。

天又亮了一些，头顶上的星星在渐渐隐没，再过一些时候，眼前的这雾气也许就会慢慢散去。

这些年来，他和陆桑之间好似也一直隔着这样一层薄薄的雾气，有一些想说但不知道如何开口的话。

“我希望这雾气散去，因为我怕看不见你。”

“我又想它永远在这里，因为我怕看不见你。”

这么大的雾，你要去哪里？

第五章

# 风暴

1.

坐在候机厅的时候，钟寅拿手机已经刷到了不少关于此次海难的新闻。视频上新闻播报员一脸沉重的表情："遗憾的是，因为风暴的原因，目前的救援行动无法开展，我们连线了东海救助局的孙局长，他表示救援队伍正在待命，可见度一旦达到最低标准，便会立即展开空中救援……"

手机响了起来，屏幕上显示着的，是陆桑的名字。

钟寅起身按下接通键："小桑。"

她显然是不知道发生了什么，也不明白钟寅忽然开车离开的举措，有点小心地问他："钟寅，你在哪里？"

钟寅这才意识到方才实在是太过匆忙，一路上也都在担忧着工作上的事情，都没有来得及同她解释。

"我这边工作上有紧急任务，"钟寅安抚她，声音温柔，"需要立即回国，在车上接到电话之后我就直接来机场了，你不用担心。还有，你和戴圆说一下，我把她的车停在了机场地下停车场，哪个车位我也记不住了，她肯定还有备用钥匙，让她有空的时候过来开一下。"

陆桑笑了："戴圆会冲回国追杀你的。"

"哎哟，"钟寅发出夸张的声音，"戴圆在国内的时候不知道欠我多少人情呢，她的那个前前男友，那可是我们局里一顶一的帅哥，要不是我在他耳边天天说好话，戴圆能追上他啊？"

"好啦好啦，都是陈谷子烂芝麻的事情了，你还提。"陆桑笑道，"行，我和戴圆说一下。"

钟寅同她又随意地聊了几句，都是无关痛痒的话题，钟寅的脑海中不知为何想起了少年时期读的米兰·昆德拉的小说：在列文的庄园，一个男人和一个女人相遇了，他思慕着她，渴望着她，却同她谈论着蘑菇。回家的路上，他们还在谈论着蘑菇，心中充满绝望，因为他们知道，他们永远都不会谈论爱情了。

“钟寅你知道吗？小南瓜在戴圆的家里居然打了一夜的游戏，你说我好不容易培养出来……”她正在说着小南瓜。

“小桑，”钟寅打断了她的话，“我还有些话想对你说。”

正站在窗前的陆桑轻轻咬咬嘴唇：“你说。”

“你在洛杉矶的地址，是任先生找我要的，我当时犹豫了一会儿，还是给了他。这些年来，我知道你心中一直都有着一块地方，是留给他的。小桑，我第一次见到他的时候，就觉得是值得的，我也了解过任树，他是个值得托付的人。

“我知道你向来对婚姻没有期待，来美国结婚，对你来说，可能也不是一个太重要的选择。

“但我还是希望你可以再考虑一下，毕竟我们只有这一生，短短几十年，还是希望你能更快乐地度过。”

登机口已经传来了检票登机的播报，听到电话里钟寅说“要登机了，我先挂了”的时候，陆桑匆忙补充：“钟寅，你注意安全。”

钟寅发出爽朗的笑声：“你放心好了。”

陆桑声音严肃：“不，你认真一点，一定要注意安全。”

钟寅点头：“我知道了。”

虽说是有着丰富的救援经验，但海上救助，原本就是一件凶多吉少的事情，钟寅十多年的救援经历中，也有过一些置身于危险之中的时刻。

陆桑少女时期，两人虽然同在一个屋檐下生活过一段时间，但她一直和他保持着恰到好处的距离，很少主动去询问他的工作状态和工作性质。

2.

那年夏天的一次飞行救援，也是赶上了数年不遇的台风，一艘邮轮在东海海域撞上暗礁，邮轮上有数千人，随时有沉没的风险。

东海救助局已经派遣了救援船只进行海上救助，但据接进来的求助电话透露，已经有不少游客跌入海洋，必须有飞行救援协同配合。

海上的暴风雨肆虐，远远达不到最低起飞标准，坐在监控室里的钟寅和其他几个飞行员一边监测着天气情况，一边随时待命，每个人心中都是焦灼万分。

那个时候还年轻，有着年轻人的锐气和冲动，虽说当时的各项监测数据都离最低起飞标准还有着一些差距，但钟寅还是坚持说服了局长："不能耽误了，早一分钟到达，就多一分希望！孙局，你相信我，没问题的。"

刚开始的时候，风暴确实平息了一些，有了两趟有惊无险的往返，但是到了第三趟救援，必须救助的是那些虽然已经上了救生船，但身受重伤需要立即送到医院的伤员。

救助意识不清醒的伤员要比救助一般伤员困难许多，因为机组成员要将伤员放在担架上吊至机舱，这样一来，飞机在空中悬停的时间就会加长很多。如果是风平浪静还好，可是当时是极其恶劣的暴风雨天气，救生员人手不够，钟寅将操纵飞机的任务交给了副机长，自己身上悬挂着绳索缓缓下降。

风暴太大，绳索摇晃得厉害，另外一根绳索不知道什么时候跌落下来，在钟寅吊起第三个人之后，上面锋利的挂钩在肆虐的暴风雨中，直直地戳进了他的小腹。

当时是夏天，救生员穿的都是薄薄的一层衣衫，因为心急，钟寅是直接吊着绳索下来的，连救生衣都没有顾上穿。

殷红的血迹从他的小腹汹涌而出，很快就打湿了衣衫，再加上腥咸的海水冲刷，钟寅一时间嘴唇发白，双手也忍不住剧烈地颤抖了一下，但仍旧是紧紧抱住怀中的伤员。

救援还在进行中，飞机无法立即返航，再加上台风的风眼愈加逼近，尖锐的挂钩就那样卡在钟寅的小腹。纵然他有着钢铁般的意志，也还是觉得疼痛难耐，头脑昏昏沉沉，脸色苍白，豆大的汗珠从额头上滚落下来。

副机长心中焦急："钟队，我们先返航。"

"不行，"钟寅摇头，"下面还有人，他们不能再等了，继续救援，让……让大家注意安全……你控制好飞行高度……"

"可是你的身体……"副机长着急道。

钟寅把右手举起来，示意他集中精力，不要再说。

钟寅所在的这架飞机，在这场救援中，在海平面上空盘旋了近五个小时。钟寅被送到医院抢救的时候，整个人几乎已经没有了意识，接近昏迷状态。

那一年陆桑读高三，晚自习放学回家没有见到钟寅。

原本她只是微微有些奇怪，记得当天他应该是不需要值班的，但也知道他一直以来都是随时待命的状态，就没有太放在心上。

她是第二天中午在学校餐厅吃饭的时候，看到电视上的消息的。

新闻播报员用标准的看不出情绪的声音播报："现在播送一则消息，前天晚上，东海海域一艘邮轮在海上触礁失事，又正逢数年不遇的特大台风，我市东海救助局在第一时间出海救助。截止今天，伤病人员已经全部送到了医院抢救，基本脱离危险，但我市救助局一名救助飞行员受伤，目前仍在昏迷中，尚未脱离生命危险。在此提醒广大市民，此次台风持续的时间……"

陆桑当即大脑"轰隆"一声，手中原本端着的汤晃动了一下，全洒在了自己的裙子上。

她将手中的碗放下，裙子上的水渍也顾不得擦拭，抓起旁边的书包便大踏步往外跑去。外面的阳光明晃晃地刺眼，她心中被一种从未有过的惊恐的情绪充斥着。

她满脑子回荡着的，全是方才电视上播报员的那句话——"目前仍在昏迷中，尚未脱离生命危险。"

拨打钟寅的电话，那边始终是无人接听。

走出学校之后，陆桑伸手打了一辆出租车，先去的地方是飞行队。

背着书包在钟寅平日里待的办公室晃了好几圈，她并没有看到他，最后碰到的，是回来拿资料的阿荣。她匆忙从后面喊住他："阿荣哥哥。"

留着精神的小平头的阿荣转过身来："啊，是小桑，来找钟队吗？"

陆桑赶忙点头："对，我找他有点事情，他在哪里？"

阿荣叹气的那一瞬间，陆桑的心中已经有了不好的预感。

果不其然，阿荣说："钟队现在在医院抢救，我正好也要过去，带你一起吧。"

那一次钟寅整整昏迷了七天，救援绳索上的尖钩离内脏极近，失血过多，即使是用尽全力抢救，他仍旧处于深度昏迷的状态。

没有人知道，那是陆桑年少的生命中，第一次感觉到了恐惧。

对失去一个人的恐惧。

她先前从未怀疑过，因得成长经历的缘故，自己是个内核很坚硬的人，深信一个人活在世界上，一定不要与他人产生太过密切的关联，一定不要去依赖他人，免得有朝一日，无人可依。

然而在那七天中，在那一百六十八个小时里，等在急诊室门前的陆桑，坐在病床旁的陆桑，心里清楚地知道，她的生命轨迹已在不知不觉之间，和这个人发生着紧密的联系。

她曾经不害怕失去任何人。

但那一刻，她害怕。

钟寅醒过来的那天清晨，陆桑站在窗前，摆弄着那些获救者家属送过来的鲜花，百合、马蹄莲、满天星，被细致地分开插在窗台上的玻璃花瓶里。

她转过身的时候，看到病床上的钟寅睁开眼睛，目光正落在她身上。

那一束蓝色的满天星从她手中跌落在地上，她一只手捂住嘴不知道是该哭还是该笑，就在那里一会儿哭一会儿笑，说话也有些语无伦次：“钟寅哥哥，你醒了，钟寅哥哥。”

她立即冲到病房门口大声喊着：“赵医生、司芸姐，你们快过来，钟寅醒了！”

听到叫喊声，几位医生和护士几乎是冲进病房，赶紧查看监测器上的各项检测指标。钟寅虽说意识仍旧不是太清楚，但心脏已经在渐渐复苏，各项指标均已接近正常。

出院之后，局里破天荒地给了他几天假期，让他在家好好休息几天。

那阵子陆桑已经快要高考，但中午和下午放学后都一定坚持要回家，有时候拎着从学校旁边店里打包来的小馄饨，有时候拎着从楼下超市买的黑鱼和豆腐，说是黑鱼汤对伤口好。

钟寅一边喝着黑鱼汤一边乐呵呵地说：“小朋友手艺真不错。”

他康复了之后，她倒是又恢复了以往不爱说话、冷冰冰的样子，麻将脸板起来半天，才慢吞吞地说一句：“盐放多了，好咸。”

就是从那一次之后，每逢陆桑知道钟寅要出任务的时候，都会开口说上一句：“注意安全。”

她也像模像样地教育过他：“不管在什么时候，我们自己的生命都比别人的生命重要。不要逞强，不一定要去做英雄，好好活着，是最重要的事情。”

“知道啦，陆老师。”钟寅虽说年长她好多岁，很多时候却都还是孩子心性，他耸了耸肩，一本正经地应答道。

“我在认真跟你说呢。”

“我也在认真听啊，”钟寅扬了扬手上的本子，“你看，都记在小本子上了。”

“幼稚！”陆桑白了他一眼，走出门去做自己的事情。

3.

Gavin 打来电话，说是医院那边已经协调好了时间，第二天下午就可以安排小南瓜入院诊疗。

陆桑不断道谢，Gavin 笑了笑：“陆，你不用同我客气。什么时候有空？我安排你见一下我的爸妈。”

不知为何，陆桑的心中“咯噔”了一下。

她来洛杉矶之前，是以为自己一切都想清楚，下定决心了的。她已决意要走这条路，同 Gavin 结婚，治好小南瓜的病，定居洛杉矶，在美国继续发展自己的事业。

但此时此刻，在眼见着一切都朝自己原先计划好的方向发展的这一刻，她忽然有些迷茫，也有些犹豫。

穿着家居睡袍的戴圆端了两杯美式咖啡走出来，伸手递给陆桑一杯，自然是看得出来陆桑神情里的异样的。她往沙发上一靠：“好了，和我说说吧。”

“说什么？”陆桑的神情已经恢复了正常。

“好了，”戴圆翻了个大白眼，抓起沙发上的抱枕往陆桑的身上丢了过去，“这么多年了，怎么还没改掉你爱演戏的臭毛病，我说陆桑你活得累不累？”

这不是戴圆第一次这么说她，还在大学的时候，戴圆就这么评价过她——“我觉得你跟一座冰山一样，天天不让别人知道你心里在想什么。”

“干吗要让别人知道？”她当时这么反驳戴圆。

“这样才能交朋友啊，你暴露出一点真心，对方暴露出一点真心，你暴露一点缺陷，对方暴露一点缺陷，这样才能成为朋友和爱人啊。”

“我没有真心可给，我也不想看到别人的。”当时的陆桑正俯下身子专心地画图纸，推了推鼻梁上的眼镜回应了一句。

戴圆比画了一个手势：“在下佩服！不过我可做不到，不让我拿出真心痛痛快快地谈恋爱，还不如让我死了呢。”

……

陆桑低头抿了一口咖啡：“我……我忽然一下子不知道这个决

定对不对。”

戴圆自然是清楚她指的是什么事情，她耸了耸肩：“陆陆，你在我心中一直都是很坚定的人。不管是要做什么事情，还是做出什么决定，你都是很果敢的人。这一点，我也和你学习了很多。所以，如果一件事情你不知道对不对，对你来说，它一定是错误的。”

“我知道，”戴圆叹了口气，“你并不相信婚姻，这没有太大关系，但是选择和谁一起生活，不应该是一件莽撞的事情。”

“可是小南瓜……”陆桑抬起头来，看了一眼里屋正坐在戴圆那张大床上玩积木的小南瓜，“我想治好她的病，给她一个好的生活……”

“陆桑！”戴圆放下手中的咖啡杯，“你这是什么话？小南瓜的情况我也知道，不就是要做手术吗？就算是只有在这边才有最好的医疗条件，那就一定要嫁给 Gavin？我不是还在这里吗？算了，说起这个我就生气，你说我戴圆当初干吗非要巴巴地缠着跟你交朋友，结果你遇到什么事情，居然宁愿随便找个男人结婚也不开口跟我提一下，我真是……”

她索性走过去打开冰箱门，倒了一杯冰水，端过来一饮而尽，接着刚才的话：“真是气死我了！”

“好了，”陆桑打断她的话，“你别喝了。”

她思忖了片刻，有些艰难地开口：“他来这里了。”

“我知道钟寅过……”

“不是钟寅，”陆桑摇摇头，“是任树。”

这是这些年来，戴圆第一次从陆桑的嘴里听到这个名字，看得出来陆桑的神情认真，让她也跟着认真起来。戴圆眉头微微蹙起，在陆桑的身边坐下，重复了一下她刚才说出来的名字：“任树？”

陆桑点点头。

“你这几年在国内谈恋爱了？”戴圆在心中猜测着也许是前男友。

“没有。”陆桑摇摇头。

“那是……”

“他和我的过去有关。”陆桑叹了口气，眼神有些迷离。

“你的过去？”戴圆心中不解，“可是我从大一就认识你了啊，难不成是你高中时候……”

陆桑摇摇头：“不是高中，是更早的时候。”

她的头垂了下来：“我的过去，我的童年，我的少女时期……”

陆桑最终还是没有把话说下去，坐了一会儿之后，她起身喊小南瓜：“走，我们回去了。”“再等一会儿嘛。”小南瓜抗议。

“你还赖在戴圆这里不走了是吗？”陆桑假装生气，“快穿鞋。”

小南瓜给了陆桑一个大白眼，噘着嘴巴下床。

戴圆笑：“你等会儿，我送你们。”

去卧室换了身休闲的衣服，想着送完她们之后回来继续睡觉，也就没有化妆，拿起来冰箱上的车钥匙：“好了，走吧。”

“不浓妆艳抹，总算看得清楚你长什么样了。”陆桑打趣。

“你怎么这么讨厌。”戴圆戳了一下她的脑袋，拿起鸭舌帽和墨镜戴上。

4.

到达陆桑的住所，戴圆原本是不打算进去的，耐不住要下车前小南瓜的哀求：“你进来一下下，我给你看我做的超人模型，特别酷。”

“不去，我要回家睡觉。”

“就看一下嘛，好不好，戴圆姐姐？”小南瓜竟然从后排的座位上爬起来在她的脸上“啵”地亲了一口。

戴圆哈哈大笑：“你这个小姑娘长大了可真不得了，行，我就看一眼，五分钟。”

陆桑走在前面，戴圆拉着小南瓜走在后面，她推开门的时候，坐在客厅沙发上的任树站起身来：“棠棠，你回来……”

“还是叫我陆桑吧，”她打断了他的话，“那个名字，我不习惯。”

任树的眼神黯然了一下。

戴圆歪着头和小南瓜说笑着进来，刚一踏进房间，便敏锐地感觉到了一股奇怪的氛围，抬起头来的时候，正好看到了眼前的男人。

眼前的男人，高挑，瘦削，有着温和的五官。

戴圆看下去，眼睛落到他的手指上，十指清瘦修长，隐约可见关节，指甲干干净净。

中灰色亚麻材质的衬衫，蓝色牛仔裤，可以说整个人看上去，都是干干净净的。

来洛杉矶的这些年里，戴圆几乎没有遇见过，可以用“干净”一词来形容的男人。

任树也看到了站在门口的两人，对戴圆点点头，微微一笑，礼貌般地问候。

真好看，戴圆的心中好似有着一百只蝴蝶在忽闪忽闪拍打着翅膀，他的笑容真好看。

那笑容却是转瞬即逝的，他很快恢复了常态，记得方才陆桑的话，有些生疏地开口：“陆……陆桑，你吃饭了吗？”

“在戴圆家吃过了。”陆桑开口，思忖着要介绍一下两人。

她转过身来看向戴圆：“戴圆，这是任树，我的一个……旧友。”

旧友的含义究竟是什么，陆桑没有多说，戴圆也不会多问。

没等陆桑介绍，戴圆已经自己冲了上去，一把握住任树的手：“你好你好，我叫戴圆，爱戴的戴，团圆的圆，是陆桑的大学室友。”

墨镜已经摘下，在心里暗自庆幸，还好两周前做了睫毛嫁接，虽说是没有化妆，扑闪一下两只大眼睛还是可以的。

但任树对那两只大眼睛熟视无睹，戴圆甚至都不确定自己说的话究竟有没有传到他的耳朵里。任树的目光已经转向了陆桑：“你要不要休息一会儿？”

陆桑摇摇头："不用了。"

该怎么形容那种感觉呢？任树和陆桑都无法很准确地说出来，两个人明明在一个空间里，两个原本只能在彼此梦境中虚幻地徘徊的人，总算出现在同一个空间里。

然而隔着的那段时光，太长了，真的是太长了。

长到让两个原本如此密不可分的人，感觉到疏离和陌生。

小南瓜拉了拉戴圆的衣袖："走，我带你看我的积木。"

"哦哦，"戴圆反应过来，跟在小南瓜身后到了她的卧室，关上门之后立即八卦起来，"这个帅哥是谁？"

小南瓜不以为然："我觉得钟寅哥哥比较帅。"

"对对，钟寅也帅，钟寅最适合你桑姐姐对不对？所以这个帅哥最好留给我。"戴圆已经掏出手机，努力回想起方才陆桑告诉自己的那个名字，"什么树？古树？王树？"

"任树！"小南瓜翻了一个白眼。

浏览器中输入这两个字，页面中很快跳出相关的资料信息，戴圆念叨着："植物学家？植物学家是干什么的？养花的？'棠'植物园创始人？又是植物？名字里也有个树……"她伸出脑袋去往门外看了看，"整个人看上去也像一棵树。"

好在随身带着的皮包中也装着一些常用的化妆品，哪里还顾得看小南瓜的超人积木，坐在床上专心致志地补起了妆，先是美妆蛋敲上粉底液，鼻尖上也刷了一点点腮红，睫毛刷得又卷又翘，不时发出惊呼："坏了，眼线笔没有带……算了算了，还好我本来眼睛就大。"嘴唇上涂上珊瑚红，整个人看起来，便又是往日里美艳的样子了。

竖起耳朵听了一下外面的动静，估摸着差不多的时间拉开门，对着还坐在客厅的两人娇俏一笑："没什么事的话，我就先回去了。"

精心搭配的妆容竟然毫无作用，两人只是"嗯"了一声，任树连抬起头来多看她一眼都没有。

戴圆耸了耸肩，悻悻而归。

5.

客厅里又是只剩下了任树同陆桑两人，方才的沉默已经太久，是任树先开口：“这个季节，是植物园最漂亮的时候，各种各样的花都开了，周末的时候，农业大学的一些学生会过去参观……”

“植物园？”陆桑有些不解。

任树点点头：“那个大宅子，我后来把它改建成了一个植物园，是用你的名字命名的，本来是一个完全私人性质的植物园。我工作不是太忙的时候，偶尔会过去待上几天。那么多花花草草，总觉得有一天你还会再回来一样……

“后来到中科院做研究之后，院长找我谈过，知道我那个园子里有一些珍稀物种，适合做科研，我就答应做成了半开放式的，每个月会有几天对外开放。偶尔有一些来小岛上度假的游客闯进来，有时候农学院的研究生，也会过来采集一些样本。

“里面有一间温室，我专门留出来，种的都是最纯种的卡赞勒克玫瑰，你最喜欢的那一种。我原本以为，也许只有来生，我才可能有机会带你去看一看……”

很多被埋藏在心底的记忆开始一点点松动，苏醒，好似火山一般，随时有汹涌而出的风险。即便只是通过任树的描述，陆桑的眼前还是会浮现出那些画面——蔚蓝色的海水生生不息地涌动着，偏僻落后、与外界联系甚少的岛屿，黑蓝色的天空上挂着的星星却异常明亮，他们躺在沙滩上看的时候，好像一伸出手来，就能够得到。

最最清晰的，却还是那个院子。

海棠，芭蕉，合欢，藤萝，石竹，麦冬……什么都有，那个时候的她，经常爬到树上去，小猴子一般，任树在下面看得心惊胆战：“你别乱动，快下来。”

“不下去，我要爬到最高的那根树枝上！”她偏不。

她有时也会顶顶认真地同任树分享心事：“树木是可以听懂我们说话的。我小时候啊，特别喜欢爬树，有一次我坐在树上，觉得那树枝里面有声音，仿佛在喊我一样。那个时候我就觉得，树是会交流的。只是它的速度很慢很慢，也许我今年给它说过一句话，它要等到明年的某一天，才会缓缓地发出一点声音来。但是它至少是在努力回应我。”

好在面前有个杯子，陆桑伸出手去，一把将杯子抓到手中，似乎只有这样，才能让她保持着体面的冷静。

“任树，”她打断了他的话，“你不要说了。”

她的眼泪猝不及防地滑落下来，打在手中的玻璃杯上，她把头猛然埋了下去，声音里有哀求的味道：“你不要说了……”

“棠棠，”任树小心翼翼地伸出手去，想要去触碰她的头发，然而在指尖即将触碰上的时候，却又不知所措地收回了手。

纵使是这些年来，他在业界小有名气，出席过很多次国际性的会议，作为发言者在聚光灯下侃侃而谈，但她仍令他紧张，让他不知所措。

“棠棠，跟我回去吧。”

他的声音温柔得好似一场遥远的梦境，坐在沙发上的陆桑抬起头来的时候，没来由地感觉到了一阵晕眩，只觉得眼前的男人，面容开始模糊。

她的脑海中天旋地转回响着的，只有他的那句——“跟我回去吧。”“跟我回去吧。”

回到哪里？

陆桑只觉得心中一阵绞痛。那年她十六岁，在滚滚火光中跳进蔚蓝大海里的那一瞬间，就已经知道，那座岛屿，那个杂花生树的院子，连同那院子里的少年，是她此生此世，都不可能再回去的地方。

她挣扎着试图站起身来，却猛烈地摇晃了一下，而后倒在了沙发上。

“棠棠！”任树大惊失色，探过身子喊她的名字。

6.

飞机抵达厦门的时候，这个城市仍旧笼罩在台风的阴影之下，肆虐着的，是让天地变色的狂风暴雨。

钟寅几乎是马不停蹄地赶到救助局，浑身湿漉漉地推开监测室的门。果不其然，孙局和一些同事都一脸紧张地聚集在那里，孙局转过身去：“钟寅，太好了，你赶回来了。”

“情况现在怎么样？”钟寅大踏步地走上前去，目不转睛地盯着屏幕。

孙局眉头紧锁：“还是飞不了，但船体已经开始漏水，不能再拖了，我们打算先派出搜救船，等会儿会安排一批人上船……”

“我也去。”钟寅方才进来的时候，手中已经抓上了一件救生衣。

孙局抬起头来看看他，嘴角动了动：“你还是不要上船了，等天气稳下来之后，支援空中救援吧。”

钟寅摇头：“孙局，天气预报你应该也知道，这场台风，一时半会是停不下来的。”

孙局还是有些为难：“你这奔波的，我有点担心你的身体……”

钟寅拍拍胸脯，爽朗一笑：“这你就放心好了，局里哪一次体能竞赛，我不是第一名？好了，我这边准备一下，等下一起登船。”

言毕，钟寅已经转身走到准备室去拿自己的救援设备。

换救生衣的时候，把自己口袋中的东西掏出来放到桌子上，钥匙从口袋里跌落到地上，俯下身子去捡的时候，目光落在钥匙上的御守上。

是有一年陆桑去京都谈一个项目，回来的时候送给他的。

他当时还取笑她：“这是什么东西？招桃花的吗？”

“乱讲，”她一本正经地挂在他的钥匙扣上，“保平安的，你可要好好戴在身上。”

他当时也并没有在意，然而这么一想，竟也已经挂在钥匙上很多年了。

钟寅的心中浮过一丝苦涩的情绪，但好在任务紧急，也无法留给他过多的时间沉溺在情绪之中。钥匙戴在身上不方便，他把那个有些褪色的红色御守取了下来，放进了自己衬衫胸前的口袋里。

那边大的搜救船已经待命，钟寅连同几个同事都已经换上了救生服，上船之前彼此对视了一眼，并不需要过多的言语，眼神里的坚定已经说明了一切。

情况并不乐观，受海况和海流的影响，遇难船只的定位并不准确，再加上船体已经开始倾斜，预计场面亦是一片混乱。钟寅和身旁的阿荣都知道，这样恶劣的天气，即使是大船出海，也一定是举步维艰。

坦白来说，这些年中，钟寅原本是有机会放弃的。

航海专业曾经往东海救助局下过聘书，希望他可以以客座教授的身份去学院上课，开的薪资不低，课程倒也清闲，最重要的是，可以完全告别这种随时都会有危险的生活。

局里自然是想留住人才的，但还是把决定权交给了他，让钟寅自己决定，钟寅那阵子也有些疲惫，本来也是打算去的。

那个周末正好去了趟陆桑的学校，同她一起在她学校的餐厅吃饭。两人已经好久没见，陆桑的话也比往日多了些。钟寅记得那天好像是感恩节，餐厅门口的宣传栏里张贴着感恩节晚会的宣传海报，吃过饭从那里经过的时候，陆桑忽然开口说了句："谢谢你。"

"啊？"钟寅一时间有些没有反应过来，"谢我什么？"

"谢谢你当时在海上救下了我。"陆桑垂下头去，声音不大，却很坚定。

就是这句话吧，后来钟寅曾在心中想过，就是这句话吧。

就是这句话让他留了下来，继续在这个岗位上，哪怕是每一次搜救的过程都极其艰难和不易，但生命无价，都值得的，只要能将生命从暴虐的海洋中带回来，就都是值得的。

根据监测，划定出上百海里的搜救范围，采取大型船艇作为后方补给，小型快艇作为前方工作搜索艇，两相结合的方式组织搜索。接近先前预估好的搜救区域之后，四艘快艇便被从大的搜救船上放下，每个快艇上安排了两个救生员。

钟寅和阿荣已经合作过很多次，自然是被分成了一组，海上风大浪大，准备下到快艇上的时候，两个人浑身上下都已经是湿漉漉的。

“钟队，”阿荣拿起腰间的对讲机试了试，“这个对讲机好像有问题。”

钟寅接过来试试，果然连亮都不亮。

“算了，”他随手将它丢在一旁，“应该是没电了，快艇上应该有备用的，先下去再说吧。”

两人顺着绳索，下到了在狂风暴雨中颠簸着的快艇上面。

这场搜救异常艰难，除了风暴，海上还起了雾气，钟寅和阿荣打开强光灯穿梭在海上的时候，不得不感慨自然翻云覆雨的威力。

人定胜天，有时候听起来，是多么可笑的一句话。

自然永远有着摧毁一切的力量，在这种力量之下，人类的一切情爱，乃至生命，都渺小得可怕。

# 第六章
# 拥抱

1.

梦里面又见到了那片海。

是少女时期的自己，瘦削的身材，明明还是炙热的夏日，身上却穿着长袖长裤，试图遮盖住身上大大小小的伤疤。

一人孤独地坐在海边，看着眼前深深浅浅的颜色，再后来，忽然有巨大的爆炸声响起，接着红色的火舌蹿起来。她惊恐地看着这一切，眼前又忽然出现了很多人，岛上生活着的各种各样的人，赵警官，蒋阿姨，还有一些平日里只是打过照面的人，还有一个穿着看上去就价值不菲的蕾丝裙的少女，所有人都围在她身旁，脸上带着厌恶的神情，用手指指点点："纵火犯！害人精！纵火犯！"

那声音越来越响亮，几乎要刺穿她的耳膜。

她双手捂着耳朵，用一种哀求的口吻："不要说了，求求你们不要说了……不要说了……"

往后退了几步，一双光着的脚已经踏进凉凉的海水中。

这些人却还是不肯停下来，声音好似刀子一般，插进她的耳朵和心上。

"棠棠，"她的身后传来一个声音，"棠棠。"

那声音是她所熟悉的，她好似抓住了最后一根稻草，转过身来。

是任树。

他浑身湿漉漉的，双脚也正站在海水中，他对她微笑着，甚至朝她挥了挥手："棠棠。"

"任树，"她的眼泪流了下来，"我好怕，我好怕。"

"不怕，棠棠，你过来。"他朝她挥了挥手。

先前风平浪静的海面忽然狂风大作起来，她整个人转过身，只看到一个巨大的浪潮打过来，打在了任树的身上，让他整个人都湮没在那海浪之中。

“任树。”她叫了一声，迈开脚步往海中走去。

她向着前面的身影伸出手去，海上的风暴越来越大，任树的身影好似就在她前方不远的地方，可她无论如何，都够不到。

“任树……”她的眼泪流了下来，嘴里呢喃着他的名字，“任树……”

坐在一旁的任树，只觉得心脏绞痛，在心中怨恨着自己，找到她的时候太晚了。他伸出双臂来将她环抱在怀中，试图将她从梦境中唤醒：“我在这里，没事了，棠棠，没事了。”

任树的声音温和，让睡梦中的陆桑急促的呼吸声缓缓平复下来。

她缓缓睁开眼睛，看到任树的那一瞬间有些失神，好像并不确定此时此刻自己究竟是在现实，还是在梦里。

任树用毛巾擦拭掉她额头上细密的汗珠，有些担忧道：“棠棠，你还是有些低血糖，刚才昏过去了，回头我们还是去医院检查……”

提到医院，陆桑一下子清醒过来，她匆忙从沙发上坐起来，环顾了一下四周：“小南瓜呢？”

“她在书房……”

看了一下墙上挂钟的时间，陆桑喊了两声小南瓜的名字：“你收拾一下，等会儿我们要去医院检查。”

手机铃声适时地大作起来，是Gavin打来的：“陆，我正开车过去，你那边收拾好了吗？”

陆桑点头：“没问题，我等你。”

她给小南瓜换好了衣服，坐在沙发上等Gavin过来。小南瓜知道自己是要看病，整个人无精打采，安静地坐在那里。陆桑伸手揉了揉她的头发想要哄哄她，她嘴巴一噘：“想钟寅哥哥。”

陆桑安慰他：“钟寅哥哥要忙工作，已经回去了。”

“那我们什么时候回去找他？”小南瓜不满意，“我还要找纪铭玩呢。”

小南瓜虽然年纪小，但早熟早慧，陆桑在和她的相处时也一直把她当成朋友，而不是孩子，她并不想拿“我们很快就会回去”这样的话骗她。她给小南瓜整理了一下刘海：“我们不回去了，小南瓜要留在这里治病，以后我们就生活在这里。”

这句话是说给小南瓜听的，也是说给任树听的。

门铃声响了起来，陆桑走过去开门。Gavin 见到任树的时候愣了愣，陆桑给他介绍：“我国内的一个朋友，正好来洛杉矶看一下我们，这两天就回去了。”

她又转过头来：“任树，这是 Gavin。”

即便陆桑用的是“国内一个朋友”这么轻描淡写的词，但 Gavin 还是察觉到了氛围的不对劲，抬头多看了这个年轻俊朗的中国男人两眼。

任树开口：“我陪你们一起去。”

陆桑的嘴角动了动，原本想拒绝，可又不知道该说什么。Gavin 倒是点点头：“好的，一起吧。”

2.

Gavin 在开车，陆桑低着头用手机处理几封工作上的邮件，任树看着窗外，偶尔目光转过来看陆桑一眼，坐在车后座的小南瓜摆弄着手中的魔方。

车厢里弥漫着尴尬的沉默，Gavin 主动找一些话题：“这几天过得怎么样？会不会觉得无聊？”

哪里会无聊啊，陆桑在心中想道，都不知道上演了几出戏。

开口前先露出标准的笑容，像同客户谈生意一般：“还好。”

Gavin 说了几件自己生意上的事情，陆桑心不在焉地听着，忽然有种淡淡的疲惫感。

真的没有关系吗？她偶尔转过头来看一看身旁这个美国男人的侧脸，选择同一个自己不爱的人结婚，真的没有关系吗？

车停在了霍格医院的门口，下车的时候，小南瓜拉了拉陆桑的衣袖，声音有些怯生生的："桑姐姐，我不想去。"

陆桑心里一软，作为一个先天性心脏病患者，从出生到现在，这个孩子不知道已经体会过多少次常人难以想象的痛苦。

严重的时候，伴随着每一次呼吸，都会有强烈的撕裂感，再加上成长环境，这个孩子对死亡之类的命题过于早熟。

每一次复发的时候，她在临睡前都要哀求陆桑："桑姐姐，明天喊我起床好吗？一定要喊我，一定要喊醒我。"说这话的时候，眼神中满是恐惧，生怕自己这么一觉睡去，第二天就再也醒不过来了。

厦门夏天的时候还容易多台风，电闪雷鸣的暴雨夜，陆桑一定会打电话要求孤儿院把所有的门窗都关紧，给小南瓜耳朵里塞上耳塞，因为她经常会担心自己的心脏会被那样的声音震碎，一定要抱紧被子死命地护住胸口才安心。

但有时候陆桑也会在心中庆幸，好在不管怎么样，走出曾经的自闭症阴霾之后，如今的小南瓜，也算是一个乐观开朗的孩子。

想起在国内时，有一回在医院走廊上，抬起头的时候看到电视屏幕上正在放着一首歌，她并不知道歌名，但最开始的那几句嘶吼和歌词，还是一下子紧紧吸引住了她。

"也许争不过天与地/也许低下头会哭泣/也许六月雪要飞进心里/会有柏林墙出不去/一生与苦难做邻居/伟大时光已夺走你什么……"

那是医生刚同她讲过小南瓜的心脏情况，比他们原先预想的要严重很多，手术风险极大的时候，一向冷静自持的陆桑，在听见那首歌的那一刻，还是泪流满面。

但心中清楚地知道，自己要成为她的堡垒，要为她撑起来一片天空，即使很低矮，也还是要撑起来。

她不能比这个孩子先崩溃。

陆桑蹲下身来，在小南瓜的脸上亲了一下："等小南瓜好了，就可以去游泳了，小南瓜不是一直想去游泳吗？"

小南瓜眼睛一亮："真的吗？那我可以潜水吗？钟寅哥哥可以带我潜水。"

陆桑伸手揉了揉她的脑袋，声音温柔："都可以的，等小南瓜好了，可以去登山，去潜水，去跑步，有一颗世界上最健康的心脏，想做什么就可以做什么。"

3.

搜救工作已经持续了二十四个小时，钟寅和船只上的每一位救生人员都面色憔悴，嘴唇发白。

但没有一个人抱怨，也没有一个人将手中的工作慢下来。随着搜救工作的进行，大家也都发现这次灾难比想象的要严重很多，每个人的脸上都是沉重又坚毅的神情。

失事船只已经找到，除了已经成功获救的人员之外，目前尚有百余人下落不明，邻近城市的沿海岸线救援也已经全部展开。钟寅和阿荣的小船在失事船只附近探测打捞，将伤员带回到船只。失事船只那里，也已经在底部切开探孔，进行生命探测，有生命迹象就立马打开孔盖救人，没有生命迹象就马上封上。

凌晨三点四十分，在一块礁石下面发现了第一具尸体。

钟寅连心痛的时间都没有，和阿荣两人迅速地用船只上携带的工具进行打捞。三十来岁的男子，上衣的口袋里装着证件，微胖的面容，应当是一个家庭的父亲和丈夫。

遗体也需要先运回大船上，钟寅和阿荣驾驶着小船先进行返航。阿荣将遗体送回到船上之后，刚准备重新返回小船，忽然面色苍白，身体一个趔趄，大口大口呕吐起来。

钟寅立即交代船上的同事带阿荣回去休息，有同事建议："钟队，你也先回局里休息休息吧，都一天一夜了……"

钟寅伸手打断了他的话，用有些嘶哑的声音说道："我没事，身体还坚持得住，好好照顾阿荣。"

言罢，便转过身来继续驾驶着这艘小型搜救船，往黑蓝色的海面的更深处驶去。

若是阿荣当时没有被突如其来的胃炎影响到，也许会记得提醒钟寅一声，让他把小船上的对讲机换一下。

不然的话，也不会有那场让很多人牵肠挂肚的失联。

整场救援持续了超过七十个小时，伤亡不可能说不惨重。即使是获救人员中，仍有几十人伤势惨重，确认死亡人员八人，还有两人仍旧下落不明。

而钟寅，也一直没有归队。

对讲机一直无人接听，地面控制中心无法定位到那艘小艇的位置。局里所有的人都是面色严峻，孙局连夜开会，成立后续的搜救小组，在寻找下落不明的两人的同时，也在这苍茫海面上，寻找着钟寅的踪影。

媒体所有的焦点都放在事故后续的调查处理上，局里也没有向外公布有救生人员失联的消息，所以即便是在洛杉矶一直关注着这件事情各项跟踪报道的陆桑，也并不知道此时此刻钟寅的境遇。

她也正有着自己的事情需要担忧——小南瓜的首诊情况并不理想，肺动脉高压比先前还要严重，重度主动脉狭窄，需要进行单心室姑息手术。

“有一定的风险，”Gavin 的叔叔倒也诚恳，“但我们会尽力。如果手术的话，还是建议尽早。”

“不手术呢？”

“不手术的话这个很难说。一个是这个孩子可能成长期都需要特别呵护，比如不能做运动，不能去人多的场合，不能听巨大的声音。即便如此，也还是会随着年龄的增长，面临着心脏衰竭的风险……”

都有风险，并没有哪一条看上去更好的道路。

陆桑的心里乱糟糟的，一时间也做不了决定。

本能一般地，她把求助的目光投向了站在自己身旁的任树。

任树倒是几乎没有思索，轻轻拉了拉陆桑的手，然后看向医生，说出两个字：“手术。”

陆桑的心中由衷升腾起一股感激的情绪，感激身旁的这个人，替自己说出了这两个字。

独自一人做出的选择，需要独自一人承担所有的结果。

多一个人做出的选择，在出现糟糕的后果的时候，会有多一个人一起承担。

即便是同小南瓜这个孩子，不过是只有几个照面，但所谓爱屋及乌，说的正是此。

他爱她，她尚在他身边的时候，他心思澄明地爱她。她不在他身边的时候，他孤独绝望地爱她。

所有的一切，他都愿意同她共同承担。

而门外，刚刚打完电话的 Gavin 低头将手机装进口袋的时候，目光正落在了那轻轻触碰在一起的指尖上。

那一瞬间的 Gavin，在心中忽然意识到了一件事情。

一见钟情的那一瞬间，爱情如闪电般击中这个美国男人，然而事到如今，这个美丽的，让他一见倾心的中国女孩，除了那些大家都看得到的外在标签，他几乎对她一无所知。

她从未对他说出过爱，他表达的时候，换来的只是她眼中温和的笑意。

他们甚至连几次像样的约会都没有。

方才她转过头去，看向身边那个男人的眼神，是从未曾在他身上投射过的。

什么是选择，什么是爱。

他也爱过，他知道。

认识陆桑来第一次，他对同她结婚这件事情，有了些许的犹豫。

4.

晚上同陆桑一起吃饭的时候，Gavin 试探地问了一下她对婚礼的想法，她低着头喝汤："都可以的。"

Gavin 开口道："陆，需不需要找个时间我去见一下你的父母？"

陆桑拿着汤勺的那只手顿了顿，摇摇头："我没有父母。"

Gavin 还想多问一些："陆，你从来没有和我分享过你的生活。"

陆桑笑笑："我的生活很简单的，没什么可分享的。"

Gavin 的眼神黯淡了一下，沉默了一会儿之后开口："你想清楚了吗？"

陆桑这才意识到，眼前这个男人，要同自己谈的是一个严肃的话题。她放下手中的勺子，抬起头来同他四目相对："Gavin，你想问什么？"

"你想清楚愿意和我结婚了吗？我觉得，我觉得你并不爱我。"

虽说 Gavin 的表述很是清楚，陆桑却觉得有些困惑："我不明白，爱有这么重要吗？"

她继续着自己的表述："婚姻本质上就是一种分工合作，我愿意同你结婚，在婚后自然也会承担作为一个妻子应尽的义务，会尽力让你觉得轻松和快乐。这些还不够吗？"

"Oh，my God！"Gavin 本能地说出一句英语，眼睛中是难以置信的神情，"陆，我觉得我们需要再考虑一下这件事情。"

他伸手招呼服务生埋单，从椅子上起身，带着难以置信的神情准备离开。

"Gavin。"陆桑试图开口喊住他。

"小南瓜的手术你不用担心，我叔叔作为医生，肯定会竭尽全力。陆，"他顿了顿，补充道，"你知道的，我是爱你的，但是我不想我对你来说，只是一个还不错的选择。我希望自己的一生，能和相爱的人一起度过。"

说完这句话之后，Gavin 便起身离开。

陆桑没有再说什么，沉默地看着他的背影，好一会儿，才轻轻地叹了口气。

坐的是靠窗的一张餐桌，外面是一个小花园，一些情侣坐在那里，有的在低头交谈着，有的在给对方一个甜蜜的吻。

陆桑端起桌子上的高脚杯，慢慢啜饮着里面的香槟。

也不知道自己喝了多少，只觉得大脑有些轻飘飘的，整个人被一种莫名的情绪包围着。

“好累啊。”她轻轻呢喃了一声，将头靠在椅子的后背上。

在国内的时候，她偶尔也会喝酒，但多半是独自在家的时候。

平日里绷得太紧，好似只有微微喝醉的时候，才会把脑海中的那些理性和规则抛开，觉得自由和放松。

手机调成静音，放在包里，几个打过来的电话她并不知晓。

在餐厅里待了多长时间，脑海中也并没有确切的印象，桌子上的那瓶香槟，一个人喝得几乎见了底。

多数客人已经吃完了饭，三三两两地散去。

陆桑觉得脑袋有些疼，意识有些模糊，想要在桌子上趴一会儿的时候，推开门正拿着手机张望着的任树，目光落在了她瘦削寂寥的背影上。

他大踏步地走过来，俯下身来揽住她的手臂：“棠棠，我带你回家。”

陆桑的眼神迷离，手中还握着那个高脚杯不肯松开，转过脸来，看了看身旁这个年轻男人的侧脸，嘴里轻轻呢喃了一句：“你怎么才来啊？”

酒精发酵了情绪，人平日里严丝合缝的逻辑，如同禁锢在堤坝中的洪水猛兽，但凡出现了一个缺口，好似都会全盘倾泻而出。

“你怎么才来啊？”还没有走出餐厅，她的眼泪便汹涌而出。一个趔趄，脚崴了一下，细高跟鞋的鞋跟发出清脆的声响，折断在了那里。

她却好似完全感觉不到脚踝的疼痛一般。

任树微微俯下身子，一只手臂放在她的膝盖处，陆桑还未反应过来，整个人已经被他拦腰抱起。

她轻轻“啊”了一声，本能地环住了他的脖子。

发圈不知在什么时候滑落，头发凌乱地散了下来，酒精的缘故，面色绯红。

脑海中依稀想到的，是少年时期的场景。

——“任树，你不能多吃点吗？看你这么瘦。”

——“没办法啊，我很难吃胖的。”

——“那你这么瘦，以后都抱不动喜欢的女孩子。”

——“才不会，我虽然看上去瘦，其实很有力气的。”

——“不信，”方棠一撇嘴，“你上次掰手腕都输给我了。”

餐厅已经快要打烊，洛杉矶落了一场突如其来的雨，周遭一时间是有些杂乱的噪音。

即便是在那种嘈杂的环境中，陆桑仍旧听得到胸膛里心脏跳动的声音。

她不知道那是自己的，还是他的。

倒是他的声音，好似穿越了那么久远的时光来到自己的耳边。

“棠棠，对不起，我来晚了。”

我来晚了。

让你独自走过那么多孤独绝望的岁月。

我来晚了。

让你必须独自承受过往岁月的风霜刀剑。

我来晚了。

让你必须把自己变成一个坚硬隐忍的灵魂。

但是这一次，不管怎么样，我都绝对不会再放开你。

还是少年时期，任树父亲从外面带回来一个卡拉OK，方棠没有见过，趁着周六下午偷偷溜到任树家。

里面放上光盘，两人有模有样地拿起话筒。

是达明一派的光盘。

“路中他紧紧挽她手臂 / 尽把过去以后都不理 / 继续去路 / 已断退路 / 浪荡里我跟你……”

“共你凄风苦雨 / 共你披星戴月 / 共你苍苍千里度一生 / 共你荒土飞纵 / 共你风中放逐 / 沙滚滚愿彼此珍重过……”

是酷暑的夏日，十四五岁的少年少女，也并不懂这首歌里的场景故事，也尚未预感到以后人生里猝不及防的告别与失去。

只是知道这首名为《皇后大盗》的歌，应当是一皇一后两个盗贼，患难与共，浪荡天涯。

方棠小跑到阳台上取下来任树的一件衬衫，两只袖子系在脖子上当披风。任树原本是内向安静的性子，却也被她在头上系了一块格子布当头巾。

两人在那样斑驳的光影中蹦蹦跳跳，唱到最后“浪荡也要给你我给你 / 我给你我的一切”，相视一笑。

此时此刻，洛杉矶整个城市都沦陷在这样的一场暴雨中，很难打到出租车，任树双臂抱住陆桑，站在大厅内暂且避雨。

他的耳边不知为何，又响起来少年时的旋律。

——我给你 / 我给你我的一切。

5.

一直到坐上出租车，陆桑整个人都蜷缩在任树的怀中。

恶劣天气带来严重的交通拥堵，出租车在市区内行驶得极其艰难，几乎半分钟就要停下来。这样来来回回停了几次，眼见着陆桑原本平静的脸上露出些许痛苦的神情，嘴里轻轻呢喃着：“难受。”

醉酒再加上在这样封闭狭窄的车厢里，难受是一定的，离住处还有很长的一段车程，任树有些担心，不知道她能不能坚持得住。

出租车又往前开了一小段路，接着便是一个急刹车，两个人的身体都往前倾了一下，任树的手赶紧垫在陆桑的脑袋前面，免得她撞到脑袋。

陆桑摇头，一只手死命地抓住任树的手腕："好难受，我们下车。"

任树从钱包里掏出两张美元递给出租车司机，用英语拜托他在附近可以避雨的地方停下，司机点头，路口一个拐弯，停在了丽思卡尔顿酒店的门口。

在一片狼藉的恶劣天气中，酒店大厅暖黄色的灯光，好似漂泊之人的温暖港湾一般。

任树扶着陆桑下车，冷风一吹，暂时缓解了她的难受。

但她整个人仍旧是疲惫的，任树挽着她的手臂走进酒店，让她在酒店大厅的沙发上坐下，接过服务生递来的开水，示意陆桑喝一些："你现在这样再坐车太难受了，我给你开个房间，你好好休息一晚。"

陆桑的整个脑袋已经歪在了沙发扶手上，面颊上是两片红晕，意识仍旧是不清楚的，扬起脸看向任树的时候，咧开嘴粲然一笑，用含混不清的语言应答道："好啊。"

任树微微一笑，伸出手来将她被雨水淋湿的发丝拨弄整齐。

酒店前台的美国女孩儿微笑着看着走过来的任树，将两人当成了来洛杉矶度蜜月的新婚夫妻："我们酒店这个月推出的有'约会之夜'套餐，除了套房住宿之外，还有双人早餐和赠送的冰镇香槟和巧克力松露……"

"就这个吧。"任树担心陆桑的情况，完全没有听进去美国女孩儿的介绍，拿出信用卡和证件递了过去。

房间在十六楼，电梯里只有他们两人，陆桑还带着迷迷糊糊的醉意。任树一心只挂念着她有没有感觉好受一些，直到用房卡刷开门，推门进去的时候，他才意识到两人是独处在异国他乡的一个酒店房间里。

应当是前台的美国女孩儿介绍的所谓"约会之夜"房间，一推开门，映入眼帘的除了柜台上大束大束的白玫瑰粉玫瑰，便是偌大的落地窗外面的无敌夜景。

汹涌的大雨并没有掩盖住这个城市璀璨的灯火，在这样的万家灯火中，这个酒店里亮着的这一盏灯，也许太过寻常。

但只有当事人才知道，每一个细节，都是全宇宙的馈赠。

陆桑一进门便甩掉了那双高跟鞋，光着脚踩在房间的地毯上，见到那张松软的大床，整个人便扑到上面。

但胃里还是有些难受的，干涩的缘故，嘴唇已经有些起皮发白。任树从房间迷你吧台拿出一盒牛奶，放到烧水器中加热。

两分钟后，将玻璃杯送到陆桑面前："棠棠，喝点牛奶，胃里会舒服一些。"

她的眼睛微睁，正欲开口去喝的时候，感到胃中又是一阵翻江倒海，忽然推开任树伸过来的手臂，跌跌撞撞地冲进卫生间，反手锁上了门，而后便跪倒在马桶那里，大口大口地呕吐。

只觉得天旋地转，五脏六腑火烧一般地难受，眼泪鼻涕都一把落下，狼狈不堪。

任树匆忙走过去，想要推门的时候才发现门被她从里面反锁上。

"棠棠，"他低声呼唤着她的名字，"你怎么样了？"

里面并没有应答声，传来的，还是略带着痛苦的呕吐声。

"棠棠，"他语气是满是担忧，"你把门打开好不好？"

她当然是不肯的，这些年来，外人眼里的她，莫不是刚强坚硬如岩石一般的，即便是在钟寅面前，她也极少露出自己脆弱的一面。

也不是没有过醉酒，大学时候做兼职，原本已经在醉酒的边缘，眼见着第一笔单子要签下来的时候，对方又招呼着端上桌一瓶红酒："陆小姐干了这瓶酒，我们立即签下这笔单子。"

成人世界的凛冽与寒意，那并不是陆桑第一次见识到。

那瓶红酒打开倒进高脚杯，在周遭中年男人戏谑的目光中，她一杯接着一杯地喝下。

冰冷的液体灌进喉咙，再灌进胃里，那滋味并不好受。

第三杯一饮而尽的时候，陆桑微笑着说了句“抱歉，我去趟洗手间”，淡定地把椅子拉开，起身去了走廊尽头的洗手间。把自己关到小隔间里面的时候，蹲下身把手伸到喉咙中催吐，难以名状的滋味从喉咙中倾泻而出，连带着眼泪鼻涕都一起出来。

几分钟后从洗手间出来，她已经整理好了妆发。推开包厢门，端起桌子上刚被满上的红酒一饮而尽，没有人看得出来她方才在洗手间经历了什么。

那晚那个单子，直到最后签字的一刻，她都保持着得体的微笑，等把大家都送走之后，她才又一次躲进洗手间的隔间里，大口大口呕吐。

陆桑呕吐完，抬起头的时候，看到镜子中出现的是一张苍白浮肿的脸。

她原本是很少哭的，成年之后，几乎没有流过眼泪。

然而不知为何，在听到一门之隔的任树，用温和的声音一遍遍呼喊着她的名字的时候，陆桑忍不住小声地抽泣起来。

洗脸池的水龙头打开，放到最大的水流。

将脸埋在水中，却并没有帮助她止住眼泪。

门外的任树，知道这样的呼喊只是徒劳，他所能做的，只有等待。

缓缓地蹲了下去，坐在门口的地毯上。

手放下去的时候，正好摸到口袋里的那只银白色的口哨。

将它放在嘴中，任树吹响了第一个声音。

陆桑愣了愣。

第二个声音。

第三个声音。

并不是向她在传递着什么话语，门外的任树，就这样吹着，用的气息不大，哨子发出的声响很温和，并不尖锐。

陆桑慢慢地安静下来，觉得自己的情绪，好似得到了安抚。

沉默了一会儿，她转过身去，把手放在门把上，轻轻拧动了一下那个开关。

任树的嘴里还叼着那只哨子，听到开门声抬起头来，目光同陆桑的触碰到了一起。

他从地上站了起来，向她伸出手臂。

陆桑整个人便被他揽入怀抱中。

——事隔经年，若我再见到你，我该如何问候？

——以沉默？以眼泪？

这个拥抱，两人都等得太久了。

6.

酒店赠送的冰镇香槟，自然是都不愿意再喝。陆桑的情绪冷静了一会儿之后，到洗手间冲了个澡，裹着睡袍出来的时候，接过任树递过来的那杯热牛奶。

头发还是湿漉漉的，有几滴水珠滴到了脸上，卸完脸上的妆容，不施粉黛的一张脸上，竟还有着十几年前少女的气息。

那一瞬间的任树，有些发怔，听得到自己胸膛里心脏剧烈跳动的声音。

说来也是好笑，两个成年人，任树不知在多少重大会议上从容不迫地发言致辞，陆桑在谈多大的项目的时候都是一副气场强大的样子，却没想到在相互对视的那一刻，都有一点点紧张。

陆桑的脸红了起来，赶紧低下头来，去喝手中杯子里的牛奶。

任树抓起桌子上的遥控器一阵乱按：“要不要看电视？”两分钟过去，却连开关键都没有按到，房间里仍旧是听得到两人呼吸声的沉默。

他索性也不做这些欲盖弥彰的事情，放下手中的遥控器，认真注视着她。

起身到洗手间，把吹风机从抽屉里取出来：“棠棠。”

“嗯？”她回过头来看他。

“我帮你把头发吹干吧。”

她微微愣了愣，但还是点点头：“嗯。”

外面的雨已经停了下来，坐在靠窗的椅子上，入目的繁忙都市的灯光，都显得极其温柔。

任树站在她的背后，一边拿起来头发，一边用着低挡位的吹风机吹动着。

陆桑微微笑笑：“你比我家楼下 Tony 吹得要好。”

任树配合着她：“好巧，我也叫 Tony。”

这个酒店离海不远，从窗外看过去，透过迷离璀璨的灯光，依稀看得到远方涌动的海蓝色。

陆桑的目光投向那里的时候，任树也抬起头来看向那里。

夜晚的海洋，向来是她不愿意想起和靠近的。

但是此时此刻，她不害怕了。

# 第七章
# 星星

1.

如今岛上的这个园子，已经成为半开放性的植物园，每月有几天对外开放，会有岛外农业大学的学生，三三两两地过来。

里面植物众多，更有很多国外带回来的珍稀品种，虽说比不上一些政府项目的植物园规模，但麻雀虽，小五脏俱全，又有着主人的匠心在里面，倒也是别有风味。

农大的几个学生在植物园里游逛。

“我想去看玫瑰园，不是说专门有片种的是卡赞勒克玫瑰吗？”

“应该在后面，我们一起去。”

“这个园子园主是谁？”

“中科院植物所的任老师啊。”

“噢噢，难怪，你看这植物介绍都是手写的。我下学期想做药用植物学的论文，到时候估计要看很多任老师的文献……”

“这个园子有多久了？”

“园子应该很久了，但翻新过吧，听说以前出过事情……”

几个人在那里待了有一个下午，走出去的时候，有微风吹动，围墙上挂着的铃铛碰撞着发出清脆的声音，爬山虎遮蔽下的那块并不引人注目的刻着篆书“棠”字的木板也在风中晃了两下。围墙墙角的砖块，偶尔可见几块黑色的，被火焚烧过的痕迹。

十一年前，这里并不是这样的。

那时候这里大抵只能算作是一个长满杂草的庭院。园子里花草虽多，却是杂乱无章随意生长的样子，非但没给园子增添美感，反而凭空多了几丝阴森可怖。

任树是在一个盛夏的午后搬过来的。

南方盛夏，闷热又潮湿，十四岁的方棠像只脏兮兮的小猴子一样半躺在那棵大榕树的粗壮的枝干上，手里捧着的书只翻了两三页便开始打瞌睡，浓密的树荫把她整个人遮挡得严严实实。

却忽然听到有嘈杂的声音，刚开始的时候以为是在做梦，可后来那些声音越来越大，把她从迷迷糊糊的睡意中惊醒。她揉了揉眼睛，扒开枝叶往下一看，整个人愣了愣。

这个总是大门紧锁着，荒废了很久的园子，难得出现这么多人。

应该是在搬家，几个工人正抬着一些物件进进出出，中式的檀木家具，散发着幽幽的光泽。抬进去的，也还有一盆盆高低不一的植物。高的龟背竹，苏铁，矮一点的散尾葵和常春藤，也有正开着的夹竹桃和紫薇花，像是夏日里醉人的酒。

方棠觉得有趣，从午后看到落日西斜。搬家工人把那些东西一一放好之后悉数离去，最后走进来的，是一个中年男人和一个少年，应该是父子。

中年男人身材有些发福，挺着啤酒肚。后面跟着的那个少年，方棠扒开眼前的枝叶，瞪大眼睛看过去，那张脸像雪山一样清冷，但真是好看。

中年男人的脸上是很开心的样子："小树，你看这里，喜欢吗？"

少年环顾了一下四周，虽说仍旧摆着一副冰山脸，但看得出来眼神里还是有些许晶莹和闪烁的，他点点头："喜欢。"

中年男人发出爽朗的笑声："这块地可是个好地方，距离海边不远不近，位置也好。我本来打算在这儿开发出一家星级度假酒店，不过话说回来，你喜欢就好。但我生意上的事情多，以后估计不能常来，回头给你找好保姆……"

他还说着什么，任树已经没有再去听，他走到花坛旁的一株月季那边，随手拿起放在地上的小剪刀，把几片有些发黄的叶子剪掉。

方棠看得认真，也没注意到自己的身体怎么就晃动了一下，发出轻微的声响。少年立即警觉起来，把脸转了过去。

好在枝叶茂密，又正好有只鸟展翅飞过，方棠才没被当成小偷揪出来。

2.

园子里搬进来人，方棠原本是不开心的。先前发现这个园子也是偶然，被里面肆意生长着的草木吸引，遇到什么不开心的事情，就翻墙进来，爬上那棵榕树，在粗壮的枝干上坐一坐。

爬树是幼时的兴趣，觉得树能听懂自己说话。

有人搬了进来，园子自然不能算作是无主之地，再进来，就需要偷偷摸摸。

方棠倒也发现了一些事情。

譬如发福的中年男人基本不在这里，多数情况下都是只有少年一人，他也不去学校，每周周末的时候会有家庭老师过来给他上课。方棠竖着耳朵听过一节，自然是难很多的，也不大听得懂。

譬如任树看起来总是孤零零的，一个人的时候就翻翻书、浇浇花草，他有时候也会和草木说话，方棠偷听到了一些。

任树同方棠第一次照面，是在九月底，他十五岁的生日宴散场之后。

父亲明知道他喜静不喜闹，却还是坚持要认真举办一场宴会，一是用于庆生，二是搬到这里之后，与亲友走动少了很多，也算是乔迁联络感情。任树拗不过，只得配合。

吵吵闹闹的一天，成人间的假意逢迎，觥筹交错。价值不菲的礼物摆得满满当当，任树都有些兴致索然，唯独父亲去东南亚出差带回来的一些稀奇植物种子，他很是喜欢。那一天，赵熹微也跟着家里人一起过来，叽叽喳喳地围在任树身边——“任树哥哥，你搬到这里我都好久才能看到你一次了。”

“嗯。”

“你都没给我打过电话。”

“嗯。”

“任树哥哥，你住在这里不会无聊吗？岛上都没有什么好玩的地方，有空我带你去岛外玩吧。”

“不无聊，挺好的。”

赵家父亲同任树父亲是故交，关系很好，连带着两家孩子打小就认识。赵熹微从小是被当成公主养的，霸道又自私，每次赵家夫妻一带着她来自己家，任树便会觉得好像有只麻雀在自己耳边一直叽叽喳喳，脑袋都快要爆炸。

那个时候互联网还不流行，但任树已经熟练掌握网络聊天十大伤人用语，对待赵熹微，“哦”“噢”“嗯”几个字轮番使用，直到把赵熹微气得嘴巴噘得高高地离开。

不过今日，怎么说也是生日，任树还是努力地凭借意志一直在脸上绷着微笑。

好不容易到了晚上，人群才逐渐散去。

十一点多的时候，任树觉得肚子有些饿，原本想喊保姆煮碗面吃，又觉得太过打扰，索性从床上起身，披着一件衣服打开门走出去，想到楼下的厨房里找些东西吃。

途中没有再开灯，就那样摸索着走到厨房门前，“咯吱”一声推开了房门。

随手“啪”的一声，按下了门边的开关。

白色的灯光洒下来，房间里一片光亮，与此同时，任树的耳朵里传来了“啊”的一声被吓到的轻微的尖叫声。

“谁？！”他本能地呵斥了一声，而后目光便落在五米开外的那个女孩儿身上。

女孩儿顶着一头乱糟糟的短发，身上穿的衣衫太过陈旧，几乎已经看不出来原来的颜色，脚上是一双脏兮兮的球鞋。

却是有双潭水般清亮的眸子，同任树对上一眼之后，又赶紧瞥向了一旁。

她此时的姿态，却是极其狼狈的——正用手抓着桌子上白天剩下的翻糖蛋糕，手指和嘴角都糊着奶油。

三更半夜家中闯进了这样一位不速之客，按理说应该是生气的，然而不知为何，站在那里的任树却一时间不知道该如何开口。

女孩子倒是很快反应过来，将手中切蛋糕的塑料刀叉立即丢在地上，嘴里轻轻呢喃了一句，“我不是小偷”，而后便拔腿往外跑去。待任树反应过来，她整个人已经跳上了客厅的窗台，像只灵巧的小鹿一样，身影闪进了夜色里。

任树缓缓地走过去趴在窗台上看，夜色沉沉，园子里影影绰绰的树木在风中摇晃着黑影，哪里还看得到任何人的影子。

重新走回厨房，将掉在地上的塑料刀捡起来放在手中，所有的一切看起来都是如此平静，好像方才的少女，只是他的幻想。

他从冰箱里拿出一盒牛奶，放在微波炉里转了几分钟，之后重新回到房间躺下。

然而不知为何，脑海中还是会浮现出刚才那个女孩儿的样子。

脸上涂着很多奶油，也有些脏兮兮的，看不清楚样子，但那眼神，任树却是记得的。

那同任树过往人生里见到过的少女的眼神都不一样，比如赵熹微的，比如陈雯雯的，比如搬来这里之前班上的一些女同学的。

她们的眼神，或活泼，或温柔，总是还残存着很多对世界美好的憧憬和幻想的。

这双眼睛，却不一样。

她的眼神冷冽，怀疑，惊恐，好似荒原上的小动物，随时担心着自己可能面临着灭顶之灾。

却又偏偏澄明得生动。

3.

自从被发现之后，方棠再不敢去那个园子，有几次在围墙下面徘徊了很久，最后还是悻悻地走开。

家里永远是那个老样子，四十来平方米，拥挤又潮湿，一年四季都散发着霉菌的味道。偏偏母亲在门口张罗了一个早点摊，散发不去的霉菌味道中间，又夹杂着油腻腻的味道。

家里是没法看书的，园子不能再去，方棠开始盯上的地方，是岛上那座小小的图书馆。

说是图书馆，其实不过是两间低矮的平房，在海边，离人群又远，平日里空荡荡的，几乎是没有什么人来的。

图书馆管理员叫蒋依，四十多岁，和岛上的南方口音不同，她操着一口标准的普通话，听说是前几年才从外地过来的。

方棠倒也和蒋依逐渐相熟起来，她过来的时候会打招呼："蒋阿姨。"

蒋依从手中捧着的书中抬起头来，指指桌子上的花生："哟，方棠来了，吃花生。右边第二排的架子上，有几本新书。"

捧着一把花生坐在靠窗的桌子上，找出来的是上次看到一半的《包法利夫人》，找到折页的地方，接着看下去。看得有些疲惫的时候，便剥开一颗花生，挑出来一粒放到嘴里。

六点钟的时候，头发有些花白的蒋依会摇一摇桌子上的铃铛："方棠，下班啦。"

"再等五分钟嘛，蒋阿姨，"方棠撒娇，"我还有三页就看完了。"

蒋依只得依她："好好，再等你五分钟。"

窗外面有棵银杏树，秋意渐浓的时候，叶子打着卷儿落下。方棠那天在书架中间穿梭着寻自己想看的那本书的时候，听到门口传来蒋依的声音："你好，来看书？登记一下吧。"

她微微吃惊，但也没有太在意，看到的那本书在最高层，踮起脚去够。

她就是那个时候，从书架的缝隙中，看到对面那张熟悉的面庞的。方棠的大脑当即"轰隆"一声，手中那本辛波卡丝的诗集跌落在地上。

声响自然是惊动了少年，他抬起头来，目光也从缝隙中投了过去。

方棠想抽本书出来遮脸已经来不及，想逃跑也已经来不及，只能这样束手待毙地站着。

任树看着她这副样子，在心中隐隐觉得有些好笑，唯恐自己当着她的面笑出声来，只得赶紧低下头去，装作若无其事的样子翻看自己手中的书。

方棠以为任树没有认出来自己，这才放下心来，把诗集从地上捡起来，又转悠了几圈，准备去桌边坐着的时候，发现自己惯常喜欢的那个位置已经被任树坐了。

秋日的阳光温柔，隔着银杏的叶子稀稀疏疏地照在这个少年的身上，连他的睫毛都有一层好看的光辉。

方棠在那里杵了一会儿，走过去在他背后的那张桌前坐定。

一整个下午，图书馆里没有旁人进来，十分安静，只听得到墙上古旧的挂钟嘀嗒声和沉默如谜的呼吸声。

六点钟，铃铛声响起来："方棠，下班啦。"

蒋依还要负责打扫一下，方棠和任树一前一后走了出去。

外面的天色已经暗了下来，两人别别扭扭地走着。方棠以前都是自己一个人回去，这次低下头来的时候，会看到后面还不近不远地有着这个影子，好像他已经是她认识了很多年的一个老朋友一样，没来由地觉得安心。

最后快走到任树家园子的时候，方棠忽然鼓起勇气转过头来，眼睛亮晶晶地看着他："我叫……"

"方棠，"任树说道，"我知道。"

方棠微微一笑。

任树也开口："我叫……"

"任树。"方棠也打断了他的话，学他刚才说话的语气，"我知道。"

接下来要说点什么，两个人都不大知道，别别扭扭地站在那里。好像觉得对话该结束了，可又不想让它这么快结束。

天边的夕阳还残留着最后一丝彩色的羽翼，沉默而悲悯地注视着两个初次靠近的男孩儿女孩儿。

任树自顾自地说到了家中的秋海棠："我爸上次带回来一株秋海棠，回头带你去看。"

方棠的眼睛亮了起来："好！"

她也有事情同他分享，献宝一般："那个图书馆，是我爸爸建的。"

"真的？好厉害。"

"嗯，"方棠点头，"我妈妈跟我说的。"

4.

接下来的好多天，任树却没有见到方棠。

家中不是没有书的，可还是愿意去图书馆，在图书馆靠窗的位置坐下，却并不是十分专心，听到门口的声音便转过头看看，并不是方棠。

思忖着工作日的缘故，她应该会去学校上学。周六那天早早醒来，带着点期盼和愉悦过去，空荡荡的图书馆里，仍旧是只有他和蒋依。伴随着的，是空气中飞扬起来的细微的灰尘和墙上挂钟的嘀嗒声。

好似投在心湖的一块石子，激荡起涟漪之后又沉寂了下来，渐渐也不再期待，任树的生活，又陷入了以往的宁静之中。

隔了些日子，便是中秋。

半个多月前的电话里，任父原本是答应过任树，中秋不管生意多忙，是一定会赶回来的。

却还是食了言。那几天在新加坡，他在电话里喊出"任树"的名字的时候，任树的心中便微微一沉，知道注定又是一个孤独的节日了。

他懂事地安慰父亲："没事，我自己在家也挺好的。"

"好好，"任父欣慰地点头，"等我从新加坡回去，给你带几株这边的新奇植物。"

庭院里的植物，都是这些年来，任树一棵棵一株株种下去的。

幼年时期，任父每次外出回来，莫不是带回来各种价值不菲的礼物，任树的反应却都是淡淡的，没有太多的欣喜的样子。

直到有一次，任父回来时，带了一株枇杷树的树苗，然后他惊奇地在这个孩童的脸上，看到了久违的欣喜欢笑。自此，海棠、芭蕉、合欢、藤萝、石竹、麦冬……只要是看到家中还没有的植物品种，任父都会带回来，只为了任树脸上短暂的欣喜。这次搬家，园子里本来也杂乱地长着许多不同种类的植物。

平日里习惯一个人，也并不常觉得孤独，只是在中秋这样的节日，一个人在偌大的庭院中，还是难免有孤寂之感。

他百无聊赖地翻看着手中的书，偶尔同脚边的那盆白菊说几句话。

身后的银杏打着卷儿落下，不时跌落在书页之中，任树随手拂去，并不影响读书的情绪。突然，有其他的东西落在书页之间，小小的白色颗粒。任树眉头微微蹙起，拿手捏起来丢掉，谁知几秒钟之后，又一个投到了书页之间。

转过身去，便看到后面高高的围墙上，方棠耷拉着两条腿，手中拿着半个石榴。方才丢过来的，应当是石榴籽。

任树没有经历过那种情绪，不知道该怎么表达，又是生气又是惊喜。方棠缓缓站起来，抱着围墙边的那棵树滑下来，几秒钟就到了任树的面前。

任树这才注意到，她的背上还背着一个小包裹。只见她把包裹摘下来，放到任树旁边的桌子上打开，拿出两块月饼递到任树的手中："赔你的。"

"赔我？"任树不明就里。

方棠点头："对，上次吃了你的蛋糕。"

她从那个小包裹里，掏出来的东西竟真不少。月饼拿出来之后，还有两个石榴，最后摸了一会儿，又摸出来几块桂花糕。

"我想着今天是中秋，不知道你是不是一个人，就想拿些东西给你吃。"

中秋已经有了微微的凉意，方棠换上了长袖的格子衬衫，衬衫有些宽松，手臂伸出来的时候，任树注意到上面有几道红色的疤痕。

他想开口去问，却又担心不太合适，思忖着的时候，方棠似乎也意识到了，把袖子整理了一下。

厨房里还有一些糕点和饮料，任树都拿了出来，院子里的小石桌上堆得满满当当。

开心之余，任树问方棠："今天是中秋，你不用和家里人一起过吗？"

当时的月亮已经升起来，又圆又亮，方棠仰着头去看，漫不经心地说道："家里乱糟糟的，不过这些节日的。"

再晚一点的时候，园子的铁门传来了敲门声，方棠赶紧要起身离开，任树开口："是我家的阿姨，人很好的，你留下来一起吃晚饭吧。"

进来的是个四十来岁的中年女人，齐耳短发，衣着朴素。她转过头的时候看到有个女孩儿在这里，微微一愣，但很快微微一笑："来朋友了啊。"

阿姨手艺好，干活也麻利，半个小时不到，便张罗出来一桌蛮丰盛的中秋家宴。清蒸大闸蟹是任父交代一定要有的，说任树喜欢吃。

两个孩子笨手笨脚，剥不好螃蟹的壳，阿姨嗔怪："来来，你们先吃鱼，阿姨给你们剥好。"

眼神落在两个孩子的身上，宋阿姨在心中由衷觉得宽慰。

她负责照顾任树的起居有一阵子了，时常觉得这孩子，太过内向、忧郁。

而今日的任树，眉宇间的忧愁似乎淡了很多，饭量比先前好了很多。

他甚至还一时露出笑意。

所有的一切都异常宁静，院落里有桂花的香气，白菊也在开着，天上的月亮十分皎洁。

没有比这更好的时刻了。

5.

两人便是这样成为朋友，那之后，方棠会经常过来。她有时候会喊任树，有时候不会，就是一个人坐在那棵大榕树的树枝上发呆。

她曾经跟任树说过：“树木是可以听懂我们说话的。我小时候啊，特别喜欢爬树，有一次我坐在树上，觉得那树枝里面有声音，仿佛在喊我一样。那个时候我就觉得，树是会交流的。只是它的速度很慢很慢，也许我今年给它说过一句话，它要等到明年的某一天，才会缓缓地发出一点声音来。但是它至少是在努力回应我。”

方棠不知道任树周末要上课，有一次她过来的时候，刚想喊他的名字，探头从窗户看过去，发现他正坐在那里做作业，面前还站着一位板着脸，看起来凶巴巴的老师。

方棠挤了挤眼睛，猫着腰小心翼翼地走过去，在窗台下面蹲着，趁老师转过身在黑板上写字的时候，冒出头来伸手轻轻敲一敲玻璃。

任树知道是方棠，老师已经转过身来，他只得假装做题，再转过头去看的时候，已经没有了方棠的身影，窗台上放着一个小小的风铃。任树的嘴角有微微的笑意。

那天恰逢雨后，下课后，任树走出去将那个风铃拿在手中，一阵风吹过来，便是清脆的声音。

方棠不走正门，偏爱翻墙进来，那串风铃被他用竹竿挑着挂在了围墙上面，只要方棠一过来，便听得到“叮叮当当”的声音。

知道任树喜欢这些花花草草，她有时同任树闲扯，小小的脑袋里装着各种稀奇古怪的问题。

“任树，向日葵白天围着太阳转，你说它们晚上干什么啊？”

“聊天嗑瓜子吧。”任树眼睛不离开手中的书，一本正经地回答道。

方棠哈哈大笑了几秒钟之后，又开口道：“哎？任树，你看这院子里，有红色的花、白色的花、蓝色的花、黄色的花，那有没有绿色的花？”

“你没有吃过西兰花吗？”任树反问道。

方棠便配合着任树的冷笑话做恍然大悟状。

也有一次，她坐在外面的树干上等任树的家庭教师离开，上课结束之后她从树上跳下来，站在任树的面前不解地问他：“你为什么不去学校？”

任树当时正拨弄着脚边的君子兰，听到她这样问愣了一愣，那些糟糕的，避之不及的记忆，又重新涌上脑海——搬来这里之前，不是没有去过学校，然而学校带来的，永远是灰暗的，不愿意再提及的记忆。

孩童的恶意并不会少于成人，他在年幼时就体会到了这一点。或是骨子里就带着恶作剧的因子，总有那么一群人以欺凌和戏弄弱小者为乐。

——“喂，小竹竿。”少年时期的他，身体并不太好，经常生病，很是瘦弱。

——“还是个书呆子呢。”有人伸手抢走了他手中的书。

——“哈哈，有种自己抢回来啊。”为首的是那个高大壮实的男生，脸上带着油腻腻的笑容。

有时候，校园比社会更残酷，因为那是一群有破坏力却无容忍度的少年。

一次校运动会的拔河比赛，任树自然是无缘参加，只好坐在一旁的观众席上观看比赛。任树本就内向、孤僻，对这种吵吵闹闹的集体活动，并不上心，所以没有跟着啦啦队员们一起喊加油，而是沉浸在自己的小世界里。结果班级恰好又输掉了比赛，那个高大壮实的男生添油加醋地同班里的学生传达着“他是我们的背叛者”的信息。那个周末，对一切都毫不知情的任树正在房间里看电视的时候，便有砖头和石子砸到自家的铁门。

那种恶意满满的嚣张的眼神，那种无知又残忍的举动，致使任树在很长的一段时间里，完全无法和同龄人进行交往。他的自尊心又很强，这些事情，从未向父亲或是当时唯一喜欢缠着他的赵熹微吐露半句。

后来他便不愿意去学校，父亲劝说他几次无果之后，也渐渐放弃了这种努力，给他请了家庭教师，制订了学习计划。

这些事情，他原本是以为自己都忘记了。

然而并不是，所有的一切，那些残酷的阴暗的岁月，在方棠问出这句话的时候，都席卷而来。

人想要完全敞开心扉，并不是一件容易的事情，任树垂下眼去，没有说话。

方棠亦聪慧而敏感，任树沉默的空当，她开口道："你想说的时候再告诉我。"

任树在心中沉沉地叹了口气，却还是点点头。方棠把话题转向别处："你去过海边吗？"

哦，海，任树在心中沉沉地叹息，他看过很多次，在阳台上，在卧室里，晨曦中的海，夜色中的海，却未曾真的走近过。

"我带你去海边看看吧。"方棠开口。

"不"字尚未说出口，任树已经对上了方棠的眼睛。

那眼神坚定，容不得他说出"不"字。任树点了点头。

6.

住所离海岸线不过千米的距离，方棠和任树走了许久。天已经渐渐转凉，这个时候的海边，空无一人。

两人在海滩上坐下，黑蓝色的海水在暗夜里涌动着，发出巨大的声响。

方棠缓缓地往后靠，在沙滩上躺下，四肢都伸平，微微合上双眼，似乎是在自言自语，又似乎是在对任树说——"我经常自己来这里。"

她说这话的时候，声音里明显有一种不同于往日的味道，让任树的心中微微一惊。

他转过脸去，看向身边的方棠，即使是在暗夜中，他也看得到她脸上的泪痕。

任树只觉得心中一疼——他从来不知道，也从来没有过问过——这些时日以来，方棠在他眼中，一直是开心的，爽朗的，无忧的。

他从未认真去思索过她的心中是否有阴霾，那阴霾是什么。

“棠棠。”任树在心中呼唤了一遍她的名字，而后几乎是不由自主地，把手往她的面颊上伸去。

眼见着要触碰到她的面庞的时候，却忽然没有了勇气，又把手缩了回来。

方棠也正好在那时睁开眼来，触碰到任树的眼神的时候，一下子又咧开嘴笑笑，指了指身旁：“你也躺下来。”

岛上空气极好，夜空毫无尘霾。这一晚没有月亮，没有路灯，地表光照几乎为零，所以一抬起头，看到的便是浩瀚的星星组成的银河，桂冠上的碎钻一般。

任树从未这样躺下来看过星空，只觉得美得让人的呼吸几欲停止。

“我前几天看新闻，说今晚有流星雨，但不知道能不能看得到。”方棠开口说道，“你看过流星吗？”

任树摇摇头。

“我也没有看过，看到流星的话，就可以许愿了。”

“你想许什么样的愿望？”

“我？”方棠把一只手伸出去，好似要握住一颗星星一样，“想离开这里，做一个星星一样的人。”

“星星一样的人？”

“对，星星一样美丽，耀眼……啊，”她轻呼起来，“流星！”

并不是想象中的雨点一样倾泻而下的情形，一闪而过的，只是一个若有若无的亮点，即便如此，仍能让两个人兴奋不已。

“啊，我忘记许愿。”方棠遗憾道，“等到下一颗。”

正说着的时候，忽然一颗大星从天顶直直地往海天相接的海平线落过去，穿过几片薄云，最亮的那一刻，几乎照白了三分之一的天空。

也许只在梦中见过如此壮丽的景色，方棠和任树的嘴巴微微张开，被眼前的一切震惊了。

说来奇怪，那颗星星坠落的时间很长，足够两人认认真真许上一个愿望，方棠却没有许愿，任树也没有。

后来有一个叫作《马男波杰克》的剧风靡一时，里面有一个场景，是波杰克看着夜空说了一段话："看吧，萨拉·琳恩，我们并未受到命运的诅咒。在这一片广袤的宇宙之中，我们不过是不起眼的瞬间而已，终有一日会被世人遗忘。最重要的是当下，眼前，是我们彼此分享过的这段时光……"

或是当时的情形，让人的心中有倾诉的欲望。任树缓缓开口，回答了傍晚时分方棠问出的那个问题："我不去学校，是因为以前在学校的时候，经常会受到一些莫名的嘲笑。那个时候觉得很痛苦，不知道为什么，也不明白为什么一定是我……那个时候好像觉得自己做什么都不对，好好读书会被嘲笑，不爱说话会被嘲笑。我爸工作忙，经常出差，一走就是好多天，会给我留一些零花钱。但那个时候，每周我身上的零花钱都会被那帮人抢走……"

"那帮人？"方棠轻轻开口。

"为首的一个叫邵昊，我清楚地记得他的样子，高高胖胖的，他父亲是当地公安局的局长。他在班里成立了一个什么帮派，平常就是在学校闹闹事，打打架，有谁得罪了他们，便会受到他们的惩罚。

"我有一次被他们堵在了校门口，被言语威胁之后又被踹了一脚，当时整个人就摔倒在地上，那是我第一次挨打。我永远记得那天晚上我躺在床上时的感觉——害怕、屈辱和愤怒。后来我便不愿意去学校，不愿意再和那些人在一起。虽然偶尔会觉得孤独，但和别的情绪比起来，孤独已经好上很多倍了。"

天空中又有一颗流星划过，任树沉沉地叹了口气：“所以搬到这里之后，我也不想再去学校了。”

他讲述这一切的时候，语气异常平静，好似在讲别人的故事一般。

然而方棠却仍旧能感受到，那平静的背后，深深的孤独与绝望。

她沉默了很久之后，才说出了第一句话：“你不能这个样子。”

很奇怪——任树原本以为她会去气冲冲地咒骂那些恶意伤害他的人，然而方棠的这句话的主语是——“你”。

“你不能因为这个，就不去学校，”她的声音里好似有着一股莫名的力量在，“你不能向那些伤害你的人投降。你不去学校，你退缩了，那些人就会以为自己胜利了。”

任树的心中微微一颤，眼中好像跌落了流星，有晶莹而细碎的闪光。

她转过脸去，目光落在身旁任树的侧脸上，表情和语调都是平静的：“任树，你不要怕，如果你想去学校的话，我会陪着你的。”

顿了顿，她又补充道：“我会保护你的。”

不远处黑蓝色的海水涌动着，方棠和任树缓缓地闭上双眼，想象得到眼前的万顷碧波里，不管是任何东西，都会带走。

“我会做你的朋友的。”

# 第八章
# 命运

1.

数日后，任父出差回来，给任树又带回来一些种子，是铁线莲和晚香玉。

庭院里空着的花盆还有很多，任树蹲下身去种，任父站在他身后微微笑：“我觉得你最近开朗了许多。”

任树没有接话，仍旧摆弄着手中的花枝，停顿了一会儿之后，转过头去：“我想去学校。”

他主动提出了这样的要求，任父很是欣喜：“这好啊，你一直闷在家里，虽说功课不会落下，但总也要有些交际。岛外有几所重点高中，明天我就带你去看看，可以在岛外找一套房子……”

“我不想去岛外，”任树打断了他的话，“岛上不是有学校吗？”

任父皱了皱眉头：“你不知道，这座岛经济情况蛮差的，教育肯定也跟不上，鱼龙混杂，什么学生都有，我可不想你在这种环境中上学。”

任树拿起手边的剪刀修剪着眼前矮松的枝叶，声音虽说温和，却有股不容拒绝的力量：“没关系的，你明天帮我咨询一下这边入学的事情吧。环境什么的，没有那么重要的。”

任父想了想，大抵是觉得愿意去学校已经是不错的进步了，便点头道：“行，我下午就打电话问问，没什么问题的话，明天就带你去办手续。”

任父往外走着的时候，脸上带着罕见的开心的神情。不管怎么样，虽说是知道任树在心中也还是对他有些敌意的，但至少现在他愿意同他说上一些话，提一些要求。

搬到这座岛上，看来是个正确的选择。

学校自然是愿意招生的，但因为课程进行到一半，按照惯例要进行入学考试。隔日清晨，任父驱车带任树去那所学校。

一所中学，面积倒还挺大，初中部和高中部是在一起的，任树虽说是第一次来，但觉得并不陌生，方棠同他描述过很多次校园的样子。

汽车拐了个弯，眼见着离学校大门越来越近，任树的心中莫名充斥着复杂的情绪。

有过往经历带来的忐忑与不安，夹杂着的还有说不清的欢喜与期盼，想着一会儿在学校的时候，应当可以看到方棠。

方棠已经好几日没来找他。

例行的入学测试题目，对任树来说着实简单。英文和数学，两套试卷一个小时左右的时间就已经完成，几近满分。学校负责人自然是很高兴的，再加上对任父的生意有所耳闻，立即带着任树去办理了入学手续。高中部每个年级有八个班，向他推荐的是高一(3)班，随时可以入班。

任父在办公室同负责人聊天的时候，任树提出来想出去看看。

当时是下午上课的时间，校园里只有零零散散地几个人，任树从东边的高中部走到了西边的初中部。

方棠在初三（5）班，也是她无意中提起过的。

好在就在二楼，找起来也不算费力，楼梯口旁边的这间教室，便挂着“初三（5）班”的牌子。

任树站在教室最后一扇窗户那里，偷偷地往里面看。

里面正在上语文课，讲台上站着一位四十多岁，戴着眼镜的女老师，正带大家学习《蜀道难》。

“问君西游何时还？畏途巉岩不可攀。但见悲鸟号古木，雄飞雌从绕林间。又闻子规啼夜月，愁空山……”

他匆匆在教室环视了一周，微微地诧异，并未见到方棠。

“蜀道之难，难于上青天，侧身西望长咨嗟。”

还是没有看到方棠。

他注意到了第三排最旁边的那个位子。

位子是空荡荡的，书桌上摞着厚厚的一摞书本，最上面的那本，是《席慕蓉诗集》。

这就是方棠的座位没错了，这本《席慕蓉诗集》，是数周前她从任树的书架上抽出来拿走的。

他不知道她为何没有来学校，心中有隐隐的担忧。仔细回想一下，同方棠相处的这几个月中，他对她的了解，竟然少之又少。

她没有对他提起过自己的住处、家庭、父母，没有同他分享过生活中伤心痛苦的时刻，也没有告诉过他，那日在海滩上看流星的时候，她忽然流下的眼泪，究竟是为何而流。

坐在副驾驶座上回去的时候，任树把头靠在车窗上，只觉得心中闷闷的，不发一语。

任父在旁边絮叨："这边都办理好了，课本也都领了，明天是周末，下周一你就可以去学校了。刘校长跟我说了，先在这个班看看能不能适应，不习惯的话是可以调班的……"

有些话落入了任树的耳朵里，有些话却没有。

他心不在焉地应了两句。

晚上卧室里的灯熄灭，在黑暗中摸出手机，编写出了一条信息："后天去学校，你和我一起吗？"

思忖了一会儿，又把"你和我一起吗"那几个字删掉。黑暗中听得到自己胸膛中，心脏剧烈跳动的声音。

把手机塞到枕头下面，五分钟，十分钟，十五分钟……任树翻了个身，把手机从枕头下摸出来，打开看了看，没有任何消息回复。

"可能是手机不在身边吧。"他思忖道。

把手机重新塞回到枕头底下，又过了几分钟，再翻出来看了看。

不知道自己是什么时候迷迷糊糊地睡去的，夜里醒了几次，第一反应就是摸手机。

还是没有方棠的信息。

直到第二天都没有等到方棠的信息，却又不好意思打电话过去。

吃东西的时候，浇花的时候，都在认真听着外面的风铃声，一有晃动的声音，便探出头去。

但都只是风声，不是方棠。

往常一个人闷在家中很多天也都习以为常的任树，第一次觉得在家中待不住，吃过午饭之后，索性去了岛上的图书馆。

周六的缘故，倒也有寥寥的几个人，蒋依对任树也已经熟悉，对他笑笑："小树来了啊。"

任树点点头，环顾了一下，还是没有看到方棠的身影。

从书架上抽出来一本书，是《大师和玛格丽特》。

"她每天都到我这里来，而我总是从一大早就开始等她。表明这种等待的是我不住地把桌上的东西摆来摆去。每隔十分钟便坐到小窗台上去倾听一会儿，听听那个破栅栏门是否有动静。说来也怪：我和她相遇之前很少有人走进我住的小院，简直可以说谁也不来，如今我觉得好像全城的人都往这里跑似的。栅栏门一响，我的心就一跳……"

他看得触目惊心，甚至把书翻回到封面，看看上面的作者名是米·布尔加科夫，并不是自己。

描写得竟如同自己在庭院中等待着方棠的心境一样。

夕阳沉沉，从玻璃窗的缝隙中透了进来，空气中氤氲着玫瑰红的色泽。

任树合上书页，轻叹了口气，觉得心中好似涌动着，轻盈又沉重的忧愁。

2.

任树要去学校的那日，方棠没有出现。

在家中吃完早饭之后，任父提议送他过去的，任树摇头："不用了。"任父思忖了片刻，抬手看了看腕上的手表："那也行，我今天也要出差，十一点的飞机，去一趟南宁。有没有什么想要的？"

任树摇了摇头。

任父开口："那边正好有一个兰花展，我看看有没有不错的品种。"

他的眼睛立即亮了起来。

原先以为有着方棠的鼓励，有着方棠的陪伴，有着她在身边的话，自己是有勇气面对那些的。然而方棠没有出现，又不想让父亲担心，所以才出门。

在小岛上晃荡了一圈又一圈，专门走一些没有什么人的小路，到八点钟的时候，估摸着岛上的大部分学生都已经到了学校，任树也往学校的方向走去。

先是到了楼梯口挂着"初三（5）班"门牌的那间教室，像个小贼一般躲在最后一扇窗户的后面。是英语课，英语老师用不怎么标准的发音，在讲台上讲解着枯燥的教材内容。他的目光在整个教室里扫了一遍又一遍。

心又一次沉了下去。

还是没有方棠。

班里新来了一个同学，自然是会引起注意和骚动的。走进教室的时候尽管低着头，任树仍旧可以感觉到周围投过来的各种好奇的眼光。

他努力不去注意这些，走到自己的位子上坐下。好在父亲已经打过招呼，没有诸如"自我介绍"之类的让他会觉得尴尬的项目。

在学校一天的时间，竟也没有觉得难熬，课上的知识点大多是他烂熟于心的，老师讲课倒也幽默，也有两个同学过来，主动同任树说了几句话。

唯一让他心神不宁的，便是方棠。

放学之后立即去了图书馆，差不多六点来钟的时间，蒋依正准备锁门，转头看到任树笑了笑："怎么现在过来了？都要关门了。"

想起来任树今天是第一天去学校，开口问他："今天在学校怎么样？"

“学校都挺好的。”任树开口道，“蒋阿姨……”

他欲言又止。

蒋依感觉到了情况有些不对劲，转过身来：“小树，怎么了？”

他这才问：“你知道方棠家住在哪里吗？”

“棠棠啊，”蒋依眉头微微蹙起，“怎么了？今天在学校没有见到她吗？”

“没有，”任树摇了摇头，“她从上周就没有去学校，我也联系不上她。她本来是说好和我一起去学校的，所以觉得有些担心，想去她家里找找她……”

“这样啊，”蒋依沉吟了一下，“我知道她家在哪里，她跟我提过，晚点我过去看一下。”

“那我跟你一起。”任树急忙接话。

“你就别去了，今天第一天去学校，晚上还有晚自习吧。棠棠这孩子，我去看就行了。”

任树也找不到好的理由反驳，微微低下头去：“那行，你去问问方棠，我怕她有什么事情。”

蒋依点头的时候，心中闪过一丝担忧。

方棠为什么没有去学校，这几天是不是出了什么事情，任树这样一开口，蒋依的心中也有着自己的担忧。

岛上的这个图书馆，先前废弃过很长一段时间，是这两年政府投了一小笔钱进去修缮，才在去年冬天重新张罗起来的。当时招图书管理员，蒋依因为年轻时有过相关经验，又读过一些书，很容易就得到了这份工作。

方棠是这里的常客，冬天的时候穿着棉服大衣尚不觉得有什么奇怪，但到了夏天，蒋依注意到了方棠仍旧都是长衣长裤。

有一回她想要取下来一本书，在书架的最高层，需要踮起脚伸直手臂的时候，蒋依正好抱着一摞书准备放到书架上整理，从她的身后经过。

侧过头的时候，正好看到方棠的一小截手臂从衣袖里露出来。

方棠白皙，那手臂也是白皙的，然而让蒋依微微有些心惊的，是那截手臂上，那些让人触目惊心的瘀青。

她几乎是下意识地“啊”了一声。

这声“啊”也让方棠反应过来，她急忙把手臂垂下去，也顾不得去取那本书，对蒋依不好意思地笑笑，忙解释道：“昨天不小心摔了一跤。”

蒋依当时便感觉事情有什么不对劲的地方。

然而方棠不说，她也不好直接去打听，只能通过每次方棠来图书馆看书的时候一次次有意无意的观察，猜测着她可能遭遇到的困境。

偶尔方棠看书看累了的时候，蒋依会一边织着毛衣一边同她闲聊几句，把桌子上的瓜子递过去。

“棠棠，你家就你一个孩子吗？”

“嗯。”方棠点点头。

“爸妈都是做什么的？”

“爸爸开了一个五金店，我妈就在家里。”她回答着，神情看上去并无异常。

“在家里开心吗？”蒋依声音温和。

“哎呀！”方棠轻轻喊叫了一声。蒋依紧张地看过去，觉得哭笑不得：“嗑瓜子还能把手扎破，来来，给你找个创可贴贴上。”

她从抽屉里翻出了一个创可贴，撕开之后小心地贴在方棠的手指上。

她心中一软，轻轻开口：“蒋阿姨，你对我真好。”

“傻孩子。”蒋依伸手揉了揉方棠的脑袋。

坦白来说，那个时候的蒋依，是有种强烈的，想把方棠的衣袖掀开的冲动的。

然而她最终还是克制住了自己。

她只是怀疑，但并不确定，她不知道当时是不是合适的时间。

若是一个人没有准备好将自己遮掩住的伤口摊开给你看，你一定要强行撕开，只会使得那伤口更加血淋淋。

这个道理，蒋依不是不知道。

那天的晚自习是数学课，老师布置了一些作业，对任树而言并没有什么难度，做完之后，他侧过头去看向窗外。

外面的天色已经黯淡下来，脑海中又浮现出了方棠的样子。

笑起来眯着眼睛的方棠，带他去看海的方棠，愿意倾听他心事的方棠……

只是……任树的眼神黯淡了一下。

——“总是能带给我快乐的你，是不是也有自己的痛苦呢？”

——“如果是那样的话，可不可以告诉我，让我陪同你一起承担呢？”

3.

小岛的东边和西边不大一样，东边的人口更加密集，外来人员也比较多。

蒋依沿着海岸线走到那边的时候，已经是八点多钟。路口有个小小的便利店，蒋依走进去买瓶水的时候问：“大哥，这边是不是有家五金店？”

“老方家的？”那男人指了指外面的马路，“这条路走到底最后一家。”

“哦哦，”蒋依从口袋里摸出零钱，“老方这人怎么样啊？”

“挺好的，老实巴交的一个人。怎么，找他有事？”男人狐疑地看了蒋依一眼。

蒋依赶紧解释：“噢，我有个朋友想从他店里批发进货，就托我问问情况……对了，现在这个点店里不一定有人了，他家住在哪儿你知道吗？”

“店铺上面就是他家，”他看了看便利店里的挂钟，“不过这个点不一定在啊，可能在外面喝酒呢。老方这人啊，就是爱喝酒，一喝酒就脾气不好……”

没有再寒暄下去，蒋依出了店，往前走去。

小小的一家五金店，门前挂着一盏昏黄的吊灯，倒是没有关门，里面坐着一个男人，四十出头，是人群中再普通不过的长相，正俯身整理着一些小的器具。

再扬起头看看，上面也有一扇亮着的窗户。

好在楼梯并不在五金店的里面，蒋依转过身去，小心翼翼地踏上一层台阶。

在那扇门前站定，犹豫了一会儿，伸手敲了敲门。里面传来一个女声：“是谁？”

“我……我是方棠的老师，来做一下家访。”

里面的人似乎犹豫了一会儿，半分钟后才拉开门，是一个美丽瘦弱的女人，目光落在蒋依身上，满是狐疑。

蒋依对她笑了笑：“我姓蒋，方棠在吗？”

那个女人转过头去看了看墙上挂钟的时间，而后侧了侧身子，把门多打开一些：“你先进来吧。”

刚进门，方棠便从自己的卧室走出来，看到蒋依的第一眼，就一脸诧异，但很快便变成了淡淡的喜悦：“蒋阿姨，你怎么来了？”

蒋依看到她的第一眼，心中便微微一颤。

她的额头上缠着绷带，眼睛下方，是一片极其明显的瘀青，大抵是因为疼痛，走起路来的时候，有微微的趔趄。

和蒋依眼神触碰到的时候，方棠赶紧垂下头去，走到茶几前拎起茶瓶，一边倒水一边自顾自地说话：“我前天晚上起床的时候一个不小心，摔倒了，所以就请了个假……”

或许是自己都觉得说出来的话并没有什么信服力，方棠的声音渐渐小了下去。

那杯水已经倒满，甚至微微地溢出来，方棠端起杯子，送到蒋依的面前。

蒋依接过那杯水，心中也是觉得乱糟糟的，不知道该如何开口。

还是那个时候，家庭暴力这件事情，并未引起过太大的关注，也并不是容易问出口的。

蒋依之所以能够注意到这些，或许是因为自己的敏锐，或许是因为过往的那段早已被自己埋葬了的经历。

低头抿了一口水，有些烫口。

那一刻房间里异常安静，只有墙上挂钟的指针嘀嗒走动的声音。

蒋依从任树说起："是任树来找我的，说你这几天没有去学校，又联系不上你，很担心。"

方棠的眼睛亮了一下，声音里也有微微的雀跃："他，任树他去学校了吗？"

蒋依点点头："去了，他很希望你能一起去学校。毕竟，他是你的伙伴。"

方棠垂下头去："我的手机坏掉了……不过，我很快就会去学校的。"

蒋依还没来得及说话，方才一直沉默地站在角落里的女人的声音响了起来："蒋老师是吗？时间也不早了，你先回去吧，等棠棠好一点，便会去学校。"

墙上的挂钟已经快要指向了九点钟，应当是楼下五金店关门的时间。

她站起身来，把沙发上的包提到手中，都已经走到门口还是停下了脚步，转过头去看向站在那里的母女两人："你们没想过离开吗？"

没有人回答，房间里仍旧是一片沉寂，美丽瘦弱的女人脸色微微发白，她的声音也冷冽起来："蒋老师，你请回吧。"

既然已经开了个头，蒋依索性把话说开："你们听我说，这种暴力一旦发生一定不能容忍，有第一次就有第二次……”

房间里的挂钟发出报时声，指针已经指向了九点钟。

方棠也明显变了脸色：“蒋阿姨，你回去吧，不然我爸上来看到有外人在，又该发脾气了……”

眼下这种情况，蒋依知道多说也没有什么用，她叹了口气，把目光投向方棠：“棠棠，你照顾好自己，有什么事情都可以和我联系。任树，也在等你一起上学呢。”

任树，哦，任树，方棠的心中微微一颤。这些黑暗的年月里，唯有在他家园子里度过的，才是真正开心的，闪着光的片刻。

没错，她原本是要同任树一起去学校的。

谁料头天晚上，或许是因为父亲喝了酒，或许是因为父亲牌桌上输了一些钱，“砰砰砰”地大声拍着门，母亲听到之后赶紧去开门，他却还是嫌她开门磨磨蹭蹭，一进去就开始骂骂咧咧，随手抓起桌上方棠的那本英文词典冲着这个女人的脑袋砸去。

方棠不会再像年少初见这种情况时那样，如愤怒的小兽般冲过去。这些年来，在这个男人的拳打脚踢之下，她已经学会了忍耐。

她紧紧咬住嘴唇站在那里，唯恐再激发出他更大的怒气。

然而并没有用，男人骂骂咧咧，各种不堪入耳的词汇如污水一般汹涌而来。他咒骂着眼前的这个女人，连带着咒骂这个孩子：“你这个臭娘们，怎么还不去死！”“看我今天不打死你！”

方棠平日里总是安静着的手机，在那个时候偏偏不合时宜地响了一声，提示有短信进来。

她本能地去瞟了一眼，刚看到屏幕上的“任树”两个字的时候，手机已被那个男人抓到手中，狠狠地摔到地上。

“嘿，这么晚了还跟谁勾勾搭搭的，和那个臭娘们一个德行！”

那个耳光迎面打来的时候，方棠只觉得脑子“轰隆”一声，而后便眼前一黑。

有浓稠的液体顺着嘴角流下，是腥咸的味道。

奇怪的是，并不觉得疼痛。这些年来，方棠已经学会关闭身上的某部分感受。

板凳腿砸在身上的时候，她在想着什么呢——

“那是任树发来的第一条信息，不知道那条信息里，任树说了什么。”

“那天在那个院子里，看到的那朵蓝色的小花，下次问一问任树叫什么名字。”

“有机会的时候，还想再去看一次海。”

人生无非是苦。

我懂。

可是我怕。

4.

恍神的片刻，房门已经被推开，方棠微微颤抖了一下。

蒋依转过身去，方才在五金店里的这个男人，已经走了进来。

一米七五的中等身高，中年男人常见的发福身材，眉眼看上去也都是普通的样子，并没有什么太多值得注意的地方。

看到房间里多出的这个陌生人，男人愣了愣，但很快就咧开嘴笑笑：“哟，有客人来啊，怎么也不喊我上来？您是？”

“噢，我是……我是方棠的老师，因为她这几天没来上学，又联系不上，所以我晚上过来做一下家访……”

“噢噢，”他是客客气气的样子，“您可真热心，坐坐。这倒的还有菊花茶，来喝一点。方棠啊，这不是前几天摔倒了，去上学不大方便，等她好了我就立即让她去学校……”

蒋依点头，把挎包往身上背，对方棠挥了挥手：“行，棠棠，我先走了，那我们就明天见，作文记得交。”

一步步往下下着台阶的时候，蒋依听得到自己那声轻微的叹息，连带着自己过往的种种经历，也都如同不远处的潮汐一般席卷而来。

外面的路灯昏黄，她走得缓慢，忽然听到马路对面有人轻轻唤了一声：“蒋阿姨。”

转过脸去，依稀看到路灯下，是一个熟悉的身影。蒋依有些错愕，仔细看过去，站在那里的，是任树。

她快步走过去：“任树，你怎么来了？”

“我跟着你过来的，”他低下头轻轻道，“棠棠在家吗？”

蒋依点点头：“在家。”

“她还好吗？”

“嗯，”蒋依收起方才沉重的神情，露出笑意，伸手整理了一下任树衬衫的衣领，“棠棠没什么事情，明天就会去学校的。走，快回家吧。”

平日里总是冷淡忧愁的少年，此时脸上是少见的欢欣的神情：“那太好了，我这几天都在担心……”

或许是觉得自己的反应夸张了些，又有些不好意思，微微有些羞赧。

年过四十的蒋依，心中油然升腾出来一股柔情，对任树，也对方棠。

如果当初她没有失去那个孩子的话，应当也是他们的这个年纪。

不止一次地，她在心中想象过那个孩子长大后的样子，笑起来应该会有好看的眉眼。

这两个孩子的笑容，蒋依希望永远都不会消失掉。

第二日，任树还在睡梦中的时候，依稀听到有声音拉长着喊着他的名字：“任树。”

迷迷糊糊地睁开眼睛，再次传来那声“任树”的时候，大脑一下子清醒起来，好似黑漆漆的房间里忽然亮堂起来一样，心里很是祥和，赶紧从床上起来，打开二楼卧室的窗户。

果不其然，耷拉着两条腿坐在围墙上的，是方棠。

他忍不住咧开嘴微微笑了起来。

方棠忍不住翻了一个白眼："都七点了，到底还要不要去学校了？"

也还是怕的吧——旁人或嘲讽或同情的眼光，有意或是无意的孤立与敌意——但在晨曦之中看着方棠那张干净的面庞的时候，任树忽然凭空多出了一些勇气。

"你等等我。"

去卫生间五分钟便洗漱完毕，从窗户处探出头来，手里举着两件毛衣，一件灰色，一件米白色："我穿哪件？"

方棠指了指右边米白色的："那件。"

方棠同他结伴而行，路上会遇到三三两两的学生，有些认识方棠，会笑着同她打招呼。看到她身旁的任树，也会扬扬手。

任树的紧张感慢慢消除，偶尔转过头来，看到清晨的阳光给方棠的鼻尖和睫毛都镀上一层金色。

他的话也多了一些："以后走路还是小心一些，你看脸上都还有瘀青。"

"嗯。"方棠点头。

"手机修好了吗？让人联系不上很着急的。"

"还在修。"

"下一次再有什么……"

"好啦，"方棠爽朗一笑，"你怎么跟唐僧似的。"

"哪里有……"任树不服气地辩驳道。

高中部同初中部不在一座教学楼里，方棠同任树在拐角处道别，给他做了一个加油的手势："下课我会来看你的。"

而后她便转过身，迈着轻快的步子踏上台阶，眼见着要从楼梯口消失掉的时候，任树轻轻开口喊她的名字："棠棠。"

她转过脸来："嗯？"

任树面无表情道："没事。"

方棠一个转身，便拐到了走廊里，知道任树已经看不到自己，才嘴角微微上扬，忍不住微笑起来。

5.

过了几日，任树同方棠放学结伴回家的路上，他从书包里摸出一个东西递到方棠面前，微微有些不好意思：“这个送你。”

“啊？”方棠低下头去，任树递过来的，是一部手机。

诺基亚的最新款，她在家中电视广告上看到的，也知道价值不菲。

本能地拒绝——“我不要。”

任树解释：“你的手机坏了……”

“已经在修了，”方棠板起脸来，一副不高兴的样子，“修好就可以用了。”

“没关系的，我爸带回来的，我也用不到。”任树还在努力说服她接受。

也都是最最骄傲敏感的年纪啊，方棠哪里会愿意接受这样的帮助，板着一张脸，两人别别扭扭地走着。

分岔口的时候她故意不走惯常回家的那条道路，身子一侧，走了旁边的小路。

任树走得慢了点，却还是赶紧跟上。

是傍晚，夕阳把两个人的身影拉得老长。方棠大踏步地走了一会儿，觉得自己方才心中的情绪也有点好笑，竖起耳朵听着身后任树的脚步声。

知道他就离自己不远，也莫名地觉得开心。

前面有一个拐弯，拐过去之后忽然察觉到背后的脚步声越来越小，强忍住自己回过头去看的冲动，又大步往前走了几步，竖起耳朵听了听，任树的脚步声已经听不到了。

平日里也并不是会在意这些的人，可那日不知道为何偏偏小心眼极了，心里在那生起了闷气。

却又好像觉得若回头看，自己就输掉了一般，堵着气不肯回头，只是脚下的步子迈得越来越小。

夕阳缓缓收起了最后一抹羽翼，天色也慢慢黯淡了下来，方棠想着这条路，任树应当不是非常熟悉的，心中软了下来，一双脚停在了那里，慢慢地转过头去。

有些错愕，她没有看到任树的影子。

站在那里又等了一会儿，还是没有等到，后来索性往回走着。

小声地喊着他的名字："任树？任树？"

重新又走了足足有十来分钟，才在方才的拐角处看到任树。

他正蹲在那里，低头抚摸着什么东西。方棠走近一看，才看到地上躺着的，是一只小狗。

很小一只，刚出生没有多久，浑身脏兮兮的，应当是被遗弃的，右脚受了伤，有些血肉模糊，可怜巴巴地躺在那里。

背着书包的方棠在他身旁缓缓蹲下："真可怜。"

她也伸出手去，小心地抚摸了一下小狗的脑袋，不经意地，同任树的指尖触碰到一起。

小狗的嘴里发出"哼唧"的声音。

"把它抱回家吧？"任树提议道。

"好啊，"方棠点头，可继而眉头又皱了起来，"我应该不行……我爸应该不会让我养狗……"

"那带到我家，"任树说道，"你可以偶尔带过去养几天，也可以来我家看它。"

"好！"方棠的眼睛亮晶晶的，声音里满是欣喜，一口答应了下来。

并不在意自己穿的是白毛衣，任树轻轻地把它抱到怀中。

刚才的不愉快完全被抛到了脑后，方棠同任树并肩走着，不时地侧身逗着小狗。

"这是什么品种？"

"我不知道哎，回头查查看。"

“回家是不是要先包扎一下？”

“嗯，我家有药箱。”

“要给它想个名字吧？”

“对，”任树转头看向方棠，“你说叫什么比较好？”

“白色的，叫小白？不好不好，太普通了。”方棠自己在那里碎碎念，“毛茸茸的，要起个可爱的名字……”

“叫‘饭团’怎么样？”任树灵光一闪。

“哈哈，‘饭团’，”方棠笑道，“有人说狗会和自己的名字越来越像，以后会不会变成吃货狗？”

两人你一句我一句，很快就走到了任树的住所。

“我陪你走回去吧。”

“不用，”方棠一甩手，“又不是不认识路。”

她伸手摸了摸小狗的脑袋，冲它告别：“‘饭团’，我走啦。”

任树微微笑了笑，也揉了揉“饭团”的脑袋，转身进了自家的庭院。

方棠往前走了走，却没有走上回家的那条路，而是在岔路口往另外一个方向转了弯。

她并不想回家，去的是蒋依家的方向。

蒋依那日登门拜访之后，虽说并未说什么，但同方棠之间，有了一些心照不宣的默契。

生命中的很多个时刻，方棠都觉得自己犹如在黑夜的海中泅渡，心中的隐痛无处倾泻，也不知如何开口。

蒋依好似递过来了一块木板，让她可以暂时得以栖息。

前几天，她正在图书馆看书，眼见着到了关门的时间，收拾东西准备离开的时候，蒋依开口道：“棠棠，晚上到阿姨家吃饭吧？”

“啊？”她愣了愣。

蒋依笑笑：“我也一直都是一个人，老是自己吃饭，还蛮寂寞的。”

方棠犹豫了一会儿，最终还是点了点头。

蒋依的家不大，一居室，但收拾得整整齐齐，也很温馨，冰箱上方的花瓶中，插着几枝百合花，让人一下子就放松起来。

方棠原本担心，蒋依会问她一些东西。

那些东西……她是不知道该如何面对和回答的。

但感激的是，她什么都没有问，只是把书桌收拾出来，让方棠先趴在上面做作业，而后便从冰箱里翻出一些食材，笑道："我的手艺也不大好，就简单吃点。"

二十分钟后从厨房出来，煮的是鸡丝面，煎了荷包蛋，烫了小青菜，摆在上面。

"好香。"方棠放下手中的书本转过头来，小脸笑成一团。

蒋依的心头一软，不由得升腾出一股母爱。

两个人吃得开心，有一搭没一搭地聊着天，方棠问蒋依："蒋阿姨，你以前不是住在这里的吧？"

"不是，"蒋依摇头，"不过，来这里也有蛮多年了。"

"那你以前是做什么的呀？感觉你还真的蛮像个老师的。"

"哈，"蒋依咧嘴一笑，"以前倒也真是个老师，不过是在少年宫教游泳的。"

"哇，难怪你现在身材都这么好。"

"哪有，比年轻时候可是胖了不少。"

"我都不会游泳哎……"

"在海边生活都不会游泳啊？"蒋依有些吃惊，"那等天气暖和了，我教你。"

那天方棠在蒋依家吃过晚饭，又待了好一会儿，趴在她家的客厅做作业。

蒋依送她回去的时候，开口对她说道："棠棠，以后晚上不想待在家里的时候，可以来我家看书，我晚上都在的，随时欢迎。"

她好像什么都没有说，又好像什么都说了。

方棠在蒋依家门口站住，伸手敲门。

里面应了声"来啦"，换上家居服的蒋依快步走过来开门，招呼方棠进来。

那天晚上方棠踩着细碎的月光回家的时候，觉得心里亮堂堂的，好像坐在考场上，试卷发下来，所有的答案都知道一样。无论是想起任树，还是想起蒋依，都觉得是人生给出的礼物和奖赏。

那个时候尚且年轻，并不知道，命运永远有着，翻云覆雨的力量。

## 第九章
# 哨音

1.

“如果可以的话，我想离开这里，去其他的地方。去遥远的国度看看，去没有人认识我的城市和街道，去别的小岛看看。没有忧愁，也没有烦恼的小岛。”

“也会有一些瞬间，我希望自己死掉。当那个男人的拳头快要落下来的时候，当玻璃杯摔落到地上变成碎片的时候，当看到镜子里的我身上那些难看的蚯蚓一般的伤痕的时候……不过，也会有一些瞬间，我希望可以好好地活着……在图书馆看书的时候，第一次吃蒋阿姨煮的饺子的时候，摸一摸‘饭团’的脑袋的时候，看到任树笑的时候……”

“世界上大部分人是善良的，也有一些不值得尊敬的浑蛋垃圾。大多数人最后会结婚生子，这些浑蛋垃圾也会结婚生子，他们并不会因为成为父母，就值得尊敬起来，我原谅不了他，我永远永远都不会原谅他。”

写的时候应当是用了很大的力气，圆珠笔的笔迹，几乎穿透了那薄薄的纸。

对方棠来说，组成童年的记忆和生活的，是哪些东西呢？

浓重的酒精的味道，啤酒瓶落在水泥地上发出的刺耳的声音，卑劣的残暴的咒骂声和隐忍的断断续续的抽泣声。

那个被叫作父亲的男人，平日里看起来沉默寡言的男人，也曾给予过她和母亲短暂的片刻的温情时光。然而在某个节点，生活温情脉脉的面纱被揭开，他的羞辱、暴虐与拳头，砸向眼前这个瘦弱的女人。

连带着她的孩子。

是从什么时候开始的呢？五年前，十年前……大抵从方棠有记忆的时候，这样的事情便隔三岔五地上演着。

卧室里的那个大衣柜，曾经在很长的一段时间里，充当着方棠的庇护所。

晚上门口响起钥匙拧动声音的时候，母亲整个人便好似一只荒野上面临着灭顶之灾的野兽一样警惕起来。若是在门打开的一刹那闻到了酒精的味道，她便好似提着一只幼崽一样，将方棠迅速地塞到那个衣柜里。

海边潮湿，南方多雨，陈旧的木质衣柜里，总有着发霉的味道。

黑漆漆的，只有柜门的缝隙中，有一丝光线可以透进来。

衣柜的空间并不大，方棠双手紧紧地抱住双膝，把头埋在膝盖里，闭着眼睛，幻想自己在另一个时空。然而，衣柜外的各种声音片刻打断她所有的幻想。

先是男人嘴里含混不清、嘟嘟囔囔的咒骂声，后是母亲小心翼翼的讨好声："水在这里。"

"砰"的一声，是玻璃杯落到地板上的声音。

方棠打了一个寒战。

她想象得出外面的情形，打在母亲身上的，也许是拖鞋，也许是扫帚，也许是别的什么东西。

父亲暴虐的声音传来："你给我滚出去！"

"臭娘们怎么不去死！"

"那个杂种呢？一起滚出去。"

下嘴唇的边缘被咬出了一排齿印，像是一串小小的紫红色的铃兰花。

方棠冲出来的那一次，是听到了母亲那撕心裂肺的号叫声。

她大声抽泣着冲出来，七岁的孩童，被眼前的情形惊呆——母亲整个人瘫倒在地上，小腿处红得吓人，脚边的开水壶中，还有滚滚的水汽冒出来。

她两眼通红，大喊了一声冲到那个男人面前，像只小兽一样，用尖利的牙齿咬上了他的手臂。

他用力甩开，方棠整个人便被甩了出去，脑袋撞上桌角，额头上的瘀青有半个巴掌那么大。

后来方棠慢慢发现，如果身体很疼痛的话，憋气使大力气就会降低疼痛。她开始的时候会大声地号哭，会在拳头落在母亲身上的时候冲过去哭喊着求他，但发现她越是哭得大声，那些拳头便会更加暴虐。她学会了安静，知道用嘴巴出气可以没有哭声或者让声音小下来。

“妈妈，我们一起走，我带你走。”

“逃不掉的，他总会找到我们的，”瘦弱的女人眼中带着泪水，她摇头，“而且在外面，我们怎么生活啊……”

方棠逃出去过。有一回，那男人的巴掌眼见着要落到她脸上的时候，她大喊了一声，而后整个人冲了出去。外面是肆虐的狂风暴雨，让人恐慌的电闪雷鸣。也并不知道要到哪里去，只知道奔跑，一个劲地向前奔跑。

逃出去，从这个家庭逃出去，从这座小岛逃出去，到外面的世界去。

“我想离开这里，去其他的地方。去遥远的国度看看，去没有人认识我的城市和街道，去别的小岛看看。没有忧愁，也没有烦恼的小岛……”

脚下的路从坚硬的水泥地变成了柔软的沙滩，方棠趔趄了一下，而后才意识到，自己到了海边。

空无一人的夜晚，海洋是黑蓝色的，一层层的浪花翻滚着，辽阔而神秘。

好似被一种神秘的力量牵引着，方棠的大脑一片空白，只是在无意识地往前走着。

双脚触碰到海水，刺骨的冰冷。

先是盖住了脚背，而后淹没了脚踝，再是小腿，膝盖……

一个浪花迎面打来，她闭上了眼睛——“好想死掉，活着好辛苦。”

然而不知为何，脑海中忽然浮现出任树的那张脸。

几天前，放学后他同她一起走着，在路口分别的时候，他开口道："棠棠，玫瑰快开了，等开的时候，我喊你来看。"

"好啊！"她的眼睛亮晶晶的。

海水中的方棠，陡然把双眼睁开，看着眼前这黑蓝的海面。

就那样愣愣地站了一会儿，最终还是转过身去，深一脚浅一脚地在水中摸索着，走到了岸边。

2.

全身上下已经湿透，知道若是这样回去，一场责骂在所难免。

在暴雨中漫无目的地走着，反应过来的时候，整个人已经站在了蒋依家的门前。

雨水夹杂着眼泪，在脸上肆意流淌着，她犹豫地站在那里，几次伸出手来想要敲门，又悻悻地落下。

房间里面，蒋依正在厨房忙活着煲汤，一边把几片老姜放进砂锅里，一边对身后坐在沙发上看书的任树说道："本来想喊棠棠过来吃饭的，刚才打电话没有人接……"

任树放下手中的书，抬起头看了看窗外："好大的雨啊。"

——"好大的雨啊，"他思忖道，"也不知道这个时候，棠棠在做什么呢？"

排骨的香气从锅里飘了出去，又从门缝中飘了出去，飘到方棠的鼻子中，她的肚子忍不住"咕咕"地叫了起来。

好在风雨声实在太大，遮盖住了哭声。她又在门前站了一会儿，最终还是下定了决心，转过身去，一步步地往另外的方向走去。

"棠棠！"身后忽然传来了这样的一个声音，让她以为自己出现了幻听。

"棠棠！"那声音里带着急切和震惊，而后是脚步踩在水洼中的声音。

她的手臂被从后面拉住，整个人已经动弹不得，转过身去的时候，看清是任树。

仿佛溺水太久的人一下子看到了水面上的稻草，她一下子抱住了他。

尚不知道发生了什么的任树，只能用双臂紧紧地环住她。

她在发抖，全身上下都在不停地颤抖。

房间内蒋依问道："小树，还没有关好门吗？"往外走了几步，才看到眼前的景象。

心疼不已，赶紧招呼着两个孩子到房间里去。

洗完热水澡，用浴巾擦拭干净，身上穿着的是蒋依的睡衣，宽宽大大的，看上去有几分好笑。

头发还是湿漉漉的，蒋依从柜子里拿出吹风机来，示意方棠坐下，打开吹风机，细心地给她吹着头发。

温热的手指从发间穿过，耳边也是温热的气流。

方棠抬起头来，看了看镜子中的自己。

是极少会有的，眼神中没有防备和冷漠的时刻，仿佛刺猬安心卸下了坚硬的盔甲，是柔软的神情。

三个人围着一张小桌子，冬瓜排骨汤，每人一份蛋包饭，方棠和任树比赛一般，一定要把盘子里吃个精光。风卷残云之后，三个人歪歪扭扭地躺在沙发上，方棠打了一个饱嗝，摸了摸自己圆滚滚的肚皮："撑死了。"

忽然一阵强风刮来，把没有关紧的窗户吹得砰砰响，三人还没有反应过来的时候，头顶上挂着的那盏小灯摇晃了一下，紧接着便灭掉。房间里的其他灯也都灭了，一时间陷入了伸手不见五指的漆黑中。

"停电了？"方棠问。

"这么大的雨，估计是线路出问题了。"蒋依从沙发上起身，用手机屏幕的光亮照着摸索到了柜子前，打开抽屉，从里面拿出来几根蜡烛。

窗户重新关紧，避免有风再吹进来，点上几根蜡烛，整个房间沉浸在忽明忽暗的光亮里。

方棠脑袋一歪：“我们来比赛背诗吧，背带雨的诗。”

她抢到第一个：“我先来，小楼一夜听春雨，深巷明朝卖杏花。”

任树笑笑：“夜阑卧听风吹雨，铁马冰河入梦来。”

蒋依挥手：“你们孩子玩，我哪里比得过你们。”

“自在飞花轻似梦，无边丝雨细如愁。”是方棠。

任树脱口而出：“可惜流年，忧愁风雨，树犹如此。”

“桃李春风一杯酒，江湖夜雨十年灯。”

“日暮酒醒人已远，满天风雨下西楼。”

方棠转了转眼睛：“冬雷震震，夏雨雪。”

“这是哪首诗？”任树一时间没有想起来。

“《上邪》啊，”方棠开口道，“我欲与君相知，长命无绝衰。山无陵，江水为竭，冬雷震震，夏雨雪，天地合，乃敢与君绝。”

方棠声音朗朗，背完之后不知怎的有些不好意思，好在烛光照着，也不至于被看出红了脸。

任树又想到了一首诗：“何当共剪西窗烛，却话巴山夜雨时。”

巴山夜雨时，巴山夜雨时。

那个时候的方棠和任树，哪里想过，下一个落着雨促膝而谈的夜晚，竟是隔着漫长的十一年时光之河的洛杉矶。

任树说完那句诗之后，方棠没有去接上，闪着烛光的房间又陷入了沉默里。

蒋依端着两杯热牛奶走出来，递到两个孩子的面前，抬起眼来看了看方棠，忽然开口道：“棠棠，和我们说一说吧。”

方棠方才脸上的笑容慢慢隐去，神情沉寂了下来。

任树的目光落在了方棠的侧脸上，或许是因为外面的雷声，或许是因为那影影绰绰的光线，他忽然伸出手，轻轻地覆盖上了方棠的手。

没等方棠说话，他先开口道：“我想和你们说件事情。”

3.

人与人之所以能够成为亲密朋友，必然是在彼此面前撕下假面来，露出伤口和脆弱。从这个意义上来说，那个狂风暴雨的夜晚，不管是对于方棠，还是任树，乃至对于蒋依，都极其重要。

外人看起来，他有一个对他宠爱得近乎过分的父亲，他不愿意上学就不去学校，不想生活在城市就搬到这座小岛，尽可能地满足他的所有要求，让他快乐。

任树却总觉得父亲的所作所为并非是真的宠他。

他认定父亲是出于内疚。

他提到了自己的母亲：“在我很小的时候，我记得爸妈之间的感情很好的。后来也不知道从哪天开始，他们便经常吵架。”

“我特别害怕听到他们吵架。再后来，我爸开始不回家了。”

“我妈，”任树的脑海中浮现出妈妈的样子，她纤细，脆弱，敏感，好似菟丝花一般，“我妈在家的时候，经常会哭，那个时候我也不敢说什么话，生怕让她更伤心。

“我一直以为，他们之间的冷战和争吵，都只是暂时的，总有一天我们家还会回到原先幸福的状态中。没想到有一天我爸回来，说自己已经决定同别人生活在一起，要跟我妈离婚……”

风雨飘摇中，任树的声音哽咽了一下。

“有天早上我起床之后，我妈正坐在我的床边，精神状态出奇地好，说是要带我出去玩。那天她上午带我去了植物园，下午带我去游乐场，晚上的时候和我去小吃街。以前我妈对我和我爸吃什么东西管得特别多，但那天，她什么都带我尝尝，我吃了水煎包、烤肉串、油炸鸡柳，对了，还吃到一种甜甜的糯米做的糕点，特别好吃。

“那天她和我说了很多话，一直都是笑眯眯的，很温柔。

“后来我想了一下，那大概就是人们所谓的回光返照吧。当时的我却以为那代表着一种和解。

“那天我们玩到很晚才回家，我很累也很困，往床上一躺就睡着了，我妈跟我说了句‘爱你宝贝’，我也没有回应。

“第二天我醒来的时候，她已经在浴室里自杀了。”

也许是已经因为这件事情流过太多次眼泪，如今任树说起来的时候，已经能够很平静了。虽然知道成年人的世界，并没有那么多的非黑即白，也能理解其实这件事情也不能全怪父亲。但理智是一回事，情感又是另一回事。

任树的心中，是不可能没有怨恨的，怨恨父亲，也怨恨自己。

父亲没有离开家，他同那个想要生活在一起的女人的感情，也是无疾而终。这个世间，没有谁的感情有足够的勇气建立在别人的死亡上。

从这个角度上说，母亲亦是用这般决绝的方式，留给了任树一个父亲。

任树原本就不是开朗外向的性格，如此惨烈的打击之后，整个人更是安静沉默。后来偶然看到照片，知道家中在岛上还有这样一处旧房子，在那年生日父亲问他想要什么礼物的时候，说想要搬过来。

父亲的眼神中闪过犹豫，但最终还是坚定地点头：“好，我过几天就找人修缮一下。”

任树咧开嘴微微一笑的空当，眼前的这个男人鼻子一酸，赶紧转过身去，眼泪差点流了出来。哪里还有什么担心和犹豫，唯一有的，是一个父亲想要让儿子尽可能开心的决心。

“你爸爸很爱你的，”一直安静地听着的方棠在晃动着的烛光中开口说道，“你刚搬过来的那天，我看到过他看你的眼神，那绝对是一个宠爱儿子的父亲的眼神。”

那种藏在眼神里的东西，即便是从未在自己父亲的目光中看到过，然而方棠还是知道，那就是爱。

她的眼神黯淡了下来，看着地上自己的影子：“那种爱，我从来都没有得到过。”

她眉头微微蹙起的那一刻，任树只觉得自己心中的痛难以言说，想伸出手来，抚平她的眉。

窗外风雨如晦，方棠的声音平静。

那些她过往人生中，只对潮汐说出的话，只对草木说出的话，从未想过有一天，会对别人倾诉出来。

早已习惯了压抑地、沉闷地哭，方棠几乎都快要忘记，畅快地流一场眼泪，是一件如此痛快的事情。

银白色的口哨，是两个星期之后，任树在同她结伴回家的路上拿出来的。

当时是傍晚，夕阳沉沉，染红了半个天际。任树同她并肩走着的时候，从口袋中忽然拿出它来：“我有个东西想送给你。”

是上次父亲出差的时候，他托父亲带回来的。

口哨精巧可爱，方棠的目光被吸引过去，伸手接过去之后，含在嘴里用力地吹了一下。

清脆响亮的哨音。

却还是有些不明所以，不知道他为何要送一只口哨给自己。

路过两个台阶，任树示意她走过去在那里坐下，把口哨接了过来。正想放入口中的时候，方棠愣了愣，赶紧伸手夺了过来，在袖口用力地擦拭了一番，才递给任树。

但心里，还是有些许的感动的。

他可是个有微微洁癖的人，衬衫上有一丁点污迹都要立即换下来的那种。

任树好像感觉到自己方才的举动有那么些反常，有些不好意思。

“我们可以用这只口哨当暗号。”

“暗号？”方棠眨了眨眼睛，饶有兴趣的样子。

“对。”任树点头，把口哨放在嘴里，用力地吹了一下。

因为就在方棠身边，那声音极其嘹亮，把方棠都吓了一跳，她立即捂住耳朵：“好响。”

任树点头：“对，它的声音特别响亮，即使我们离得很远，你用力吹的话，都能听到。我们用哨音来传递信息。”

“哨音？”

就像是这样，任树把口哨含在口中，示范着吹了一个长音，又吹了一个利索的短音：“你看，这两个声音是不一样的。那么不同声音的长度就可以表达不同的意思。”

任树吹了两个短声。

“比如两个短声，是‘再见’的意思。”

方棠撇了撇嘴：“再见不能当面说吗？为什么还要吹口哨。”

“举个例子啦。”任树笑道。

他又吹了两个长声：“这个是‘你好’。”

方棠忍不住翻白眼：“暗号不是要传递一些重要的信息吗？”

任树的神情严肃了下来，口哨含在嘴中，吹出了三个急促凌厉的短声。

“这个是？”

“棠棠，”他转过脸来看向她，“以后你再遇到那样事情的时候，就吹这个。”

方棠的笑容在脸上凝固，好一会儿才意识到任树的用意。

她怔怔地伸出手去，把那个哨子从任树的口中拿了下来。

轻轻擦拭一下放到自己嘴里，学着他刚才的样子，吹出三个嘹亮的短声。

“是‘帮帮我’的意思吗？”方棠看着他的眼睛开口说道。

任树点头：“对，只要我听到了，一定会第一时间出现在你面前。”

视线对上的那一瞬间，方棠不知道为何有些紧张，赶紧把脸转了过去，含在嘴里的口哨吹了三下，但明显是听起来不同的三个长声。

“这是‘谢谢你’。”方棠微微一笑。

从那天开始，那只口哨就一直挂在方棠的脖子上，小巧精致，看起来也并不突兀。

晚上睡觉前会伸手摸一摸，莫名地觉得安心。

任树希望那三声短音，她永远都不必吹响。

她永远都不必吹响。

4.

手机响起来的时候，陆桑刚从小南瓜的重症监护室出来。

这两周左右的时间，任树也一直留在洛杉矶。这几年，他莫不是一心扑在工作上，研究所现在正好是两个项目中间空闲的阶段，也没有太追着他工作的意思。

虽说对于两人而言，原本都可以把这些时日看成是人生难得的假期，但因为担心着小南瓜的病情，陆桑的心中总还是有些阴霾。

昨晚开始准备的第一轮手术，红色的“手术中”的警示英文亮起来的时候，陆桑只觉得自己的一颗心都提到了嗓子眼。

在休息室中也是坐立不安，一直来回踱步，好在还有任树在身边，多少缓解了一些焦虑。

长达四五个小时的手术，手术室的门缓缓打开的时候，陆桑立即冲上前去，用英文询问主刀医生手术情况。

主刀医生摘掉口罩，擦拭了一下额头上的汗珠，脸上有丝放松的神情：“手术暂时还算顺利，不过患者还在麻醉中，现在要送到监护室。”

她这才长长地舒了一口气，转过脸去，对任树笑了笑。

重症监护室暂时还不允许进去，一颗心放下来之后，陆桑觉得肚子咕咕叫，这才意识到任树和自己都已经两三顿饭没吃了，转过脸去：“先出去吃点东西？”

任树点点头。

黎明时分，微微有些凉意，外面的天色还没有大亮，是藏蓝色天空。

陆桑扬起头来，想呼吸一些新鲜的空气。天上尚挂着几颗寂寥的星，忽明忽暗地闪着，忽然就有一颗星星拖着小尾巴从眼前划过。

“快看，”她忍不住轻呼，“流星！”

说也奇怪，那一刻不知为何，钟寅的面容忽然在陆桑的脑海中一闪而过，那个瞬间她想的是——“好久没有和钟寅联系了，不知道这个时候他在干什么呢？”

还没等她想太多，手机响了起来。

她看下来电显示，是国内的座机号码，陆桑并不熟悉，接通之后有些疑惑地放在耳边，那边传来医院护士长司芸的声音：“喂？陆桑。”

她的声音听起来不同往日，有些嘶哑，好似刚哭过一般。

陆桑不明所以：“怎么了？”

司芸开口道：“找到钟寅了。”

她的这句话于陆桑听起来有些奇怪：“啊？什么意思？钟寅怎么了？”

司芸十分诧异：“你不知道钟寅出事了？”

陆桑只觉得脑海中“轰隆”一声，随即面色惨白，赶紧咬住嘴唇强迫自己冷静下来：“他怎么了？”

司芸语气里有些许责怪的意味：“陆桑，钟寅当初对你……”

话说到一半，觉得现在提这些也没什么意义，转而叹了口气：“之前东海出了那么大一个事故，你都不看新闻的吗？救援进行得很艰难，钟寅在救援过程中失联……”

“现在呢？”陆桑的眼睛圆睁，耳朵紧紧地贴在手机上，“现在找到了是吗？你刚才跟我说找到了。”

司芸的声音哽咽了一下：“搜救了好久，是有渔民出海捕鱼的时候发现的。”

“那就好……”陆桑一颗悬在半空中的心刚落下来，司芸下面一句话已经落到了耳朵中。

“但礁石撞击到了大脑，整个人一直昏迷不醒……”

陆桑只觉得脑海中又是“轰隆”一声。

司芸提出了自己的请求：“如果方便的话，你能不能回来看看他？你对他来说就像……亲人一样，对他苏醒一定会有帮助的……”

“好。”陆桑没有丝毫犹豫，立即答应了下来。

电话挂断的时候，任树看得出来陆桑努力镇定的神情中有些许的慌乱，问她：“怎么了？”

陆桑摇摇头，没有心思再去吃饭，叹了口气：“先回病房吧。”

重症监护室暂时仍旧不能进去，陆桑和任树坐在门外的长椅上，陆桑一直在低着头用手机刷新着消息。

从那些让人触目惊心的报道和图片中，才知道钟寅参加的那场搜救，竟然如此惨烈。

报道出来的多是一些获救的喜讯，没有找到有关钟寅的任何消息。

陆桑只觉得心中乱糟糟的，整个人被一股莫名的情绪包围着，好像一下子回到了自己高中在餐厅吃饭，忽然得知钟寅出事故的那日。

原以为这些年来，自己早已经成长为一个镇定的、无坚不摧的大人，然而在这时，却恐慌茫然，难以自持。

不知道身边的任树是何时起身离开，又是何时重新来到自己身边的。

他将手中的咖啡递到她面前：“棠棠，喝点咖啡。”

陆桑放下手机接过来，手机屏幕上仍旧是那场海难的相关消息。

她喝了一口咖啡之后，觉得情绪微微地平复了下来。任树在她身旁坐下，开口道：“棠棠，你先回国吧。”

“啊？”陆桑一时间有些错愕。

方才去冲咖啡的空当，任树已经把一切思考妥当：“我还可以休上十来天，小南瓜的手术已经没什么大碍，我可以留在洛杉矶先照顾着她。等她好转一些之后，我带着她回国，再安排国内的后续治疗。”

陆桑在心里知道，任树应当是知晓了发生的一切。

“我……”她想要开口说话，却又不知道说些什么好。

任树的脸上仍旧是十多年前那般温柔的笑意，他伸手轻巧地将陆桑滑落的发丝撩在耳朵后：“我都知道了，你先回国去，看一下钟先生的情况。”

顿了顿，他补充道：“我很快就会带小南瓜回去的。棠棠，我们回去之后，就留在国内好不好？”

陆桑转过头来，看向任树的双眼深处。

时间好似在那一刻凝固了下来，周遭的人来人往，鼎沸人声，医院里的争执与号哭，都好像不存在一般。

任树的那张脸在眼前缓缓地放大，陆桑听得到他的呼吸声。

他柔软的双唇覆盖到自己双唇上的时候，陆桑只听得到自己胸膛中“轰隆”一声，有什么东西汹涌着倾泻而出。

唇齿交缠，其间有着多少甜蜜，又有着多少苦涩。

那吻绵长。

“好，”陆桑呢喃，“回去之后，我们就留在国内。”

5.

临行前给戴圆打了电话，电话里并没有说太多，只是说国内有些事情要回去一趟，拜托她帮忙照顾一下小南瓜。

戴圆一口应承下来：“没问题。”

即便订的是最近的一趟航班，天气的缘故起飞延误，再加上着陆的时候厦门的天气着实恶劣，出现在医院门口的时候，已经是司芸打过电话的两天之后。

司芸来到前台接她，这才一个月左右没见，她整个人憔悴了不少，瘦了一圈，脸上的婴儿肥已经不见，面颊塌陷了下去。

陆桑忙问她：“钟寅怎么样了？好一点了吗？”

司芸摇摇头：“还在昏迷中，我带你去看看吧。”

病床上的钟寅双眼紧闭，除了身上插着的管子和仪器，整个人面容安静，好像只是睡着了一样。

陆桑把手中那束在机场等着取托运行李时买下来的花，放到了他的床头。

“大概还要多久才能醒过来？”陆桑开口问道。

司芸摇摇头：“这个很难说，脑部受到撞击，情况不容乐观，有一半要看治疗情况，还有一半要看……天意。”

一个现代医学培养出来的护士说出“天意”这个词，陆桑的心中升腾出一股悲凉感来。

她在心中轻轻叹了口气，脸上却还是沉静的神情。她在钟寅病床边空出来的地方坐下：“没关系的，我会照顾好阿寅的。”

司芸这会儿正好是交班的时间，没有太多的事情，站在病床前同陆桑说了几句话。

问了一下她在洛杉矶的情况，又问了问小南瓜的情况。

陆桑简单地回答了一番之后，房间内便又陷入了沉默和寂静里。

司芸忽然轻轻喊出了陆桑的名字，陆桑抬起头来“嗯”了一声。

她轻轻地叹了口气，好似在对陆桑说话，又好似在自言自语：“有的时候，我真的特别羡慕你。”

陆桑有些不明所以：“司芸姐……”

司芸把手从白大褂抽出来，将一个东西递到陆桑面前。

是一个已经有些褪色的红色御守，陆桑觉得眼熟，一时间又想不起来，有些疑惑地拿到手中。

“这是钟寅戴在身上的，”司芸轻叹了口气，“是你送给他的吧？我记得听他提起过。”

陆桑这才有了印象，依稀记得是自己去京都的那年，在寺庙求来保平安用的。

她转过脸看了看仍旧紧闭着双眼的钟寅，叹了口气：“也是没什么用。”

却并不明白司芸的羡慕从何说起，刚想开口去问的时候，司芸已经缓缓开口：“我从很早很早之前就喜欢钟寅了，从他还没有认识你的时候。”

陆桑微微一愣，回头看了看她。

她的目光依旧落在钟寅的面庞上，似乎只有在他完全沉睡的时候，才有那么些许说出自己心中爱恋的勇气。

故事其实并没有什么特别的地方。那年她是来实习的小护士，矮矮胖胖的，又有些笨手笨脚，第一次扎针的病人便是他。当时紧张到手抖，连续扎了好几次都没有扎对地方。他却也不恼，反而说起笑话来逗她笑，让她的情绪一下子便放松了下来。

对钟寅而言，那应当只是一个寻常的下午，但对司芸来说，少女的整个世界都有些不一样了。

爱恋的种子就那样在心中埋下，在往后那绵长的岁月中，愈发茂盛。

只是她一直都没有表白过，贫困山区走出来的女孩子，太过平常的相貌身材，让钟寅在她心中，如同一个遥远的，难以触及的梦。

好在他偶尔会来医院看一看同事，医院偶尔也会和东海救助局有一些活动，司芸每隔一段时间，倒也能见上他几面，算不上是什么太亲密的朋友，但也慢慢熟悉了一些。

司芸第一次见到陆桑的时候，便有了隐约的羡慕情绪。

虽说当时她整个人浑身湿漉漉的，昏迷不醒。

但她是被钟寅抱着送到医院的。

能被他抱在怀中，哪怕是以一种病人的身份，在司芸都只是可望而不可即的幻想。

或许是这样爱恋持续的时间实在太长，如今的司芸说起这些的时候，已经能够很平静，仿佛在说着别人的故事。

“我并没有什么别的奢望，就是想有个人可以倾诉一下，”司芸微微笑笑，“毕竟……也不知道他什么时候才能醒来。”

陆桑被深深触动了，想说什么却又不知道该如何说起：“司芸姐……”

司芸把手重新插回到口袋里，耸了耸肩，做出一副轻松的神情：“好啦，我要去忙了，钟寅就拜托你照顾了！”

此时说什么也都是多余，陆桑点了点头。

但不管如何，司芸的一席话，还是在她心中激起了一些波澜。

将钟寅身上的被子往上拉了拉，坐在椅子上把脑袋靠到椅子的后背。

盯着手中的御守，脑海中依稀浮现出来的，是司芸方才所提到的，十一年前那个获救的自己。

那个病房，也是在这个医院，这个楼层。

第十章

# 新生

1.

钟寅在那个风雨交加的夜晚，把方棠从海洋中打捞出来。那年，她十六岁。

她从昏迷中醒来之后，身体仍旧是很虚弱，需要住院治疗。正好那几天钟寅不算太忙，有空闲的时间就会来看看她。

她很安静，一个人的时候基本上不怎么说话，斜靠在病床上发呆，眉头紧蹙，似乎有很多心事。

钟寅坐在一旁，偶尔会把剥好的橘子递过来一瓣，她伸手接过来，放到嘴里。

有时他试着同她说话，想捕捉更多的信息："陆桑……你出院之后有什么打算？"

她摇摇头，缄默不语。

他提及她的家人："你的家人在哪里？怎么联系？或许我可以帮你联系……"

她摇摇头。

后来想起什么似的，伸手去摸自己的脖子，脖子上空落落的，让她一时间有些惊慌失措："我的东西呢？"

"什么东西？"钟寅不解。

"口哨。"她的眼神惊慌，"我的口哨呢？"

护士司芸正好推门进来，指了指病床旁边的柜子，应声道："东西都在那里呢。"

钟寅起身走过去，把柜子打开，陆桑的那些东西，都装进了一个小袋子里。

其实也没有什么东西——一卷皱巴巴的被塑料袋裹紧的钱，都是一些很小的面额，塑料袋里还裹着一小包种子之类的东西，再然后，就是那只银白色的口哨。

钟寅把它拿出来递到陆桑面前，她一把把它抓到手中。

塞到口中，用力地吹了一下，声音响亮，把钟寅和司芸都吓了一跳。

她却不觉得，几天以来脸上沮丧的神情不见了，取而代之的，是一个明亮的笑。就是在那个笑容里，属于十六岁少女的光彩，短暂地回来了。

一个星期后，她的身体各项指标基本已经恢复正常，钟寅在基地的时候接到了医院的电话："钟先生，病人身体已经没有大碍，可以出院回去了，回去之后多补充一些营养就可以了。"

去医院接她的路上，钟寅一方面为着她身体的康复开心，一方面又有些发愁。医生电话里交代"出院回去"，可他并不知道要送陆桑回到哪里。

被救上来时身上穿的衣服早已被海水侵蚀得不成样子，钟寅的车里放着拜托司芸买的年轻女孩子的衣服，先办理了出院手续之后，走到陆桑的那间病房，推开门去，她已经坐在床沿等他，身上穿着的，还是蓝白相间的病号服。

钟寅把手中的袋子递过去："先换身衣服。"

陆桑顺从地点点头，接过那个袋子走到病房的卫生间里。

里面有两三件衣服，先拎起来的，是一条粉色的连衣裙，上面还带着吊牌，是她不认识的英文牌子，看着吊牌上"899"的标价，陆桑咬了咬嘴唇。

是她几乎没有穿过的短袖连衣裙，裙长也只是到膝盖的样子。陆桑有些别扭地拉开门走出来，下意识地抱住两条胳膊。

钟寅抬起头看到换好衣服的陆桑，微微一愣。

一直以来，他所见到的，有被救上来时奄奄一息的陆桑，有穿着宽大病号服面色苍白的陆桑，但他从来没有见到过，换上这么一身合身裙子的陆桑，她居然是个如此明艳如花的女孩子。

但敏锐如钟寅，一下子就注意到了她手臂上隐约可见的伤疤。

她似乎是很在意这个，总是下意识地去遮掩。

“外面还是有点冷的，”钟寅笑笑，“袋子里应该还有件开衫，你套在外面吧。”

粉色连衣裙外面搭上烟灰色的毛衣开衫，原本乱糟糟的海藻一般的长发也梳理起来，扎了一个松垮的马尾辫在脑后，跟在钟寅身后从医院走出去的时候，她看起来和这个城市里所有的年轻女孩儿并无二致。

外面正值晌午，虽然温度不高，但阳光明媚，明晃晃的，陆桑扬起头去看的时候，觉得眼睛有微微的灼伤感，好似下一秒钟，眼泪就要流出来一样。

钟寅已经把车从车库开了出来，按下车窗按钮，示意陆桑上车。

坐在副驾驶座上的陆桑，一直侧着头，看着窗外的车流和建筑。

“第一次来这里？”钟寅开口问她。

陆桑轻轻“嗯”了一声。

“以前的地方离这里远吗？”钟寅试图得到更多的信息。

陆桑摇摇头：“我不知道。”

她犹豫了一会儿，最终还是开口问他：“我们去哪里？”

“先带你吃个饭吧，这几天在医院，也没怎么好好吃饭。”钟寅用手敲了敲方向盘开口道，“想吃什么？”

“都可以的。”

“带你去吃牛排吧，补充点能量。”

车往前行驶，拐了两个路口，停在了绿茵阁门口。钟寅把车停下之后带着陆桑准备进去，一只脚已经踏到门口的时候，陆桑忽然开口道：“我不想吃这个。”

“啊？”钟寅微微一愣，但还是好脾气地问她，“那想吃什么？我带你去。”

马路对面有一个小巷子，隐约看过去，有几家挂着“沙茶面”“鱼丸汤”招牌的小店面：“我想吃沙茶面。”

“也好，”钟寅笑笑，“沙茶面我也好久没吃了，正馋着呢。”

都是有些年头的老店面，虽然陈旧，倒也都干净。一锅子浓稠的沙茶是由四十多种原料熬煮而成，花生味尤其浓厚，除了面，还可以自己选择加料。

老板给两人递过来两个盘子，钟寅和陆桑各自拿着要加进去的食材。

虾仁、老油条、肉丸……陆桑不忘给钟寅推荐：“这个鱼肚是一定要加进去的，特好吃。”

钟寅夹一些放到盘子里：“那听你的。”

很快就做好端上了桌，汤头甜、咸、辣中和得十分讨喜的程度，浓稠度也刚刚好，料足且新鲜，陆桑端起来喝了一口，很满足的样子。

或许是这几天住院吃得太素淡，她的胃口倒是很好，大口大口吃着，钟寅忍不住提醒她：“太烫了，你慢点。”

也是想趁着一同吃饭的机会，同陆桑说一下他眼下的安排。

“陆桑……”钟寅开口，“你在这里没有可以投奔的亲人朋友是吗？”

“没有。”陆桑头也没抬地说道。

“那，”钟寅有些为难，“你自己有什么打算吗？”

陆桑吃饭的动作明显地慢了下来，声音低低地：“我不知道。”

顿了顿，又开口匆忙补充道：“钟……钟先生，你放心，我不会拖累你的。”

钟寅急忙摆手：“不，我不是这个意思……”

“我打算先找个工作，挣些钱安顿下来。”陆桑打断了钟寅的话。

“不行，”钟寅不由分说地拒绝，“你还是未成年人，肯定要继续读书的。”

陆桑咬了咬嘴唇，没有说话。钟寅有些心疼，把那碗沙茶面往她面前推一推：“先吃饭。”

起身结账的时候，钟寅才明白陆桑不肯进绿茵阁的原因，她坚持付钱，一定要请钟寅吃这顿饭，十分倔强，钟寅完全拗不过她。

“看病的钱，衣服的钱……”陆桑低下头去，“我都会慢慢还给你的。”

钟寅的那句“不用”到嘴边，却又说不出来。

同陆桑相处的时间虽然不长，但她的心性，他也能看出一二。

是坚忍又倔强的性子，对别人给出的好意诚惶诚恐，唯恐欠了别人。

午后驱车带她在这个城市又转了转，问陆桑要不要去海边的时候，她的目光闪烁了一下，而后摇摇头：“不想去。”

天色渐渐暗了下来，钟寅向陆桑提议：“我大部分时间都住在局里，家中的房子一直都是闲置着，你可以先住在那里。”

陆桑的心中一动，抬起头来看向钟寅。

却很快便觉得不妥：“不行，我已经受你照顾太多了。”

“反正也是闲置啊，”钟寅试图说服她，“你自己在外面，也还是要找房子的。”

“我付给你房租。”

钟寅笑笑：“你住的时候可以没事打扫一下，这样我就不用每周请保洁了。”

陆桑又犹豫了一会儿，但眼下当真也没有更好的办法，最终点点头，声音低低道：“好。”

那一年还是二十多岁的钟寅，原本就是热情开朗的性子，做的也是帮助救援的工作，这样的事情，对他而言没有什么奇怪，只当是碰到了这样一个需要帮助的女孩儿，自己尽可能地帮助一番。

那个时候的陆桑亦没有想到，她同这个从波涛汹涌中将自己打捞起的男人的缘分，竟如此绵长，贯穿她之后许多年的成长和岁月。

2.

想着已经许久没有回家住，家中空荡荡的，缺乏一些必备的生活用品，钟寅先带陆桑去了小区附近的大超市。

她哪里见过这么大的超市，刚一进去就满目新奇。四处张望，被这工厂一样的布局所吸引。钟寅从门口推了一个手推车，告诉她需要什么就放进去，陆桑温顺地点点头。

他倒是典型的男生思维，见到需要的就直接往购物车里放：洗漱用品，拖鞋，家居服……拿起一条毛巾要放进购物车里的时候，陆桑眉头紧蹙，把那条毛巾拿出来，看了看上面的标签，又拿起另外一条，比对了一番之后，扬起脸对钟寅说道："你看，这两个品牌是一样的，成分也是一样的，但是这一条因为有促销活动就会少六块钱，你买东西的时候还是要看一下。"

钟寅觉得有些好笑，这个小姑娘，正是花季年龄，这样说起话来，还真有些小大人的味道。

路过琳琅满目的零食区的时候，陆桑嘴里说着不吃，眼睛却不住地往那边瞟。钟寅看到她的眼睛落到哪种零食上，便做出一副自己爱吃的样子："番茄味薯片好吃，拿两袋。那个芒果味的饼干，拿一盒。哎哟，这个话梅很好吃，还有这个黑糖麻花……哎，陆桑，你想吃什么？"

他这样做了表率，陆桑倒也不那么害羞，小心翼翼地从货架上拿起一块巧克力。

钟寅笑了笑，把货架上一盒子的德芙巧克力拿了下来。

陆桑觉得有些不好意思，但她难掩开心，嘴角扬起一抹笑意。

钟寅的脑海中忽然浮现出一个过往的场景来：数年前，他每回去舅舅家的时候，小表妹总会缠着自己带她出去玩，她逛超市的时候，也喜欢买巧克力吃。表妹虽说性子骄纵，却总是很听自己的话，什么心里话也都愿意同他分享……

钟寅轻轻地叹了口气。

敏感如陆桑，立即转过头来，唯恐是自己哪里做得不对，有些紧张地问道："怎么了？"

钟寅摇摇头，赶紧调整了一下自己的情绪："没事没事，哎，那个牛肉干要不要吃？"

在收银台排队，轮到他们结账，钟寅把钱包拿出来打开的时候，陆桑看到里面夹着的一张照片。

那是一个很年轻的女孩儿的照片。

她的心中有隐隐的疑惑，因为觉得那张脸，好似是自己熟悉的。

但她知道自己不该开口去问，也没有必要开口去问什么。

她虽年少，却已懂得人与人之间的界限。

跟在钟寅身后从电梯中走出来，推开门进他家的时候，她好奇地打量了一番。

是室内挑高的两层设计，客厅很大，很简约，典型的现代简约装修风格。

和她住的那个拥挤潮湿、让人窒息的家不一样，和任树住的那个古朴别致的大园子也不一样。因为经常没有人住，所有的一切看起来有些冷冰冰的味道。陆桑换上拖鞋跟在钟寅身后，参观了一下整个居所。

卧室和书房都在楼上，她趿拉着拖鞋一级级踩过木质楼梯，钟寅推开一间房门，把灯打开："你晚上睡在这里就可以了。"

陆桑点点头。

钟寅把一把钥匙从钥匙扣上卸下来递给陆桑："钥匙你拿一把。"

抬起头看看墙上的挂钟："你早点睡，我要回局里了。"

陆桑轻轻"啊"了一声："这么晚，你还回去？"

钟寅点点头："对，今晚我要值班的。"

他准备下楼，想起来什么似的又折回去，在一张纸上写下一串数字："家里有座机，你有什么事情，就打我电话。"

陆桑跟着他一同下楼，眼见着他到门口要伸手拉门的时候，在背后喊了声："钟寅。"

"嗯？"他正在低头换鞋，"怎么了？"

她咬住嘴唇：“你就不怕我是坏人？”

钟寅开玩笑道：“家里也没什么东西。”

陆桑的神情却很认真：“你不用担心，我会尽快想办法安顿下来的，我欠你的，都会还给你。”

钟寅抬起头来，也是难得的认真神情：“是这样的，陆桑，我们作为人生活在这个世界上，都不是一座孤岛，都需要跟别人发生关联。有时候我帮助你一下，你帮助我一下，其实都是很正常的事情，谈不上什么亏欠。”他扬扬手，“别想这么多了，晚上睡个好觉。”

钟寅走了之后，陆桑觉得整个世界缓缓安静下来。

她从厨房倒了一杯开水端在手中，站在阳台上看着窗外。

这是城市，不比那座岛屿，已经入夜，窗外仍旧是璀璨的灯火，车水马龙。

银白色的口哨挂在脖子上，那是她同往昔唯一的链接。

天边挂着一轮上弦月，陆桑抬起头，想起任树，觉得有隐隐的苦痛与酸涩。

她就此一别，自是打算隐藏在茫茫人海，前尘旧事，一刀两断。

她这一生，应当都不会同他有再相见的机会。或许以后只能在长夜的梦中，远远地眺望他几眼。

陆桑叹了口气，不知道此时此刻，他会不会抬头看一看月亮。

3.

或许是连续几天的劳累疲惫，而且在医院毕竟休息不好，陆桑这一夜的睡眠极好，睁开眼睛的时候天已经大亮。

在洗手间洗漱的时候，她忽然停了下来，观望着镜子里的自己，伸出手来轻轻拉扯了一番自己的长发。

而后走上楼去，再下来的时候，手中拿着一把剪刀。

重新走到那面镜子的前，随着一声“咔嚓”，第一缕长发缓缓地掉在脚边，接下来是第二缕，第三缕，轻飘飘地落在地上。

十来分钟之后，镜子中的自己，顶着一头乱糟糟的短发，好似完全换了一个人一样。

洗手间的这面镜子足够大，大到让陆桑褪下身上的衣衫之后，能够在镜中看清自己的身体。

那身体太过单薄瘦削，似乎连一根根的肋骨都清晰可见，然而让人心惊的并不是这个，而是那些瘀青与疤痕。

大臂上久久未曾消散的瘀青，后背部因为烫伤而留下的红色的疤痕，留在原本白皙洁净的皮肤上，看过去极其触目惊心。

她往常是从未有勇气这样观望着自己的，这一具破碎的身体，连同里面那颗破碎的心。

将淋浴的喷头开到最大，温热的水流从自己身上流过的时候，才有勇气蹲下身来，痛快地哭上一场。

那天之后，她环顾了一下整个居所，找出扫帚和抹布，准备做一下家务。

到楼上书房的时候，被钟寅书架上摆得齐齐整整的书吸引，多是一些社科类的，有经济，也有历史，同她以往的阅读不大一样。

桌子上还摆放着一台深灰色的笔记本电脑，陆桑并不会用这个，只是在将书放回原处的时候，不小心碰到了鼠标，原本黑着的屏幕立即亮了起来，屏幕上的女孩子，和钟寅钱包照片上的那个女孩子，是同一个人。

陆桑只觉得心头一紧。

她是认得这个女孩子的。

赵熹微，她认真回想起她的名字，没错，应该就是她，她曾经到岛上找过任树，陆桑同她有过照面。

难道她同钟寅，有着什么关系？

陆桑这样思忖着，轻轻咬住嘴唇，如果这样的话，她需要尽快离开这里。

她之所以在那个黑夜跳进海中，在那样的滔天巨浪中活下来，原本就是为了逃离自己的过往和命运，坏的也罢，好的也好，她都不想再同那过去有任何的牵连。

傍晚时分拿起家中座机，对着纸上的那一连串号码，给钟寅打了电话。

他正在开会，对近一个月的飞行救援情况的总结梳理，挂断之后过了十几分钟打回去：“陆桑，怎么了？”

“你晚上回来吃饭吗？”

“晚上我应该就在局里……”话说到这儿的时候，忽然意识到她也是刚出院不久，自己在家也是孤零零的，又改了口，“回去吃，不过估计要晚一点。”

“好！”陆桑点头，“我等你。”

讨论的时间比钟寅想象的要长一些，针对这几次救援行动大家有着不同的看法，讨论很激烈，从办公室走出来的时候天已经黑了下来。

阿荣从后面跟上来：“组长，要不要一起吃饭？我们准备去吃烤鱼。”

“哟，烤鱼我最爱吃……”话说到一半，他摆摆手，“今天不行，要回家。”

“你一个单身汉，回家做什么？”执行任务时严肃认真的阿荣，平日里放松下来，完全是一副口无遮拦的样子，冲着钟寅挤眉弄眼，“该不会是谈恋爱了吧？”

“乱讲。”钟寅拍了拍他的脑袋，“我要是谈恋爱了，还能不在全局通告啊？家里有个客人，改天再一次吃烤鱼啊。”

开车到小区楼下，他思忖着要带点什么吃的上去，正好看到前阵子刚尝过的日料店，推门走了进去。

钟寅打包了两份三文鱼寿司、一些串烧和炸虾天妇罗，味噌汤要了一份，怕不够吃，又加上一份蛋包饭。

他提着袋子上去，站到门口刚想腾出手去按门铃的时候，“咔嗒”

一声，门已经从里面拉开。

钟寅抬起头的时候，本能地“啊”了一声，眼里写满了震惊，五秒钟之后才反应过来，眼前这个顶着狗啃头的少女和昨日在自己家的是一个人。

陆桑有些不好意思，伸出手来挠了挠自己的头发：“很难看吗？”

“没有没有，”钟寅强忍住笑意，一本正经地找理由夸奖，“挺好的，显得很……很精神。”

走进去一看，桌子上竟已摆上了几道菜。

“这些是你做的？”钟寅有些难以置信，“小小年纪都会做饭了？”

陆桑觉得有些好笑：“不是很正常吗？你坐下尝尝吧。”

钟寅把手中的外卖提起来：“我也带了一些吃的，一起吃。”

日料这些东西，是陆桑以前没有见过的，她用手捅了捅寿司上面的三文鱼片：“这是生的？”

“对啊。”

“咦，”她蹙紧眉头，“真恶心。”

“哪里恶心了，”钟寅用筷子夹起来一块放到她面前，“你尝尝，味道可鲜美了。”

好说歹说，她才夹起来小心翼翼地放到嘴中，嚼了一口之后抬起头来，眼神里满是欢喜：“真的很好吃。”

“哈，”钟寅笑着把一盒寿司都推到她面前，“那就多吃点。”

吃完饭之后，钟寅陪着陆桑把桌子上的碗筷收拾一番，她抬起头问他：“晚上还要去局里吗？”

钟寅摇摇头：“不用了，今天不是我值班……”

话音未落，口袋里那部必须二十四小时开机的手机铃声大作起来，是救援队打来的：“钟寅，立即归队，接到了救助电话。”

他立即拎起放在沙发上的衣服披在身上，答了声：“是，立即归队。”而后顾不得同陆桑解释，便伸手拉开门大踏步地走了出去。

陆桑也快走了几步站在门口，远远地看着钟寅走进了电梯。

晚上八点二十分接到的救助任务，“海安号”渔船上一名渔民胃出血昏迷不醒，船体天蓝色，船长二十八米，宽六米，正向珠海市方向行驶，需要救助。钟寅十五分钟便赶到了局里。九点钟，救助直升机做好各项准备工作后，立即前往事发海域执行救助任务。三十分钟的现场作业之后，救助机组成功救起了这名患病渔民。九点四十分，救助直升机落地，这名渔民被送往附属医院救治。

这所有的一切都做完，钟寅回到家推开门的时候，已经接近十一点钟。

房间里很是安静，陆桑应该已经睡下，只有墙上挂钟嘀嗒嘀嗒的声音。钟寅将灯光调到最微弱，推开客卧的门看了看，熟睡中的陆桑，面容安详。

简单洗漱了一番之后，到卧室的床上躺下，想到好像救助飞行的时候手机震动了一下，应该是有信息，便拿出来看。

是姑妈发过来的：“阿寅，你那边有熹微的消息了吗？”

他叹了口气，不知道该如何作答，看了看手机上的日期，他这个表妹失踪已经快半个月了。

早已经报了警，他也尽可能地利用自己的一些人脉帮忙寻找，一个十五六岁的女孩儿忽然失踪，最大的可能性就是遭遇了拐卖。

这十几天里，钟寅去过姑妈家几次，那个往日里精致美丽的中年女人，在这些时日迅速地衰老憔悴，整个人好似被抽光了所有的精气神。

钟寅试图去安慰她，可话到嘴边，又觉得都是徒劳，只得在心底暗暗下决心，要尽快地找到熹微。

然而十几天过去了，还是一无所获。钟寅只得沉沉地叹了口气。

想到了睡在隔壁的陆桑，这个同他表妹差不多年纪的女孩儿，想必也是经历过种种不可说也不愿说的沉痛往事，选择把一切都埋藏在心底。

他在心底暗暗下定决心，会尽自己所能，好好照顾陆桑。

亦期冀着，自己的这份担当能在宇宙中获得回应，让表妹熹微在她走上的道路上，亦能遇到愿意帮她一把的人。

4.

处理各种证件上的问题，用了将近一个月的时间，钟寅几乎是想尽了各种办法，才将陆桑的身份证办理下来。

那日带她户籍处拍照，留着一头短短头发的陆桑坐在板凳上，安静地看着前方的相机。

民警正准备拍照的时候挥了挥手："不能戴项链，脖子上的东西取下来。"

陆桑反应过来，赶紧把脖子上那只银白色的口哨取下来，塞到自己的口袋中。

"咔嚓"声响起的时候，陆桑轻轻地在心中说了声"再见。"

再见，那潮水涌动着的年年月月。再见，那原本属于自己的另一个名字。

再见，任树。

那个曾陪伴自己一同在暴风雨般的日子里走过的少年。

半个月后，崭新的证件邮寄到了陆桑的手中，再过几日，钟寅在自己所在的军区的附属高中，给她办理了入学手续。

人生的种种际遇，向来是如此奇妙，救下她的如果不是钟寅，钟寅如果不是因为表妹的走失而产生的巨大同情心，陆桑的人生，必定会走上另外一条道路。

然而这世间，并没有什么如果。

这就是她的道路。

去新班级的前夕，钟寅带她去买一些文具，也顺便带她去挑了几件衣服。

熟稔了一些，陆桑已经不像当初那样紧张兮兮，好似荒原上的小动物，随时都面临着灭顶之灾一般。她开朗了一些，也像个十六岁的女孩儿那样，换上好看的衣服会开心地在镜子前左照右照，还转圈展示一番。

“钟寅哥哥，”她坐在副驾驶座上，忽然来了一句，“我以后都会还给你的。”

钟寅正在发动车，一时间没有反应过来：“啊？什么？”

“你对我的好，”她顿了顿，而后看向钟寅，“等我以后有能力了，都会还给你的。”

钟寅原本想取笑她一番，然而陆桑的神情极其认真，他点点头：“好啊，小陆桑长大后，就会变成一个特别厉害的人。”

学校是半封闭式的管理，周一到周五需要住校，偶尔周末陆桑可以回家，钟寅又常常需要加班，两人经常是大半个月，才有时间见上一次。

吃饭的时候，钟寅问陆桑：“怎么样？都还能适应吗？”

陆桑点头：“挺好的。”

如果说不同的话，是和当初小岛上的那所学校不同，周围同学的家境都很好，女孩子聚在一起聊天，说的大多也都是陆桑听不太明白的东西。

但对她来说，这些并不要紧。

是不是漂漂亮亮地坐在教室里，并不要紧。面颊上有没有冒出青春痘，并不要紧。不知道当红艺人的名字，并不要紧。没有什么朋友，也并不要紧。

她在意的，是成绩单上的分数，是偶尔做错的那道数学题，是怎么把自己落在后面的英语口语成绩提高一些。

是曾经有一晚在海边，有流星划过的时候，她许下的愿望——“想做一个星星一样的人。”

耀眼的，会被看到的，站在高处的人。

那是她对任树的承诺，也是对自己的承诺。

5.

高考结束之后，钟寅带陆桑出去旅游。

原本计划带她出趟远门，去国外看看，陆桑摇头拒绝："我没有那么多时间，我找了一个兼职，下周开始上班。"

钟寅带她去了一趟成都。

成都总是雾蒙蒙的，天气倒也不是多么炎热。两人白天去熊猫基地看了熊猫，晚上在锦里逛。

晚上的锦里挂着各式各样好看的灯，中外游客熙熙攘攘的。陆桑这两年一心放在学习上，基本上没有出来玩过，对所有的一切都很新奇，各种小吃都要尝一点，冰粉、钵钵鸡、糖糍粑……她走在钟寅前面一点，头发已经长长了很多，偶尔会转过头来对钟寅笑笑，把手中的冰激凌伸到他面前："来，吃一口。"

钟寅笑笑，倒也不客气，低下头去咬了一口。

路过一家小酒馆门口的时候，陆桑的眼睛一亮，停住脚步："我们去喝酒！"

钟寅刚想拒绝，陆桑嘴巴噘了起来："我都十八啦。"

这么一想，倒也是，点点头："那就当你十八岁的成人礼了。"

坐在二楼靠窗的座位，在服务员拿过来的酒水单里点了两杯鸡尾酒，龙舌兰日出和天空之城，都有着好看的色泽。

酒吧里的灯光昏昏，身旁有唱着歌的民谣歌手，陆桑是第一次来这种地方，有些新奇也有些紧张，故作镇定地端起高脚杯喝了一口酒。钟寅的目光落在她身上的时候，正好碰到她笑着抬起头来。

两人眼神触碰到一起的瞬间，钟寅的心中忽然有一股莫名的情绪涌现出来。

民谣歌手仍旧在唱着朴树的那首《她在睡梦中》："我多想摇醒你，告诉你我有多么地爱你……"

两年多的时间，当初那个惶恐不安、瘦弱不堪的少女，眉眼间已经有了些许成熟的味道。

那情绪缥缈又强烈，钟寅自己都不能很好地描述出来，只觉得在陆桑的粲然一笑中，胸膛里有心脏剧烈跳动的声音。

这是他以前从未想过的。

陆桑在他眼中，可一向都还是个小女孩儿呢。

坚强的，倔强的，独立的，执拗的，可爱的小女孩儿。

或许是酒精，或许是灯光，也或许是这异地让人放松的氛围，钟寅只觉得一时间有很多话想说：“小桑……”

“钟寅哥哥，”周遭有些吵闹，他那句称呼并没有落到她的耳中，没有注意到他情绪的转变，陆桑自顾自地说着，“这种鸡尾酒真好喝，我还想再喝一杯。”

“好了好了，”钟寅哪里会纵容她喝酒，“不许再喝了，等会儿出去吃火锅。”

火锅店不同于酒吧，自然是充满着人间烟火的感觉。钟寅把切成薄片的牛肉放到锅中涮了一下，蘸了蘸酱料放到陆桑面前的小碟子里。

陆桑同他说起自己准备报考的专业和在大学里的打算。

钟寅忍不住打断她：“别给自己太大压力，会太累的。”

“我不怕累，”陆桑垂下头去，“我只怕……”

顿了顿，后面的那句话最终还是没有说下去。

我只怕，不能拥有我想要的人生。

“没有谈恋爱这一项啊？”钟寅打趣。

“嗯？”陆桑一时间没有反应过来。

“我说大学的安排里，没有谈恋爱这一项吗？”钟寅笑，“大学里一定会遇到很棒的男孩子的。”

陆桑往嘴里塞了一块牛肚，嘴巴一撇：“才不要，浪费时间。”

半夜的时候在一家小剧院看了一场川剧《白蛇传》，虽说时间很晚了，但因为是夏季，小剧场里也是挤满了人。

钟寅和陆桑坐在靠边的小桌上，面前是一小碟瓜子和茶水，陆桑看得认真，钟寅抬起头的时候，目光却总是会落在她的肩上。

就是那次成都之行，让钟寅的心中，悄无声息地有了些许不一样的东西。

后来有一个民谣歌手的一曲《成都》风靡一时，钟寅听的时候，总是会想起和陆桑在宽窄巷子，在锦里，在玉林路，吃吃喝喝无所事事晃荡着的那几个温柔的日子。

那大概也是陆桑拼命往前奔跑的人生中，为数不多的假期。

从成都返回之后，她便开始在当地的一家教育机构做兼职老师，晚上的时候也带带家教。

辛苦当然是辛苦的，经常需要连轴转，再遇上对方改时间，有时候要来回折腾很多次。但她并不在意辛苦。

同她少女时期浮萍一般漂泊着的命运相比，她喜欢这种用力生活，凡事尽力的感觉。

高考成绩优异，高中学校给予的奖学金足够支付学费，假期的兼职工资周结一次，并不算多，但陆桑也会小心翼翼地收好。

那阵子钟寅的工作也忙，新进来一批年轻人，他要负责培训，也是经常一两周才回来一次。

有一次回来，推开自己房间房门的时候，看到床头柜上摆放着一个纸袋。

有些疑惑地打开，是一件灰色的衬衫。

里面有一张小小的卡片，是陆桑的字迹："谢谢你这么多个日子的照顾，我一定会慢慢还给你的。"

钟寅微微笑笑，她还真是一点都没有变。

仍旧是那个迫切地希望自己能够独立起来，不依赖任何人的陆桑。

那个想让自己无坚不摧的陆桑。

但认真想一想，我不想需要任何人的背后，究竟是一种强大，还是一种懦弱呢？

我不想需要任何人，我也不想被任何人需要。

我不想付出爱，我也不想得到爱。

从进入大学到工作的那几年，陆桑的确是一个这样的人。

拒绝追求者毫不留情，一门心思地扑在学业上，业余时间能够同时做三份兼职，也并不介意把野心和斗志都写在脸上。

然而人总有刺猬卸甲下，柔软的地方。好在她拥有了戴圆这个朋友，加上钟寅不间断的关照，这些都让她觉得生活是轻松愉悦的。

坐在病床前的陆桑叹了口气，看了看仍旧处于昏迷中的钟寅。

司芸对她的指责……那是不对的。

她怎么可能不关心钟寅？这十一年来，他待她如兄如父，如师如友，是同她的生命联结得如此紧密的人。

只要他健康平安，哪怕要她拿出性命，她也愿意。

# 第十一章 破碎

1.

好在洛杉矶那边，小南瓜的身体康复得还算顺利，让陆桑的情绪也不至于太过焦躁。

任树正好手上有一个和洛杉矶大学合作的项目，暂时还可以留在那里一周。晚上和陆桑通电话的时候，他询问钟寅的情况。

她摇摇头："还在昏迷中，我也不知道他什么时候才会醒来。"

先前出国的时候走得仓促，国内的设计所也是有一堆问题需要处理，并不能二十四小时待在医院里，去设计所安排好工作之后，便匆忙赶过来。

仍旧是靠输送氧气维持着生命，头部没有明显外伤，身体体征正常，血压正常，眼球对光反应灵敏。陆桑在仪器的测量下试着轻声呼喊了几声他的名字，心脏测试仪会显示心率的增高。

但就是不知道什么时候才能醒过来。

钟寅仍处在昏迷中，陆桑到他的住处去取一些换洗衣物。

推开门的时候，明显察觉到一股烟尘扑面而来。她毕业之后经济独立，怕自己继续住在这里会影响钟寅的生活，老早就搬了出去。陆桑不住在这里之后，钟寅也并不常回来，大部分时间都是住在局里的公寓。

家里的一切除了蒙上一层灰尘之外，看起来都还是老样子。陆桑记起那时自己刚住进来的时候，因担心自己会是别人的累赘，每隔两天都要上上下下打扫一遍，以此来证明自己还是有点价值的。后来同钟寅的关系慢慢熟稔，相处也轻松起来，两天打扫一次变成了一周打扫一次，再后来索性指挥起了好不容易回来一次的钟寅："你看你把地都踩脏了，快去拖地。"

钟寅哀号："不是说好做家务抵房租的吗？"

陆桑才不搭理，笑了两声将沙发上的抱枕甩了过去："快去拖啦，我在准备英语演讲呢。”

念及往事，陆桑的眼角微微湿润，好在人生虽然辛苦，但还能有一些这样开心的时光。

上楼之后，伸手推开钟寅卧室房间的门。

以前虽说她年纪还小，但和钟寅彼此之间，也都是有着一些心照不宣的默契的。比如两人基本上是不会到对方的卧室去的，即使是钟寅在家的日子里，他也在努力地给她自由独立的空间。

拉开衣柜，里面的衣物整齐，陆桑从架子上取下几件较为宽松舒适的衣物。她想起来司芸交代过，最好把他的医保卡和相关证件带来一下，环顾了一下四周，思忖着应当在床头柜里，走过去伸手拉开。

抽屉里放的东西有些杂乱，粗略地翻一翻没有看到证件，正准备关上抽屉的时候，目光落在角落里的一个木质小盒子上。

想着会不会在里面，陆桑将那个盒子拿了出来。

放在床上打开的那一瞬间，陆桑微微愣了愣。

一眼看过去，里面的东西都让人有些眼熟。

都是一些小物件，有她上大学时寄回来的明信片，一张现在看起来有些好笑的大头贴，还有她在外地出差的时候带回来的一些小物件。

陆桑咬住嘴唇，一时间微微动容，连带着想起在洛杉矶时，钟寅的表白。

往窗外看过去，是傍晚时分，外面斜阳正在上演落幕戏。

她的脑海中忍不住出现两个字——如果。

如果她没有可谓惨烈的人生过往。

如果她是怀揣着一颗健康的完整的心站在他面前。

如果她的人生中没有那个如芝如兰的少年出现过。

如果……

然而这世间，并没有如果可言。

陆桑轻叹了口气，将那些东西放回盒子中，准备起身到客厅找一下证件。

刚走到客厅，忽然传来了敲门声。

陆桑有些吃惊，不知道此时谁会过来，应声之后走了过去把房门拉开。

门口站着的，是一个女孩儿。

应该是和自己相仿的年纪，但浑身上下散发着一种疲惫和老态，抬起头和陆桑四目相对的时候，也是微微失措和茫然。

“你是？”陆桑开口问她。

“钟寅哥哥呢？”她没有回答陆桑的话，已经推开她的手臂走了进来。

陆桑虽说这些年与钟寅交情深厚，但除了他的那些同事，也并未与他身边的人有太多照面和瓜葛，想着应该是钟寅认识的人。

女孩儿嘴里絮叨着：“钟寅哥哥好久都没有去看我了，我给他打电话，也总是没人接，你知道他去了哪里吗？”

话说到这里，她好似一下子察觉到情形的不对劲，转过头去看向陆桑，眼神里有小动物一般的警觉：“你是谁？”

也就是在那四目相对的瞬间，陆桑的心头微微一颤。

她是认识她的。

虽说这张面庞同以往相比，明显有了衰老和沧桑的痕迹，但在眼神交汇的那一瞬间，陆桑还是禁不住轻声叫出了她的名字：“赵熹微？”

她愣了愣，侧头看向陆桑：“你认识我？”

陆桑这才意识到自己方才的失措，此刻再去否认已经来不及，一时间又没想好如何回答，只能沉默着。

赵熹微的目光落在陆桑的脸上，带着点困惑和迷惘的表情，费力地将眼前这个人同自己脑海中储存着的为数不多的记忆匹配着。

她的眼睛忽然亮了起来，紧接着便是难以置信的一声尖叫。

“方棠？”她用手捂住嘴巴，“你是方棠。”

多少记忆在两人的脑海中同时汹涌翻卷出来，好似潮汐一般一遍遍冲击着堤坝，过往的，两个人都不想回忆起的记忆。

赵熹微忽然尖叫了一声，双手紧紧地捂住脑袋，蹲下身去，好似受伤的小动物一般整个人钻到了角落。

她呜咽着，让陆桑一时间慌了神，赶紧小跑着过去在她面前蹲下喊着她的名字：“熹微，熹微。”

她却是对肢体接触的反应更加敏感，只要陆桑的手一碰，她便是尖厉的叫声，让陆桑一时间手足无措，匆忙把手缩了回去。

好在陆桑大学时辅修了心理学专业，也做过一些心理咨询工作，她很快冷静下来，明白眼前的赵熹微，很明显是陷入某种受伤之后的应激机制里，与外界暂时是一种完全隔绝的状态。

她打开冰箱门拿出来一瓶牛奶，倒在器皿里放到微波炉里热了两分钟。看到赵熹微的情绪平复下来一些之后，陆桑走过去将那杯牛奶递到她手中，声音温柔：“熹微，喝点牛奶吧。”

赵熹微的手微微颤抖，缓缓伸过去将那杯牛奶接住。

她低头抿了一口，嘴唇上沾满牛奶，抬起头怯生生地说了句：“烫。”

“那我们等下再喝。”陆桑微微一笑，先将牛奶接到手中。

赵熹微还是不愿意起身，好在沙发旁边也铺着一块地毯，陆桑索性陪她一起坐在地毯上。

赵熹微没有开口说话，陆桑也不知道如何开口。

客厅墙面上的挂钟轻轻摆动着钟摆，嘀嘀嗒嗒的声音，提醒着时间的流逝。

时间的流逝，陆桑似乎听得到自己胸膛中发出来的一声沉重的叹息。

她难以想象眼前这个憔悴苍老的女孩儿，是当初那个骄纵的、不可一世的、扬扬得意的赵熹微。

而同样地，赵熹微亦难以将陆桑，同记忆中的方棠联系起来。

时间是怎么爬过她们的皮肤，也许只有自己清楚。

2.

赵熹微失神的双目盯着面前的地板好一会儿，缓缓开口："方棠，任树哥哥呢？"

陆桑的心中微微一颤，她出现的短短时间里问出的两个问题，"钟寅哥哥呢""任树哥哥呢"，都让她一时间不知该如何回答。

她努力寻找着合适的措辞："我和任树也很多年没有见过，是到最近才联系上的……"

她抬起头来，眼神中有光芒闪过："那你是知道任树的下落是吗？他现在在哪里？"

"嗯，"陆桑轻轻咬住嘴唇点了点头，"他现在在美国……"

眼见着赵熹微眼中的光芒黯淡了下去，陆桑又匆忙补充："就是去出差的，很快就回来了。"

"真的吗？"赵熹微的脸上浮现出孩童般的笑意，重复地问了一遍，"那我很快就可以见到任树哥哥了是吗？"

陆桑并不清楚她说这些话的时候意识到底是清醒着还是混乱着的，但可以确定的是，这个状态下的赵熹微，绝不是正常状态的。

那日……翻滚着熊熊火焰，她跳进海水中的那日。

那天赵熹微是要过来找任树玩的。

陆桑原本以为那一天只是她与任树生命的告别，从此之后他去他的未来，她去她的未来。

谁承想连同赵熹微，也被云谲波诡的命运，推到了这般的人生境遇之中。

陆桑方才放在客厅桌子上的包中，有手机铃声传来，她从地上起身，把手机从包里摸出来。

是任树打来的。

她原本是想挂断的，此时此刻的境地中，她并没有想好究竟应该如何对任树开口。

她同任树，才刚刚找到彼此，他们是否能找到那条重回旧梦的路，她并不够确信。眼前所有的一切，原本就十分复杂，若是再同他说起赵熹微的出现……陆桑叹了口气，眼前更是一团迷雾。

但转头看向赵熹微的那一瞬间，陆桑又觉得不忍。

至少从眼前的境地来看，她是如此需要任树。

陆桑叹了口气，还是接通了电话。

任树刚和学院负责人开过会，同陆桑简单说了一下情况。

陆桑安静地听完之后缓缓开口："我有件事情想和你说。"

"嗯，你说。"

陆桑压低了声音："熹微现在在这里。"

任树好一会儿才反应过来，声音里有欣喜也有激动："熹微？"

"嗯，"陆桑点点头，"我把电话给她，你和她说几句话吧。"

她转过身半蹲下去，把手机放到赵熹微的耳边："熹微，是任树。"

赵熹微的瞳孔顿时放大，有些难以置信地对着电话听筒"喂"了一声。

那边传来的是她所熟悉的声音："熹微？"

她喊了声"任树哥哥"，"哇"的一声便哭了出来。

她在电话中絮絮叨叨地说着，有些任树听得明白，有些不是很明白，后来是陆桑把电话拿过来，同任树解释："熹微她，精神状态出了些问题，任树……"她顿了顿，"你那边忙完的话，还是尽快回国吧，小南瓜可以交给戴圆先照顾着。我……"

"太累了"三个字话到嘴边，却还是咽了下去。

任树声音温和："棠棠，我很快就回去，等我忙完这一阵，我回去带你去植物园看看。"

她的心顿时柔软下来，柔声道："好。"

带赵熹微在楼下的快餐店吃了点东西之后，陆桑驱车带她一同到医院看望钟寅。

这些年虽说两人并没有打过照面，但若是从记忆中努力去搜索一些蛛丝马迹的话，陆桑并非是对一切毫不知情的。

她初到钟寅家中的时候，便看到过赵熹微的照片，但因为迫切地希望自己同过往道别，无心也好，故意也罢，她忽略了这件事情。

依稀也记得，钟寅是说到过自己有个表妹的。

“和你差不多的年纪……古灵精怪的一个小姑娘，可惜啊……”他的眉头紧锁，没有再说下去。

陆桑自己本身亦是怀揣着秘密的人，自然是知道慎重对待别人的秘密，钟寅没有多说，她也没有去问。是她大四那一年，那阵子钟寅好多天没有打来电话，好似从人间蒸发了一样，好在她也是忙着实习，并没有多问。直到后来某天他打来电话，同她提到了这些天在忙的事情：“我表妹回来了。”

他的语气里，却听不出来太多的欣喜，尽管是只言片语，陆桑也还是捕捉到了一些信息。

赵熹微失踪的这些年里，是遭遇到了人贩子。

年少的花儿一般的女孩儿，在这些年中究竟遭遇到了什么样的境况，钟寅不愿去深想，陆桑也没有去问。

姑姑临去世的时候，把自家的一户房产赠予了在家中工作了很多年的一个菲律宾佣人，赵熹微从小也都是她照顾着，回来之后住进了那栋房子，她仍旧是尽心尽力地照顾着。营养不良，身体疾病，这些都可以慢慢调理康复，一个人精神上的创伤，却是极难愈合。

她逃出来的时候，精神状态已经在崩溃的边缘，时而清醒时而糊涂，糊涂的时候记不得也分辨不出来太多的事情，所有的一切都停滞在了少女时期。

别别扭扭的少女时期呵，最大的烦恼也无外乎一些小情小爱。喜欢一个男孩儿，男孩儿却觉得她张扬聒噪得可怕，她每次花时间大老远地到那座小岛找他，“任树哥哥”“任树哥哥”地跟在他身后喊，他“嗯”“哦”“噢”几个语气词轮番打发，让她灰心透了。

也记得自己有个哥哥，钟寅来看她的时候，还是很开心。可是最近的这些日子，总也等不到他过来，赵熹微索性就自己找了过来。

她并不清楚陆桑带自己来的地方是医院，刚一踏入住院部，她的脸上就浮现出一丝惊恐的表情。陆桑还没有反应过来，她的一双手就死命地抓住她的一只胳膊。

陆桑正忙着接电话，并没有太注意到身后她情绪的不对，眼见着从电梯出来几步就要走到钟寅病房的门口，这才注意到身旁的赵熹微面色苍白，身体也在剧烈地发抖。

“啊！”她忽然大喊了一声蹲下身去，脸上是极其恐惧痛苦的神情，好似回想到了什么难堪的回忆，但那双手仍旧是死命拉住陆桑，好像那是她在苍茫海面上唯一一块救生的浮板一般，“不要，不要……救救我，救救我……”她那颤抖的声音传到陆桑的耳朵中，让她心中难受极了。说起来她同赵熹微，少年时期曾有过几次照面，难以想象是何种惨痛的经历，将她变成了现在这个样子。

好在司芸当时就在不远的地方，匆忙赶了过来。眼见着赵熹微的情绪愈来愈激烈，额头上有豆大的汗珠冒出来，好似下一秒就要昏厥过去一样，她匆忙去护士站配了药，给她打了一针镇静剂下去。

赵熹微这才慢慢地平复下来。

看到钟寅的时候，陆桑亦会觉得安心，走到他面前伸出手去，在他的头发上抚摸了一下，轻轻喊他：“钟寅。”

监测器上，心率明显地抖动了一下。

因为打了镇静剂，司芸来病房检查输氧瓶的时候，赵熹微已经歪在沙发上睡着。司芸的目光落在她身上的时候，叹了口气：“钟寅这个表妹，也真是可怜。”

陆桑伸出手去，把盖在她身上的毯子往上面拉了拉，有些疑惑地开口问司芸：“她怎么对医院这么恐惧？”

身为一个医务工作者，司芸深知对患者的情况要严格保密，所以她只是摇摇头，并没有多说什么。

知道人活于世的艰难，陆桑也没有多问。

3.

任树是三日之后从洛杉矶回国的，原本是想直接回厦门，但是科研所那边实在是太多事情需要交接，只有先飞回了深圳。

小助理见到他两眼放光："任老师，你总算回来了，你快来确认一下这几个项目书有没有什么问题……还有这两份材料和这个数据……"

都是如此，这些年来他和陆桑，说起来都是如此。

工作并不是人生的负担，工作是人生的庇护所。这些年他想念方棠的时候，意识到自己即将被情绪吞噬的时候，亦都是靠天南海北的植物标本采集，实验室里一场接着一场的研究来度过。若不是还有着可以让人为之沉迷与奋斗的事业，恐怕他与方棠，都已经破碎过很多次。

但现在，即便是在翻阅着要矫正的实验数据的时候，他的嘴角也忍不住会浮现出些许的笑意。捧着资料正从外面经过的小助理无意间瞥见，忍不住驻足，思忖着，任老师这次出去一趟莫不是恋爱了？

放在桌子上的手机响了起来，是父亲打过来的电话，任树拿起来接通。

心中有隐隐的愧疚之感，是有些时日没有同父亲联系，电话里听得出来他精神状态不错，问了问任树最近手头上的工作情况。任树同他简单说了一些，然后开口道："许阿姨身体也都蛮好吧？"

任父转过头去看了看正在阳台上浇花的妻子，笑笑："她都挺好的。"

"嗯，"任树的心中忽然升腾出来些许柔软的牵挂，"等我月底有时间，回去看看你们。"

"好好，"父亲听到这话自然是很开心，"让你许阿姨给你烧鱼吃。”

“好。”任树的脸上浮现出些许的笑意。

旁敲侧击地，父亲在电话中问了一下他的感情状况：“我有个老朋友，女儿上个月刚回国，也正好在深圳……”

“爸，”任树打断了他的话，“我见到方棠了。”

“啊？”父亲一时间没有反应过来，在脑海中把这个名字搜索了一番才恍然大悟，“噢，你在岛上认识的那个小姑娘啊。”

这样一说，他便也被带入到那个时候的回忆中，十一年前的那场大火……他有些错愕：“那个小姑娘还活着？”

“嗯。”任树电话里也没有多说，但隐隐地，父亲也能明白他的意思。

虽说那时他没有见过方棠几面，但心中也知道，那是对任树极其重要的人。

她下落不明的那些日子，任父记得任树整个人好似被抽光了所有的精气神，行尸走肉一般。

他并没有多问，如今自己也已经年过半百有余，也是见过生死。如今的妻子亦是当年他想要离婚同她生活在一起的那位，虽说在当初的那种境况下两人选择了分开，但命运兜兜转转，还是重新给了两人一次机会。他深知情感的不易，知道爱是宝物。

同任树也是这两年才渐渐打开心扉，更亲密了一些，他自然是不会干涉他的任何选择。

作为父亲，他只希望他能够开心。

在电话中笑笑：“那你月底，把那个小姑娘也带回来一起吃饭，我都好多年没见过她了。”

任树有些不好意思，但还是笑着点头：“好。”

那一瞬间，多少场景在他的脑海中浮现——他带着棠棠回家，同父亲还有许阿姨坐在一个桌子上吃饭；他们的婚礼，棠棠一袭白裙，花艺的设计和颜色的搭配；蜜月一定要去一个热带国家，带棠棠去看各种各样的花草植物……

他们过往的人生中都经历过太多的阴霾，只希望这以后，凄风苦雨再也不要来。

两日之后正好是周末，任树手中的事情忙完，从深圳到了厦门。

在高崎机场买了束花，接到陆桑的电话：“我在停车场停车，你到了吗？”

“嗯，”任树点头，“正准备出去。”

离上次分别说起来只有十来日，对任树来说却漫长到难以承受的地步。他大踏步往外走着，一眼就在出口来来往往的人流中看到陆桑，她一袭卡其色的风衣，微卷的头发搭在肩头。

“棠棠……”任树大声呼喊着她的名字摆了摆手。

陆桑闻声抬起头来，循着声音看过去，同任树四目相对的时候……又一个声音响了起来，在任树还没反应过来的时候，那个身影已经如同小鹿一般冲到了自己的怀里，任树手中的花束都跌落在了地上。

“任树哥哥。”她把头埋在他的怀抱里，汹涌的眼泪流了出来。

任树整个人有些发怔，双手僵硬在那里，一时间不知如何是好。

他甚至都还没来得及看清来人的脸，但脑海中忽然想到，前几日的电话中，陆桑提到的话，“我见到熹微了……”

那声“任树哥哥”倒是他还熟悉的。“熹微？”他轻声叫道。

怀里的女生频频点头：“是我啊，任树哥哥。”

她抱得紧，任树一时间动弹不得，抬起脸来把目光投在方棠的身上。

她的脸上看不出什么多余的情绪，仍旧是方才浅淡的笑意，迈着步子走过来，拉过任树手中的行李箱，开口道：“走吧，先回去。”

赵熹微松开任树，但一双手仍旧是紧紧地拉住他的胳膊，任树没法松开，求救般地向陆桑开口：“棠棠。”

陆桑的眼神看向前方：“我和熹微说了你回来了，她很想见见你，我就带她一起过来了。”

“可是，棠棠……”

任树刚想开口说话，陆桑打断：“你们在这里等我吧，我下去把车开上来。”

而后便大步流星地往前走去。

任树的目光落在眼前的赵熹微身上，内心微微震动。坦白来说，若是在其他情况下偶遇，他应当是认不出她来的。

那些变化……他在心中微微吃了一惊，实在是太过明显。该怎么说呢？她仍旧是好看的，五官和面庞仍旧是好看的，却没有了光泽，整个人好似蒙尘的玉石，失去了光泽一般。

“任树哥哥，”赵熹微有些惊慌，匆忙用双手捂住自己的面庞，“怎么了？我是不是变得很丑？”

没想到熹微会问出这样的话，任树微微错愕。

印象中她是极其骄纵的性子，美丽，更是知道自己美丽，在那时候任树的眼中，是骄傲得有些自负了。

而眼前的她，怯生生的，好似荒原上随时担心自己会承受着灭顶之灾的小动物一般。

任树有些心疼，他摇摇头：“没有，很漂亮。”

赵熹微娇俏一笑，眼中这才恢复些许神采。

陆桑已经把车开了上来，示意两人上车。

“棠棠，我来开吧。”任树提议。

她摇摇头：“我来，你坐后面陪陪熹微吧。”

她说这话的时候，没有去看任树的眼睛。

任树的心中有些难受，但身旁的赵熹微已经拉上了他的胳膊：“任树哥哥，坐车了。”

他轻轻“嗯”了一声，将手中的那束花放在了副驾驶座上，同她一起坐到了后排。

车厢里一时间陷入了尴尬的沉默中。三个人好似一时间都不知道该开口说些什么，陆桑伸手打开了车内的音响，轻柔舒缓的音乐流淌出来。

任树偶尔会抬起头，试图从前视镜中，看到陆桑的眼神。

但陆桑已经戴上了墨镜，他看不到她的表情。

4.

晚餐订在了思明区的一家餐厅，是先前钟寅推荐的，说是味道很是不错。

菜肴看起来的确是精美可口，但任树还是觉得有些食不知味，总觉得眼前的这一切是错的。他处在这样一个茫然的境地之中，还没有完全弄清楚方棠的身上发生了什么，现在赵熹微也又出现了，更不清楚赵熹微身上发生了什么。

记忆中的那个夏天，赵熹微好像也是一夕之间从他的生活中消失了一番。他当时只当是她在生活中又找到了什么新的乐趣，并没有放在心上。好像是记得那时赵熹微的母亲来自家拜访过，同任父在客厅中有压低了声音的谈话，但究竟说了些什么，当时的任树，也并没有在意。

赵熹微难得情绪稳定，心情也很好，不住地往任树面前的碟子里夹菜："你尝尝这个。"

"嗯，好。"

却还是无心吃饭，将目光投在陆桑的脸上，有些欲言又止。

饭吃到大半，陆桑从椅子上起身，说是要去趟洗手间，餐桌上一时间又是任树和赵熹微两人。

好在赵熹微正吃甜品吃得开心，任树说起"我去接个电话，你先吃着"的时候，她也没有什么情绪的起伏，用勺子舀了一小口西米露放在嘴中，笑眯眯地点点头。

陆桑正在洗手池低头洗手，说是洗手，不如说是发呆，两只手来来回回洗了很多遍。

“好了，”一只手伸过来拧住了水龙头，“节约用水。”

陆桑抬起头看了看镜子，站在身后的那个人，是任树。

她笑了笑：“你怎么也过来了？我正要出去。”

言罢，陆桑抽出张面巾纸擦干双手，正准备往外走的时候，任树伸出手来一把拉住了她的手臂：“棠棠。”

她止住脚步。

“棠棠，我们谈一谈。”

虽说是那么多年未见，但他不用开口，陆桑大概便能在心中猜到他想要说什么。

“任树，”陆桑转过头去看向他，摇了摇头，“你不用说了。”

她的眼睛垂下去：“你也看到赵熹微的情况了，实际上，你今天所见到的，已经是她最好的状态了。她这些年……”

陆桑转过脸去，看了看不远处仍旧坐在那里吃着东西的熹微，说：“熹微没有我这样的运气，她这些年来，有过很惨痛的经历。有很大一部分的记忆丧失掉，而且情绪经常十分不稳定。她同这个世界基本是隔绝的状态，但是只有对你的记忆，还是清晰的。任树，你能理解我的意思吗？”

任树的眉头微微蹙起，一时间不知道该如何回答。

“你能理解我的意思吗？”陆桑抬起头来，又重复了一遍刚才的问话。

任树摇摇头：“熹微也是我的朋友，我自然会尽心尽力地去帮助她，但是棠棠，我不希望这件事情影响到我们之间……”

“怎么可能不影响到我们之间？”觉得他说出的话有些好笑，陆桑的声音也禁不住大了一些，“任树，我们不是十五六岁了，我们……我们也不是生活在那座小岛上了。我们如今是生活在这个社会里，是切切实实地与周围的人发生关联的啊，我们所做的每一个决定，都会影响到周围的人啊……”

她叹了口气：“赵熹微那个时候就喜欢你，也许我和你，都低估了她喜欢的程度。任树，我们现在还是保持距离为好，这几天，我好不容易见到这个样子的熹微，她太需要你了，绝对不能再给她任何刺激。”

“方棠，”任树的声音陡然高了一些，声音里有些许难以置信的震惊，也有些许的愤怒，他双手抓住她的肩膀，她的眼神无处可躲，“我以为……我以为这些年来，你是和我一样……”

明明是震惊和愤怒，说出口的时候，却变成了哀伤：“我以为你是和我一样，有着一样的决心，一样的勇气……”

陆桑的脸上并没有什么多余的神情，她紧紧咬住下嘴唇，不发一声。

任树将双手松开，颓然地叹了口气：“是我错了。”

还是不死心地，又看了一眼陆桑：“棠棠，你知道这些年，我是怎么度过的吗？那么多个白天，那么多个夜晚，你知道我是怎么度过的吗？”

他的声音微微颤抖，连带着陆桑只觉得自己的心脏中，有尖锐的让人抽搐的疼痛。

但好在她已经不是当年的那个少女，这些年中，早已长成冷静自持的人。

“任树，”她的声音听起来是平静而克制的，“我们的人生破碎过，所以，我们不能再让别人的人生有新的破碎。”

5.

重新回到餐桌上的时候，两人的表情已经恢复了宁静，好似方才的那些谈话，从来没有发生过一般。

结账之后，三人重新坐回了车上。陆桑一路沉默地开着车，本打算先将两人都送回去，赵熹微开口：“任树哥哥，你可以陪我出去玩玩吗？”

任树抬起头来飞快地看了陆桑一眼，她好似完全没听见一般，正专心地握着手中的方向盘。

“嗯，好，”任树开口，“你想去哪里？”

车开过环岛路没有多久，赵熹微看向窗外：“去南普陀寺吧？我想去拜拜神仙。”

陆桑的手微微一抖。

赵熹微咧开嘴笑笑，补充道：“感谢神仙让你回来了。”

南普陀寺。

南普陀寺。

她生活在厦门这么久的时间里，那是她唯一没有踏足过的地方。

因为她知道，若是她决心与过去割裂，那和过去有关的任何地方，都最好永不踏足。

南普陀寺是这座城市中唯一的一个。

是的，她是离开过一次那座小岛的。

那一次，起因是任树偷偷把她写的一篇作文寄去参加一个作文征文比赛，结果拿到了一个奖项，可以去参加颁奖。

任树告诉她这个消息的时候，她的脸上却丝毫没有开心的表情，一是对任树的自作主张生气，二是知道家中一定是不会让她去的。

那场颁奖的时间错过了，然而在那个春日，她同任树，还是偷偷地离开过一次那座小岛。

正好那个周末，父母因为一些私事都需要出岛，没有人在家，她同任树，是黎明时分就坐着最早的一趟轮渡离开的。

没有准备去参加那个颁奖仪式，也并没有什么特定的目的，对两个人来说，这都是一次莫名其妙的旅行。

黎明时分风很大，轮渡上只有他们两个人。

黑蓝色的天空和海面，天上还有几颗明亮的星。

甚至远远地，还有谁放起了烟花。

没有到船舱里坐，两人站在甲板上，风把方棠的头发吹得乱糟糟的。

她的脸上却是难得的开心与自由，往前走了几步，伸直手臂，任凭狂风吹拂着自己。

“好自由。”她喃喃道，而后回过头去看向任树，他的脸上也是盈盈的笑意。

她把手做成喇叭的形状，对着面前的海洋大声喊出了他的名字：“任树。”

任树也往前走了几步，和她并排站在一起，同样把双手在嘴边做出喇叭的形状：“棠棠。”

“任树！”她的声音更高了一些。

“方棠！”好似比赛一般，他也提高了音量。

“任树！”

“方棠！”

而后便是清脆的笑声。

那次他们从小岛到最近的陆地，随便买了张火车票，到达的地方，便是厦门。

并没有太多可以逗留的时间，因为方棠说想许愿，他们去的唯一的一个地方，便是南普陀寺。

寺庙在山顶，一路爬山上去，好在正是春日，杏花吹满头，一切都很美丽。

往日里，方棠从不觉得自己是个温柔的人。

但在那一刻，熙熙攘攘的人流中，她和任树并肩站在南普陀寺寺内，对着其实也并不知道是什么菩萨许愿的时候，她觉得自己胸膛中涌动着的，是异常温柔的情绪。

当然也有隐隐的不安。

不会再有比这更好的时刻了。

不会再有比这更好的时刻了。

下山的时候，有一朵杏花飘飘悠悠地，落在了方棠的肩膀上，比她高出半个头的任树伸手，温柔地将它拂下。方棠转头看向他，少年光洁清澈的面庞，真好看，她的脸微微一红。

春日游，杏花吹满头。陌上谁家年少足风流？

妾拟将身嫁与一生休。纵被无情弃，不能羞。

那之后呢？

陆桑踩住刹车，将车稳当地停下："你们去吧，行李先放在我的后备厢里，晚点我再送过去。"

车里只剩下了自己一个人，陆桑稳当地打着方向盘，缓缓地将车掉头。

开出去五分钟之后，肩膀微微颤抖着，缓缓地将车停在了马路旁边，把头埋在方向盘上，任由自己的眼泪肆无忌惮地流下。

先是小声抽泣，而后是某种低声哀号。

这样的一个午后，车外是熙熙攘攘的人流，一个人在车里的号哭，并不会引起任何注意。

每个走在路上的人，谁又能说自己没有怀揣着巨大的心事和难以言说的破碎。

但是没关系，陆桑在心中告诉自己，没关系。

她只是想趴在这里暂时地哭一哭。

她总是还能够往前走下去。

## 第十二章

## 旧梦

1.

不知道自己究竟昏睡了多久，睁开眼睛的时候，钟寅还有着些许的茫然。

陆桑正坐在旁边翻看着手中的英国史，间或往病床那边看一眼，看到钟寅睁眼，她的眼睛一下子亮了起来，声音里面满是欣喜："阿寅，你醒了！"

感激地按下床边的对讲机，司芸那边刚接通，就听到陆桑雀跃无比的声音："司芸，钟寅醒了！"

担心钟寅的意识没有完全恢复，她特意伸出几根手指在他眼前舞动着："这是几？"

钟寅苍白的脸上露出一丝笑意："四。"

陆桑咧开嘴笑："看来智商没问题。"

谁料，钟寅说出来的下一句话立即让她脸上的笑容消失："你是谁？"

陆桑的眼睛圆瞪，难以置信地看着钟寅，声音微微颤抖："你，你说什么？"

钟寅轻轻眨眨眼，再次问她："你是谁？"

陆桑手中的书掉落在地上："你，你不认识我……"

眼见着陆桑的情绪变化有些大，钟寅不忍心再将这玩笑开下去，赶紧澄清："小桑，我开玩笑的。"

她当即板下脸来："你真是够了！知不知道自己躺了多久，我都担心你变成植物人了！"

看她担忧、责怪，钟寅的脸上倒是浮现出温柔的神情："我感觉自己好像睡了一觉，梦里面也能听到很多人的声音，但就是醒不过来。"

医生和医护人员已经走了进来，查看监测器上显示的钟寅身体的各项指标和心脑电图。而后司芸紧锁的眉头松开："还好，大部分指标都在正常范围内，没有什么大问题。"

她转过头看了一眼躺在病床上的钟寅，又立即把眼神转开。

"这么多天一直都是司芸照顾你，"陆桑开口道，"你出院之后一定要好好感谢一下人家。"

"好啦，"钟寅一醒过来就开始贫嘴，"司芸和我都是这么多年的朋友了，照顾我一下不是应该的吗？"

他抬起头看了她一眼："对吧，司芸？"

司芸正举着手准备换输液架上的输液瓶，微微一笑，没有说话。

但心中仍旧充斥着幸福的情绪。

她的幸福如此简单，她所有的情感，所有的心动，不需要他回应，甚至都不需要他知道。

有些时候，一个人好好地生活在这个世界上，便是对另一个人最大的嘉奖了。

"我还要去查房，你好好休息吧。"司芸对钟寅笑笑，便走了出去。

医生做好基本的检查之后也都已经离开，病房里只剩下钟寅和陆桑两人。

他歪头看了看床边的日历："我在医院多久了？"

"你昏迷十来天了，"陆桑叹了口气，"失联之后，是渔民报警才把你送到医院的，不然的话，估计你就成烈士了。"

"啊，"钟寅记起了那场救援，"救援怎么样？死伤严重吗？"

"现在先不要关心这个了，眼下最重要的是把身体养好。"

钟寅原本还有很多问题，想要问陆桑——她是什么时候回国的？是因为自己回来的吗？小南瓜的病怎么样了？在洛杉矶，她同任树，他们在一起了吗？他们做出了什么样的决定？

种种纷繁芜杂的思绪在脑海中飘荡着，但他也知道，眼下并不是合适的时机。

至少睁开眼睛的时候，看得到陆桑在自己身边，这就足够了。

还是有些累，刚想要闭上眼睛睡一会儿的时候忽然又立马睁开，自言自语了一句：“坏了。”

“怎么了？”

“我那个表妹，”钟寅开口道，“我先前基本上每周都会去看她的……”

“熹微是吧？”陆桑打断了他的话，“她一切都还好，你不用担心，有任树在照顾着她。”

这句话中的信息量太大，但陆桑说这些的时候仍旧是云淡风轻的样子，他也就没有再问。

合上眼睛，还是先好好地睡上一觉。

陆桑捡起那本落在地上的英国史，重新坐回到沙发上。

却不再能看得进去了，在脑海中思忖着，此时此刻，任树应当是正和赵熹微在一起。

这一想，便有各种各样的想法，想着少年时期，如果任树没有搬到那座岛上，还是生活在原先的城市，他同赵熹微，本身也是有可能在一起的吧……虽说少年时期，他对精力旺盛的赵熹微总是避之不及，但人的情感，本身就是会流动的。

陆桑的心中浮现出些许惆怅的情绪。

爱情。

时至今日，她也不能很好地说出究竟什么是爱情。

不像是戴圆，从大学时期就好似浑身上下有着用不完的热情，总是能投入到一场又一场的恋爱中去，分手的时候会痛哭一场，但很快就会忘了。

她却不是。

这些年来，她努力地生活着，习得的是人要规避无用的情绪，有去解决问题的能力，做冷静理性的人，爱带来波澜，她不希望人生中再有任何波澜。

2.

任树的电话偶尔会打过来，大多数陆桑都没有去接听。

也许在洛杉矶，异国他乡，她尚能有着情绪的冲动，有些不管不顾的勇气，但是现在，双脚切实地踏入到生活的河流之中的时候，她仍旧觉得太艰难了。

虽说司芸并没有透露什么信息，钟寅也只是偶尔提起过一些，但那日在带着赵熹微去机场接任树之前，她还是调查清楚了赵熹微这些年的经历。

和她离开那座小岛差不多的时间，她也忽然从这个世界上消失了一般。

是遇到了人贩子的拐卖。

据她能找到的一些零零散散的记录来看，那个周末，赵熹微和家里说要去同学那里玩，后来便没有再回去。

时间，陆桑盯着事件发生的那个日期……赵熹微应该是来那座小岛的途中遇到了人贩子。

陆桑先前考心理咨询师证件的时候，也做过这方面的了解——被拐卖人口多为儿童和女性，儿童多是被卖到那些没有孩子的家庭，而女性……陆桑觉得心口一疼，发出沉重的叹息，赵熹微选择忘却的那些记忆，必定好似可怖的梦魇一般。她那年还不到十七岁啊。

之所以对弥漫着消毒水味道的医院如此害怕，也是因为那时的经历——她有过两次生产记录，应当就是在拐卖地可以想象出环境和卫生状况的诊所里。第一个孩子是个男婴，先天性疾病，在这个世界上只生活了三天。第二次不是生产，是……强制性人流。

应当是检查出来是个女婴的缘故。

更细节化的东西……陆桑不想再知道。

赵熹微是自己逃出来的，当时已经神志不太清醒，在街上流浪了一段时间，最后是好心人报警，钟寅才得以接她回来。

那年二十三岁的赵熹微，原本应当是大学毕业刚刚踏入工作岗位的年纪，是爱买一些裙子和口红、下班的时候要和男朋友到新开的餐厅吃饭约会的年纪，然而，被带回来的她，苍白、老态、浮肿，整个人的灵魂都好似不复存在一般。

钟寅尚未清醒的时候，陆桑照顾过她几日，心理创伤严重，极端情绪化，几乎把自己完全封闭起来，大脑里是大片大片的空白，很大一部分的记忆丧失。

倒是对遥远的少女时期，还有着些许清晰的记忆，比如任树。

熹微对钟寅这个哥哥，应当是后来慢慢建立起信任之后的安心。但即便是陆桑也看得出来，只有在看到任树的时候，她整个人才是明亮的，才是快乐的。

做过心理咨询的她深深知道，这种选择性遗忘在某种刺激之下是有恢复过来的可能的，也许那个时候，会给熹微的人生带来更大的打击。

暂且闭上眼睛做场梦吧，暂且让她在这场梦中沉溺的时间再长久一些吧。

手机提示有信息进来，是任树发过来的："棠棠，我有要紧的事情想和你说。"

紧接着电话打了过来，这一次陆桑没有再挂断。

"棠棠，"任树仍旧习惯喊她这个名字，"你周末有时间吗？"

"周末？"陆桑在脑海中过了一下时间安排，"怎么了？"

"蒋老师……"任树顿了顿，"蒋老师去世了。"

陆桑顿时觉得自己的脑海中"轰隆"一声，好像有什么东西在耳边炸开一样。

蒋依阿姨，蒋依阿姨，蒋依阿姨。

那张微胖温婉的脸在脑海中浮现出来，连同她温柔的声音。

"棠棠，我会帮助你的。"

"棠棠，不要怕。"

身穿泳衣的两人一步步走到海水中，一个浪打过来，方棠有些惊慌，不由得“啊”了一声，一把抓住身旁蒋依的胳膊。

“没关系的，”蒋依用力扶住她，“你不要担心，游泳其实没有你想的那么可怕。来，我扶着你，你试试看……”

感觉到一双手把自己缓缓地托起来，好像也没有那么害怕了，耳边蒋依的声音温柔：“对，就像这样，用手划水，脚跟着一起蹬，好，往前走了，来，继续……”

自家父母，任树，人人都知道，自己打小怕水怕得要命，丝毫都不会游泳，所以她才会被断定没能逃出那场事故。

游泳是蒋依教会她的，没有告诉任何人，好像两人之间的秘密一般。

当时她并没有意识到，之后的某一天，这个技能，能够救她一命。

所以即便是潦草的境地里，命运总还是别有深意。

这十一年来做梦的时候，偶尔陆桑也会梦到蒋依。

梦里面有一条起着雾气的河流，她同蒋依，隔开在河流的两岸。

看得到对方，却触摸不到对方，只能在梦境中，虚幻地徘徊。

任树开口问道：“棠棠……你跟我一起回去吗？”

陆桑握着手机的那只手动了动，一时间不知道如何开口。

沉默了几秒钟之后，她说道：“周末我有一个项目会要开，就不回去了。”下一句话不知是为了安慰任树，还是为了安慰自己，“即使回去了，蒋阿姨也不会活过来。”

没想到陆桑是这样的回答，任树一时间有些吃惊，只觉得心中受到剧烈的震动。

那次他在婚礼上遥遥地看向陆桑第一眼的时候，便在心中断定，这是棠棠。

却又在许多个瞬间里，任树的心中充满困惑，充满疑窦，这不是他的棠棠。

他虽少年便知道她独立，勇敢，坚强，也知道生活的磨难更会让一个人速速成长。

但他并不希望她成长为铜墙铁壁，他希望她仍旧有热情柔软的一面。

任树在心中埋怨的仍旧是自己——对不起啊，棠棠，当年没能好好地保护你。而现在，我又来得太晚了。

他点头道："好，我知道了。你也知道，蒋阿姨没有什么亲人，我后天回去给她办葬礼。"

挂了电话，陆桑转身坐到办公桌前，抓起桌子上的几份设计图纸继续看着。

3.

傍晚时分接到了钟寅的电话，说是今天空闲，约她一起吃饭。

陆桑转动了一下低头太久有些僵硬的颈椎，摇摇头："我手头还有些事情要忙，不去了。"

"三文鱼啊，三文鱼都不吃？"钟寅继续劝说。

陆桑苦笑了一下："没什么心情，不想吃。"

下班时间已过，其他人早已打过招呼之后离开，外面的天色暗了下来，陆桑仍坐在椅子上，对着散发出幽幽光泽的电脑屏幕处理着图纸，偶尔回复一两封邮件。

也不知道过了多久，办公室外传来了敲门声，她没顾得抬头，说了声："请进。"

原以为是返回来的秘书，没想到来人，是钟寅。

她微微吃惊："你怎么过来了？"

钟寅将手中拎着的袋子往上提了提："三文鱼刺身，鹅肝寿司，还有天妇罗，打包来了，你也该饿了吧。"

"还真是。"陆桑站起身的时候，发现自己的确是有些饿了。

将办公室的茶几收拾了一下，打包盒放在桌子上，钟寅带的东西多，满满当当地摆了一桌子。

陆桑拿起一个鹅肝寿司塞进嘴里，大口大口咀嚼起来："真好吃。"

“还有这个日式煎饺，味道也很棒，我还打包了调味醋。”钟寅指着另外一个盒子说道，“你尝尝。”

陆桑这才意识到，自己已经有好些天，没有好好吃过饭。

煎饺、味噌汤这些东西，为了保持体形和健康，工作之后几乎是很少吃的。

但今日，她觉得心口的空洞好像转移到了胃里，一定要靠大口大口地吞咽食物，才能得到缓解。

一个又一个的煎饺塞进嘴里，八个很快就下了肚，没等钟寅反应过来，她已经开始闷头喝着那碗味噌汤。

钟寅看出来她的情绪有些不对劲，试图去阻止她：“小桑。”

她死命地抓住勺子，仍旧是大口大口地往嘴里送着食物，另一只手又伸向了那盒寿司。

“小桑，”钟寅把那盒寿司往后拿了拿，“不要吃了，一下子吃这么多会不舒服……”

“我好饿啊，钟寅，”陆桑抬起头来看着他，眼泪鼻涕忽然全部流了出来，“我觉得胃里空荡荡的，好饿啊。”

钟寅叹了口气：“那我们慢慢吃好不好？不要吃这么急。”

陆桑顺从地点了点头，拿起一个寿司慢慢地放到嘴边，一点点地吃起来。

是很努力地想控制眼泪的，却觉得控制不了，它们好像洪水一般，汹涌着倾泻而出。

钟寅没有说话，甚至也没有给她递纸巾，心里想着的就是哭吧，哭出来吧。

这些年来，她从未向外界展示过伤口，展示过脆弱，展示过眼泪，她把自己用力地包裹在一层厚厚的茧下面。

钟寅陪着她一道，吃着桌面上的食物，将寿司和刺身一块块地放到嘴里。

虽然他没有开口，但是他知道，陆桑是可以收取到他传达出来的想法的。

哭吧，有眼泪就尽情地流出来吧。

没有什么好羞愧的，也没有什么好害怕的。

家是一个可以暴露任何脆弱、伤痛、绝望与眼泪的地方。

我们已经相识十多年，陆桑，我就是你的家。

我就是你的家。

小声抽泣最后变成了号啕大哭，食物连同着眼泪一起吞咽下去。

吃完了桌子上所有的食物之后才觉得好一点，食物抚慰了胃，也抚慰了心。

陆桑的情绪一点点平静下来，理性回归的时候，觉得有那么点羞愧。

然而还没有来得及体验羞愧的感觉，全身便被一种疲惫感所包围。

钟寅把桌子上的打包盒、包装袋收好丢到垃圾桶里，一分钟后转过头来，发现陆桑已经脑袋歪在沙发上睡着了。

脸上还有泪痕，眼线和睫毛膏都已经花掉，原本一丝不苟的发型也是乱糟糟的，一张脸皱巴巴的，好像一只小猫一样。

钟寅轻轻扶了扶她，让她用一种更舒服的姿势躺下来，而后脱掉外套，盖在她的身上。

外面的夜已经深了，视线穿过十九层楼的窗外，看到天上那轮圆月。

钟寅就那样静静地坐着，偶尔伸手将陆桑额前的碎发拨弄过去。

脑海中不知为何，想起了很多年前。那时陆桑在读高三，学习压力特别大，假期的时候不住在学校，会住在家中，有两回钟寅凌晨出完任务回来，都看到她趴在书桌上睡着，手中还紧紧地握着一支笔。

他觉得有些好笑，也有些心疼，那个时候也会小心翼翼地把她从椅子上抱到她的卧室里。

哪里有什么公主抱，十几岁的陆桑，很瘦，他都是直接扛在肩膀上带她上楼的。

她倒是睡得也沉，丝毫不会惊醒。将她放在床上盖好被子，她在床上翻了个身，嘴里轻轻呢喃了一句："蒋阿姨。"

应该是她过去认识的人，钟寅把被子盖在她身上，关上门退了出去。

凌晨的时候迷迷糊糊地睁开眼睛，一时间有些恍惚，环顾了一下四周，钟寅正坐在沙发上捧着一本书看。

"好渴。"陆桑轻轻呢喃道。

放下手中的书，钟寅起身，用纸杯接了一杯水递到陆桑的嘴边。

她喝了几口，从沙发上坐起身，回想起了自己方才的失态，有些不好意思。

"还困吗？"钟寅开口问道。

陆桑摇摇头。

"要出去走走吗？"

陆桑有些不好意思："这个样子，乱糟糟的。"

"没事儿，反正三更半夜的。"

外面已经有了凉意，钟寅坚持让陆桑披上自己的外套。

凌晨的街道上，并没有什么人，外面的空气清新，好似也暂时地让陆桑忘却了刚才的哭泣。

钟寅给她讲着局里的一些趣事：阿成在追一个女孩子，追了三个月终于一起吃了顿饭……救助局又收到了几面锦旗，有一面上面的字写错了……

后来在街角公园的长椅上坐下，凉凉的晚风中，钟寅把话题转向别处："小桑，你是有什么伤心事吗？"

陆桑微微愣了愣，本能地想拒绝回答这个问题。

但人非草木，在某个契机下，也许人人都会脆弱。

她微微抬起头去，看向天空："有个对我很重要的人去世了。"

不知是真实还是幻觉，说这话的时候，她似乎看到了天边有一颗星星滑落。

“我很想去看看她，但又知道不该回去。”

她叹了口气：“有时候觉得人生好难啊，这样艰难的人生，那么多个……不知道该前进还是该后退的时刻。”

似乎是觉得自己和钟寅说的话太多了，摇了摇头，自嘲地笑了笑：“不该和你说这些的。你和我不一样，你是……开心的人。”

方才滑落的星星似乎是落到了钟寅的眼睛里，让他的双眸中好似也有细碎的星光。

他摇摇头：“小桑，其实这些年来，有很多个时候，我都想告诉你，如果你愿意，你可以把所有的一切都告诉我。”

“一个人背负着太多沉重的东西，是没办法走得更远的。”

“我希望你可以知道，不管是什么，我都愿意和你一起承担的。”他环顾了一下四周，虽然仍旧是一片漆黑，但天边已经有了些许光亮，有了黎明的影子。

“我知道你在黑暗中走了很久的路，但是我会带你一起走到阳光底下的。”

4.

如今的小岛和十一年前相比，已经有了很大的变化，一大部分地区被开发成了旅游景区，经常是人满为患。

登岛的轮渡也多了很多趟，任树刚一到码头便有熟识的师傅招呼他：“来来，别去买票了，坐这趟。”

任树笑着回应招呼，走过来踏上甲板。

这些年虽说工作繁忙，但有时间的话，他总是愿意回去看一看的，一个是看看植物园中的花花草草，还有便是赶上节假日的时候，会带上一些点心礼品，到蒋依家里坐一坐。

蒋依的身体情况，这两年恶化了很多，但仍旧拒绝他给她找一个护工的提议，也不愿意到医院住院，同任树说："不想被当成病人，我喜欢这样，这样挺好的。"

发展旅游业的缘故，图书馆前些年经过拆迁，如今已经是一个精品酒店，任树怕蒋依闲着空虚，把植物园交给她照料着，还请了两位专门的园艺工人协助。摆弄着一些花花草草，确实能让人的心情好很多，上次任树回来的时候，都还觉得蒋依的气色看起来很好，以为她可以战胜病魔。

谁想到，离世的消息来得这般猝不及防。

轮渡缓缓地行驶着，船舱里坐了很多人，大多是一些外地的游客，指着眼前的海面与远方的岛屿，兴奋地议论着，对自己即将抵达的乐园有着美丽的想象与憧憬。任树亦注视着那座小岛，脑海中忽然想象起，当年的蒋依搭乘小船来到这座小岛的情形。

依稀记得少年时期，蒋依是和他还有方棠说起过一些的。似乎也是经历过什么重大的人生变故和挫折，从一个遥远的北方城市选择来到了这里。

她一直独自生活着，也曾经对任树和方棠说起过，说认识他们两个孩子，是人生极大的幸运。

而在任树的心中，她才是给过少年时期的任树与方棠，最多温暖的，母亲一般的那个人。

那座岛屿越来越近，任树也从座位上起身，同船长招呼了一声之后走上甲板。

码头处的来人看到了他，挥挥手喊着他的名字："任树。"

"赵警官。"任树走过去。

"走。"是先前渔船失事被钟寅救下来的那个男人，虽说现在已经不做警察，但任树还是习惯这样称呼他，他拍了拍任树的肩膀，同他一起往前走去。

赵淮出现在这里，任树并没有觉得有什么奇怪之处，毕竟蒋依去世的消息，就是他打电话通知任树的。

然而让任树感觉到有些不对劲的是……事情好像并非是他先前所以为的那样，他以为蒋依是因为生病离世，但现在看来，好像并不是这样。

赵淮叹了口气："蒋依是自杀的。"

任树"啊"了一声，脸上是难以置信的神情，好半天才开口道："为什么？"

赵淮的面色凝重："不是一时半会能说清楚的，有机会再说吧，我先带你去派出所看一下……遗体。"

任树的眼睛垂了下来，缓缓开口："好。"

从派出所出来的时候，已经是斜阳沉沉，原本赵淮打算喊任树到自家吃饭，谁料家中临时有些事情，只得先回去。

在看到曾经很亲近的人的遗体之后，任树也觉得自己需要一个人待一会儿。

他同赵淮在派出所门口分别，路上掏出手机打了几个电话，安排了一下明天葬礼的事情。

也并没有什么明确的目的地，就那样随意地走着。这座小岛上有些地方确实改变了很多，有好多地方，却又看起来完全没有变化。

如今的度假酒店生意兴隆，很多来小岛旅游的人会在这里入住。当初图书馆里的书，有些被处理了出去，有些摆在了酒店的咖啡厅里。

任树就那样在门口站了一会儿，犹豫着是不是进去坐一会儿的时候，身后传来了一个熟悉的声音："任树。"

他愣了愣，当即转过身去。

第一眼看过去的时候，他甚至都以为自己出现了幻觉。

面前站着的这个人，是陆桑。

她一袭黑裙，不施粉黛，整个人看上去十分精干。

"棠棠？"他的声音里有惊喜，也有难以置信，"你过来了？"

陆桑点点头，开口问道："蒋阿姨的遗体呢？在医院吗？"

任树摇摇头："不在医院，蒋阿姨……是自杀的。"

陆桑的身体微微晃动了一下："为什么？"

任树回头看了看那家酒店营业中的咖啡馆："去里面坐会儿吧。"

陆桑犹豫了一下，还是同任树一起走了进去，在里面找了位子坐下。

点了两杯美式咖啡，低头抿了一口之后，陆桑抬起头，目光落到了旁边的书架上。

本来只是匆匆地瞥上一眼，然而落到其中几本的时候，整个人有些愣住，情不自禁地伸手将其中的一本拿过来。

那本《包法利夫人》，名字和封面都是如此地熟悉，还有那本《二十首情诗和一支绝望的歌》，她清楚地记得她和任树，曾经分享过自己最喜欢的几首。

"这里我爱你 / 地平线也无法遮掩你 / 尽管处于这冰冷的万物之中 / 依然爱你 / 有时这些沉重的船会载着我的吻驶去 / 从海上驶向没有到达过的地区……"

"如同所有的事物充满了我的灵魂 / 你从所有的事物中浮现 / 充满了我的灵魂 / 你像我灵魂 / 一只梦的蝴蝶 / 你如同忧郁这个字……"

"是当时图书馆里的书，"任树看出了她眼里的震惊，同她解释道，"旅游开发是当时政府的决定，图书馆被拆迁的命运改变不了。我当时想着图书馆没有了，但这些书一定要留下来，就找到了相关部门，达成了协议。"

"什么协议？"陆桑好奇地问道。

"把那个私人植物园做成公益的半开放性质。"任树说道。

"啊？"陆桑微微有些吃惊，想着少年时期的任树，是极其在意私人空间的，愿意这样做，想必也是很大的一种牺牲。

"也还好，"好似看穿了陆桑的想法，任树微笑着解释道，"那些植物，原本也是属于这个世界的，让更多喜欢它们的人来欣赏，也挺好的。"

顿了顿，他补充道："我们以前从花木中、从书本中得到过的慰藉，我还是希望有更多的人可以感受到。”

陆桑微笑着点点头，将那两本书重新放回到了书架上。

5.

话题转回了蒋依的身上，陆桑的脸色严峻了下来，开口道：“蒋阿姨是怎么回事？”

“蒋阿姨这两年身体一直都不是很好，我原本以为她是因病去世，回来之后才知道并不是这样的，是自杀的……她喝了大量的氯化钾。”

陆桑只觉得心脏好似被什么钝器狠狠地击打了一下，她用力地咬住嘴唇，开口问道：“为什么？”

“具体原因我也不太清楚，”任树叹了口气，“赵警官没有说太多。”

“赵警官？赵警官不是退休了吗？”

“对，但是……”任树有些吃惊，“你怎么知道赵警官退休了？”

陆桑垂下头去：“不久前我见过他一次……他是一艘失事渔船上的船员，我去找钟寅的时候，在病房见过他，知道他已经不做警察了。”

“噢，是这样。”任树点点头，“我觉得背后可能有什么隐情吧。”

陆桑的嘴巴动了动，原本想说些什么，可最终还是咽了下去，什么都没有说。

知道蒋依生前，是最讨厌浮夸与喧嚣的，葬礼的一切都很简单，没有锣鼓喧天，也没有撕心裂肺的哀号，是在植物园的一块草地上举行的，她的黑白遗照摆在花簇的正中间。

前来吊唁的人悉数散去之后，陆桑才出现，她的手中捧着一束白菊，对着那张遗照深深地俯下身去。

“蒋阿姨。”有眼泪在眼眶打转。

“蒋阿姨。”有眼泪从嘴边滑落。

上一次听到她的声音，是什么时候呢？

俯下身去的陆桑，脑海中浮现出了十六岁时的自己。

那时候刚被钟寅救起，是在钟寅的家中，还没有办理好入学的各种手续，大部分时间她自己待在家中。

有一天下午看着《金色梦乡》的时候，有了迷糊的睡意，放下书躺在床上，不知不觉地睡着了。

很多可怖的场景在梦中出现，梦里面有黑蓝色的海面，有毒舌一般的火光，而梦中的自己，双脚踏在海水里，却好像被什么东西缠住了一般，想往前走，却完全动弹不得，只觉得双脚好似有千斤重一样。

还有凄厉的风声，吹得她瘦弱的身体都在微微颤抖，她想要叫喊求救，却发现也是徒劳，张开嘴的时候，发不出任何声音。

因为害怕，有眼泪汹涌地往下流着，她终于坚持不住，身体缓缓地倒向身后的海域，脑海中浮现的最后一个想法是——“也许我要死了。”

就是那个时候，双腿剧烈地抽搐了一下，而后睁开了眼睛。

这才意识到自己是在做梦，但眼泪都是真的，也不知道流了多少泪，枕头完全被打湿，嗓子也是嘶哑的。

应当是下午五六点，周遭的一切都很安静，窗户上的窗帘轻轻飘动着，有落日余晖从缝隙中打进来，在地板上留下斑驳的光影。

躺在床上的陆桑呆呆地看着眼前的一切，觉得自己的身体变得很轻很轻，好像飘浮在宇宙中一样，更是有种前所未有的孤独感。

愣神了一会儿之后，她缓缓地从床上起身，趿拉着拖鞋走到楼下的客厅。

在那部电话前站了良久，最终紧紧地咬住嘴唇，伸手拿起了话筒。

她默念着几个数字，一个一个地按下上面的按键。

做这一切的时候，只觉得一颗心，好似要从胸膛中炸裂一样。

按完一串数字之后，话筒里传来了“嘀嘀”的声音，刚响了两声，她“啪”的一声放下了电话，赶紧挂断。

还是在哭，后来陆桑时常会觉得，自己一生的眼泪，都在十六岁的那几日流尽了。

她最后还是再一次拨打了那个电话号码。

听筒里传来的是熟悉的声音：“喂？”

陆桑紧紧地咬住嘴唇。

“喂？”蒋依以为信号不好，又招呼一声。

陆桑仍旧沉默着。

蒋依觉得有些奇怪，以为是什么打错的电话，刚想挂断的时候，脑海中忽然有一个想法浮现出来，把她自己都吓了一跳。她紧紧握住话筒，压低声音：“棠棠，是你吗？棠棠。”

电话这边的陆桑，再也绷不住，喊了一句“蒋阿姨”，便是大声的号哭。

蒋依反而声音冷静：“棠棠，你先别哭，冷静下来。”

“嗯。”她深吸了口气，努力平复一下自己的情绪。

“你还活着，真是太好了……”虽说是让方棠冷静下来，蒋依自己的情绪也有些波动，“你现在在哪里？”

“我不在岛上了，”陆桑轻轻说道，“我那晚逃了出来。”

“安全了吗？生活什么的有着落吗？”

“现在都还好，生活什么的暂时也没有问题。”陆桑说道，“我碰到个好人。”

“也不能轻信别人，你身上随身带的有银行卡什么的吗？我给你打些钱过去。”蒋依说道。

陆桑摇头：“没有，什么都没有。蒋阿姨，你不用担心我，我现在都没什么问题，我就是刚才……有些想你。”

蒋依叹了口气，却也没有时间同她闲聊这些，眼下要关心的事情太多：“那你是怎么打算的？”

“我不会回去了，”陆桑轻轻咬住嘴唇，“我永远都不会再回去了。”

“任树知道你还活着吗？你和任树联系了吗？”

陆桑的眼睛黯淡了一下，紧接着摇摇头：“没有，他不知道，我也不希望他知道……就让他以为，我已经死了吧……”

“这样最好，棠棠，你听我说，岛上这些天才开始消停下来，你也是被认定死亡了。你离开了是最好的，外面有广阔的天地呢，千万不要再回来了。”顿了顿，她又补充道，“就算是我，也最好都不要联系，赵警官还在查着这件事情……”

陆桑的眼泪几乎又要倾泻而出：“我会被抓起来吗？”

“不会的，”蒋依声音温和，“你没有做错什么……但不管怎么样，不管对这个地方还有着什么留恋，都不要再回来了……”

“好。”她紧紧咬住双唇，“不回去。”

“也一定不要害怕，”蒋依的声音虽然温和，却有着难以言说的力量，“一定要坚强，好好保护好自己的人生。”

“嗯。”陆桑重重地点头。

“棠棠，以后的日子里，一定还会有很多个难熬的时刻，你一定不要害怕，我，还有任树，我们都会记着你的。”

“不管你在哪个角落里生活着，你都一定也可以看得见星星。当你感到孤独的时候，你就看看天上的星星。你就会知道，没关系的，星星也注视着无数个人的孤独。”

星星总会亮着。

为千千万万的人。

为那些人，一抬起头来，就可以看得到。

那是陆桑最后一次听到蒋依的声音，也许事后回想，才能够清楚地明白那些话的意义。

那几句话，还有任树的那只银白色口哨，陪陆桑度过了人生中无数个艰难的时刻。

但是啊，思及往事，陆桑的心口有沉重的叹息声。

她竟当真如蒋依交代的那样，直到她离开人世，都没有回头看过一眼。

“棠棠，你走吧，不管什么时候，不管发生什么，都不要回来了。”

都不要再回来了。

葬礼结束之后，在草坪的长椅上，陆桑和任树并排坐在那里。

来人已经悉数散去，周遭的一切寂寥无声，陆桑的泪痕也已经淡去，和任树都没有言语。

两人沉浸在这样的沉默中，没有人开口说话，也并没有人注意到，不远处有人影慢慢靠近。

来人在两人面前停下脚步，在夕阳下投下巨大的阴影。

陆桑看着那影子愣了愣，而后抬起头来，同来人的目光接触在一起。

是赵淮。

他对眼前的女孩儿笑了笑：“方棠，你回来了。”

第十三章

# 真相

1.

“如果可以的话，我想离开这里，去其他的地方。去遥远的国度看看，去没有人认识我的城市和街道，去别的小岛看看。没有忧愁，也没有烦恼的小岛。”

“也会有一些瞬间，我希望自己死掉。当那个男人的拳头快要落下来的时候，当玻璃杯摔落到地上变成碎片的时候，当看到镜子里的我身上那些难看的蚯蚓一般的伤痕的时候……不过，也会有一些瞬间，我希望可以好好地活着……在图书馆看书的时候，第一次吃蒋阿姨煮的饺子的时候，摸一摸‘饭团’的脑袋的时候，看到任树笑的时候……”

是什么时候开始，产生了“好想离开这个家”“好希望这个男人死掉”的想法的呢？

明明都已经说服自己习惯了的辱骂和暴力，明明有着忍受一切的决心和意志的，明明也像母亲一样，期待着有一天这些东西会终止……但还是……

某天早上吃饭的时候，坐在餐桌上的母亲忽然起身冲到马桶处干呕了几下，他原本还不错的心情立即被惹恼，当即将手中的筷子摔到地上。

方棠只是埋着头往嘴里送着白粥，连头也不敢抬。

“你们这娘俩，真是让人晦气。”他恶狠狠地瞪了方棠一眼，低头继续吃饭。

而那天之后，情况好似有了转机，从诊所回来之后的母亲同他和方棠宣布：“我怀孕了。”

他的眼睛一下子亮了起来。

暂不说方棠，至少那些日子，他对家中的这个女人，还算不错。

心情也好了很多，成天哼着小曲儿回家，见她做家务也会迎上去：

“哎哎，你现在是咱家的重点保护对象，是要给我生儿子的，这些就不要做了。”

他转过身冲坐在书桌旁的方棠喊道：“死丫头，快过来洗碗。”

“哦哦，好。”方棠赶紧放下手中的书本走过去。

也会买一些鱼肉回来，那段日子方棠眼见着母亲丰腴了一些，心情也开朗了一些。

好消息自然也是会同任树分享的：“我要有个弟弟了。”

“啊，那太好了。”任树由衷地说道，“不过，你怎么就确定是弟弟了？”

方棠吸了吸鼻子：“一定要是个弟弟啊。”

满足了那个男人的心愿，她和母亲的日子，才会好过一些吧。

“饭团”也长大了一些，还是很亲人。方棠每次去那个园子找任树的时候，还有老远的路，都会把脖子上的哨子塞进嘴里，吹一声响亮的口哨。

一团小白球便会立即冲出来，瞪着圆溜溜的黑眼珠，迈着小短腿，因为跑得飞快，两只小耳朵都往后面翘着。

方棠蹲下身去，等着它钻到自己的怀里，把脑袋在自己的膝盖上蹭来蹭去。

半分钟之后，任树便会走出来，冲着方棠和“饭团”笑，“饭团”便邀功一般地转过头来，飞奔着再一头扎进任树的怀中。

方棠和母亲说起过那只小狗，母亲也是很感兴趣：“以前我也养过一只小狗，后来跑丢了，你朋友这只是什么样的？”

“白色的，超可爱，”方棠用手比画着小狗的大小，“过阵子带回家给你看看。”

“好啊。”孕妇总是很疲惫，母亲整个人歪坐在椅子上，不大有精神的样子。

赵熹微还是经常过来，也不提前打个招呼，会径直冲到任树的住所，将手中提着的各种零食扬扬：“任树哥哥，我给你带了好吃的。”

任树意兴阑珊的样子，“哦”一声便不再言语。

她却不肯罢休，在任树身边转来转去：“你在看什么书呢？任叔叔呢？任叔叔不在家？”

她和方棠打过一次照面。是有一回去找任树，在家中没有看到他，便在这座小岛上随意地走着，路过图书馆的时候，看到任树和一个女生从里面走出来，当即把嘴巴噘得老高，喊着“任树哥哥”走过去，毫不客气地指着方棠：“她是谁？”

任树声音温和：“是我的朋友，方棠。”

任树的回答听起来合情合理，赵熹微那一肚子不开心也不知道该发泄到哪里，“哼”了一声，转身跑开。

事后方棠想想，她亦是会羡慕这样的女孩子的，大抵是因为半生顺遂，才可以如此张扬任性。

她和任树，却都不是。

他们是心底有伤痕的人。

2.

江山易改，本性难移，纵使他暂时地做出温情脉脉的样子，仍旧改变不了的，是和血液融为一体的暴力因子，是那颗暴虐的，残忍的，灰暗的心。

那晚是方棠第一次带“饭团”回家，它对新环境有些陌生，不似往日那般活跃，但也还是可爱的，摇尾巴的样子逗笑了母亲很多次。

方棠由衷地觉得欣慰，她已经许久没有见母亲笑过。

那晚父亲原是不会回来的，说是要出趟岛，家中只有方棠和母亲，氛围轻松了很多。

两人闲聊了一会儿，母亲甚至同方棠说起了些许她亲生父亲的事情，“饭团”在桌子下面乱窜着，偶尔跳起来趴在方棠的膝盖上。

门口忽然传来钥匙拧动的声音，方棠和母亲都微微变了脸色。

还未反应过来，房门已经被推开，又是浓重的酒意。

他的整张脸是黑红色的，应当是在外面同旁人起了冲突，一张嘴便在那里骂骂咧咧，目光落在笑意还没有来得及收回的两人身上，更是激起他心中暴虐的情绪。

“我在外面忙得昏天黑地，被人看不起，你们娘俩倒好……”他已经将自己手中的东西狠狠地摔在地上，“在家里吃香的喝辣的，嗯？”

一扬手，把桌子上的盘子挥在地上，半碟花生米滚落一地。

原本已经躲在床下睡着的“饭团”，不知是被花生米的香气吸引，还是被声音吵醒，摇着尾巴扭着屁股从床下走出来，似乎完全没有察觉到空气中弥漫开来的危险的气氛。

方棠的一颗心提到了嗓子眼。

果不其然，男人的脸色更加难看。他向来是不喜欢这些小动物，往前走一步的时候，又踩到了摔破的盘子上，烦躁地将它一脚踢开。

这自然是吓到了“饭团”，它本能地冲着男人“呜啊”一声。

方棠还没有反应过来，他穿着皮鞋的那只脚就已经踢了上去，好在“饭团”反应灵敏，往后面一躲，那一脚便落了空。

它往后退了几步，摆出一副恶狠狠的要战斗的架势，龇起牙来，嘴中还发出“呜呜”的声音。

方棠的心中有着不好的预感，厉声唤它：“饭团，回去。”

然而还是晚了一些，那个情绪上需要发泄的男人，随手抓起桌子上任何能抓到的东西往它的身上摔去，有一个杯子准确地砸到了“饭团”的身上，力度很大，它尖锐地“呜啊”了一声。

男人却还是觉得不解气，几步就冲了过去，将小小的它一把抓到了手中。

它小小的脸上露出惊恐的神情，全身都在扭动着，想要从那双钳子一般的手中逃脱。

却没有用，反抗反而激起那人心中更多更强的暴虐。方棠的那声“不”字还没有喊出来，男人的双手已经高高举起，然后将“饭团”

狠狠地砸在了地上。

“砰”的声音响起来的时候，方棠只觉得大脑“轰隆”了一声，整个世界在那一瞬间天旋地转。

那一刻的她，只觉得嗓子好像被堵住了一样，发不出任何的声音。

“饭团”小小的身躯在冰冷粗糙的水泥地板上剧烈地抖动了几下，接着便有红黑色的血液从小脑袋下面渗了出来，而后鼻子发出“哼”的一声，便再也没有了动静。

那一瞬间的方棠，只觉得胃里一阵翻江倒海，晚上吃的饭几乎都要吐出来。

男人却仍旧是带着醉意，好似方才的一切都没有发生过一般，毫不在乎地往前走了几步，甚至用脚去踢了踢“饭团”的尸体。

“啊！”方棠忽然发出一声嘶吼，整个人好似失去了理智的小兽一样，狠狠地用身体撞击上男人，那是第一次，她嘴里情不自禁地喊出来“你怎么不去死”这样的话。

从前遭受痛苦的时候，脑海中经常浮现出来的一个想法是——如果我可以死掉就好了。

但是在那一刻，方棠清楚地认识到，并不是这样的。

应当死去的人，从来不该是她。

应当死去的，是这个世界的变态与恶人们。

然而瘦弱的少女，终究还是无法抵抗一个中年男人。她的心里那一刻汹涌而出的，是极其强烈的恨意，然而那恨意积攒下来的拳头，打在他身上的时候，仍旧是没有什么力度的。

他轻而易举地就将方棠甩到一旁的沙发上去，冷哼了一句：“为了一只死狗，就跟我对着干，真是个白眼狼。”而后俯身提着“饭团”的前腿，走到窗前将它随手一甩，便甩了出去。

“咚”的落地声，让方棠的心中又是一颤。

之后发生了什么，之后所有的一切都很安静，她没有说话，母亲也没有说话。

好似一条狗足以让这个男人心中莫名的愤恨与不满发泄出去，他没有再大声地嚷嚷，甚至还主动拿起了扫帚，将地上摔碎的盘子清理了一下。

而后，又将身上的背包打开，献宝般地拿出一个纸袋，说：“这个点心，凤梨酥，听说特别好吃，我排了半个小时的队才买到，你们尝尝。”

方棠站着没有动，他掏出一块来递到方棠的手中：“来，尝尝。”

“哦。”她应了一声，伸出手去，将那块凤梨酥放进口中。

是香甜的吗？也许是的。

那个时刻的味觉，好似彻底丧失了一样，她只是机械般地咀嚼，品尝不出任何味道。

那个夜晚，趁着父母都熟睡之后，方棠小心翼翼地下了床。

外面一片漆黑，那个夜晚，没有星星，也没有月亮。

摸索着抱起“饭团”尸体的时候，方棠才有眼泪汹涌着流出来。小狗的身体已经僵硬冰冷，再也不会用温热的舌头舔着自己的手指。

夜太黑，深一脚，浅一脚，她跌跌撞撞地往任树家的方向走去。

那条路在那一晚是从未有过的遥远漫长，好像怎么都走不完一样。

好在任树送给自己的那只银白色的口哨还挂在脖子上，空旷寂静的路上，她将它含在口中，哭泣着吹出来第一声。

“救救我。”

“救救我。”

“救救我。”

任树，救救我。

3.

“‘饭团’就埋在这里。”陆桑站起身来，往前面走了几步，在一棵榕树下面站定，“是那个夜晚，我和任树一起埋的。”

她看了看任树，微微扬起嘴角："任树哭了很久。"

落日的余晖打在赵淮那张国字形的脸上，他的表情一时间尤为凝重，而后是一声沉重的叹息："当年……我应该帮你们的……"

"没有用的，"陆桑的眼神黯然，"在那个时候，这种事情应该只会被看成是家庭纠纷吧。"

赵淮叹了口气，任树的目光也投向那棵大榕树下面。

是的，那个夜晚，是他和方棠一起，在这棵大榕树下面，埋葬了"饭团"。

还不到一岁的"饭团"。

隐约的口哨声传来的时候，任树正在蒙眬的睡意中，然而那声音令他陡然惊醒，几乎是立即从床上起身，趿拉着拖鞋往外冲去，连身上的睡衣都来不及换。

打开大门的那一瞬间，口哨声愈加清晰，昏黄的路灯下，是一个跌跌撞撞的人影。

"棠棠。"他小跑着过去喊着她的名字，"棠棠。"

尽管看到了任树，方棠的嘴中仍旧紧紧含住那只口哨，好似溺水之人的最后一根稻草一般，她用力地吹着，尖锐的声音划破天际。

任树走到她面前的时候，她的身体一歪，整个人趔趄地倒在了他的怀里。

任树这才注意到，她的怀里还抱着一个东西。

是"饭团"。

毕竟还是十来岁的少年，尽管是想要安慰她，可终究还是无法控制住自己的眼泪。

选的地点是那棵大榕树下，用铁锹一点一点挖出来的坑穴，不忍心让那些泥土直接覆盖到它的身体上，用毯子小心翼翼地将它裹好。

"'饭团'……"任树的眼泪掉了下来。

方棠紧紧咬住嘴唇："对不起。"

比她高出半个头的任树转过脸去，忽然伸手紧紧地将她揽在怀中。

“不是你的错，棠棠，不是你的错。”

“如果不是我把它带回家……”方棠小声地呜咽着。

夜里还是有微薄的凉意，两个人在树下坐了很久，把脸埋在膝盖中的方棠，忽然开口说了一句：“好希望他可以死掉啊。”

任树微微愣了愣。

方棠的声音更加坚定，又一字一句地重复了一遍：“好希望他可以死掉啊。”

她转过头去，看进赵淮的眼睛里：“赵警官，这些年来，我从没有因为他的死，难过过一秒钟。那样的人，难道不该去死吗？”

但即便是眼神坚定，仍旧看得出来她的眼中，是有泪水的。

“只是我妈……她是无辜的，她当时肚子里，还怀着五个月的孩子……我想应该是个男孩吧，我的弟弟……”

人非草木，即便是赵淮还在岗位上的那些年里，办过各种各样的案子，此时心中仍旧被难以名状的情绪充满着。

但他仍旧抛出了这些年来一直困扰着他的那个问题，夜深人静的时候偶尔会浮上心头的那个问题。

——“那场火，是不是你放的？”

夕阳渐渐收起了最后一抹羽翼，此时的天空，流淌着令人惊叹的迷人的色泽。

方棠抬起头来看向天空，身旁的任树，手掌轻轻覆盖在她的手背上。

“赵警官是想问我是否有罪吗？”对着天空的那张脸上，浮现出悲怆却又坦然的微笑，“是的，我有罪。”

“你逮捕我吧。”方棠缓缓开口道。

“棠棠。”任树紧紧握住她的手。

然后，他对着赵淮摇头：“不，不是这样的。”

方棠轻轻叹了口气，把头靠在任树的肩膀上，微微合上眼睛："太累了，好想睡一觉啊。"

这些年，不管是心里背负的东西，还是肩上背负的东西，都让人，觉得太累了啊。

4.

那晚原本并没有想到会有那么一场肆虐的火的，但是那晚……方棠也是切切实实地打算离开这座小岛的，按照原本的想法，是带着母亲一起的。

她们甚至有着周密的计划。

对母亲这样的人来说，做出离开的决定并不容易，有对未来浮萍般生活的担忧，也有对那个声称"你再提离婚，大家就同归于尽"的男人的害怕。

然而人的承受力，终究是有极限的，自我保护的本能，终究是会在一次次暴力中被激发出来。原本以为怀孕能带来暂时的安稳与庇护，但也只是奢望而已，男人仍旧会举起拳头，并一次次地砸落下来。

"再这样下去的话，你会失去肚子里的孩子的。"

"我们逃走吧，没有那么可怕的。"

"就算狼狈不堪也好，跑远些，活下去，只要能好好地活着，比什么都重要。"

"我们走吧，妈妈。"

……

"好。"

既然准备逃走，便要想方设法地让一切周全。

方棠同蒋依说了这件事情。

也就是那个时候，蒋依开始偷偷地教方棠游泳。

"逃走没有问题。"这是听完方棠的讲述之后，蒋依抬起头来说出的第一句话。

炉子上的水壶发出了水烧开的声音，她站起身来，把水壶从炉子上拎下来，一边往热水瓶中灌水，一边缓缓开口道：“棠棠，我没有和你说过吧，我也是逃出来的。”

坐在沙发上的方棠“啊”了一声。

蒋依笑了笑，端了杯热水在方棠身旁坐下。

“这么多年了，我也从来没有和别人说过，我之所以会在先前对你的情况很敏感，是因为我也曾经经历过……”蒋依低头喝了一口水，努力让自己的声音听起来是平静而正常的。

不管曾经是怎么样的痛苦的黑暗的时光，亦不管是自己的心中有着怎样的黑洞，蒋依都知道，对于现在的方棠而言，需要的是坚强的后盾与勇气。

需要有人告诉她——“不要害怕，你如今身处的这片黑暗，我也曾经身处其中。”

“我安然无恙地走了出来，我相信你也会。”

具体的场景和细节，蒋依没有说太多——也并不需要说太多，毕竟这所有的一切，方棠都亲眼见证和体验过。

“棠棠，你看过《金色梦乡》那本书吗？”蒋依问她。

方棠摇摇头。

“是日本作家伊坂幸太郎写的，等你再大一点的时候可以看看。我打算逃走的时候，原本内心也十分恐惧。那个男人……他的控制欲特别强，而且和他结婚之后的几年里，我也没有做过任何工作，基本上没有社交，没有朋友，感觉自己整个人，都是被他完全掌控的……”

“《金色梦乡》中有一句话，一直鼓励着我。”蒋依站起身来，拿起电视机上面的相框，里面装着的是一张自己年轻时候的照片。她轻轻拧动了一下，将后面的后盖打开，将那张照片拿了出来，递到方棠的面前。

照片的背后，有着一小段文字。

“身陷于汹涌洪水之中的时候，即便丢弃了行李和衣物，只要能活下去就可以。虽然失去的很多，但不代表失去了全部人生。”

“我改了名字之后，就到了这座小岛，重新开始了自己的生活。”蒋依笑了笑，“至少现在看来，是让我喜欢的人生啊。对了，棠棠，你会游泳吗？”

方棠摇摇头：“小时候有一回我爸打我，提着我把我丢到了水里，从那个时候就特别怕水。”

“不用怕，改天我来教你。我跟你说，当初我逃走的时候，要不是因为会游泳，还真的到不了这里，说不定半途中就死掉了。生存技能嘛，多掌握一些总是好的。”

“我爸不会让我学的，我和我妈都不会。”

“我偷偷教你。”蒋依笑着说道。

方棠重重地点点头。

这些东西，能够对蒋依开口，却不知道该如何对任树开口。

放学的时候和任树肩并着肩走回家的时候，在图书馆讨论着某本书的时候，他兴致勃勃地告诉她“那株水仙花今天开了”的时候，有些羞赧地塞给她一盒巧克力的时候——方棠当然都没办法开口。她如何能够在这些瞬间开口告诉他，“任树，我要走了，我要离开这里，再也不回来了”？

如何能够？

想悄无声息地离开这个家，不想被这个男人找到，打算选择一个晚上离开。

但晚上的时候，小岛是没有通往外界的轮渡的。蒋依的建议是，需要有一艘小船。

“小船或者快艇应该都可以，可能需要租一辆，但也是需要信得过的人。岛上的渔船肯定不行，岛上的人都互相认识，应该也没有人会帮你们。”蒋依蹙起眉头，“我想想办法吧。”

她却也没有什么太好的途径，毕竟这些年，在岛上过的是几乎与外界隔绝开来的生活，旧日生活中所有的人际关系几乎都被抛弃掉了。

“没关系的，”方棠说道，“我这里也想想办法。”

是某次在清晨时分看到赵熹微的时候，脑海中忽然浮现出来的疑问——这个时间点应该都还没有轮渡，她是怎么到这座岛上的?

漫不经心地问过任树一次，任树说道：“哦，赵熹微有个叔叔在对岸码头有一个海运公司，有一些大大小小的船只，好像有时候是坐他的船过来的，怎么了？”

“也没什么，”方棠用平常的口吻说道，“前几天夜里我妈身体忽然有些不舒服，她不是还怀着孕吗，我怕要是哪天夜里有什么情况，都出不了岛，想着还是有所准备比较好，有备无患。”

“要不下次我问问赵熹微，能不能把她叔叔的电话给你。”

“不好吧，太麻烦别人了。”

“没事儿，万一哪天用得着。”任树笑笑。

“那下次赵熹微再过来找你玩的时候，你喊我一起吧，我请她吃饭。”

“啊，可不要跟她一起吃饭，她叽叽喳喳的，好能说话，吵死了。”任树露出苦恼的神情。

“好啦，不要对人家这么刻薄啦……”方棠笑，差点让“她是因为喜欢你”这句话脱口而出。

任树把洗好的葡萄端出来放到桌子上，方棠伸手拿了一颗放在嘴里。

“任树，”她忽然抬起头来，“我想问你一个问题。”

午后的太阳明晃晃的，有些刺眼。任树转过脸来的时候正好同她的眼神对到一起，只觉得胸膛中的某个部位，猛烈地跳动一下。

“嗯？”

而方棠在看进任树眼神里的那一瞬间，忽然觉得不用问了。

她觉得心里亮堂堂的，好像考试铃声响起来，翻开考卷的时候，所有的答案都在眼前浮现一样。

“没什么。”她笑了笑，又低下头去。

“啊，怎么能话说到一半不说了！不行不行。”任树抗议。

方棠拿起一颗葡萄塞到他嘴里，笑眯眯地看着他。

5.

“蒋依没有和你说起过她逃走的更多细节吗？”赵淮问陆桑。

她摇摇头：“她没有说太多，应该都是伤心事吧。”

赵淮叹了口气：“蒋依自杀，也是和那些有关……是一桩旧案了，她所在的那座城市那年发生一起案件，原本是刚有了孩子的一家三口，男主人被发现在家中死于中毒，女主人和孩子消失了……案件一直没有侦破，好像也是这几个月，有当初那个地方的人来这里旅游，认出了蒋依。”

陆桑的手微微抖动了一下：“是蒋阿姨下的毒？”

赵淮摇摇头：“我不知道，这个案子已经过去了这么多年，也不是我负责的，而且，蒋依也已经死了，事情的真相无从得知。”

“既然是这样，”陆桑有些疑惑，“既然已经过了这么多年，蒋阿姨为什么一定要自杀呢？”

她可是告诉过自己——“身陷于汹涌洪水之中的时候，即便丢弃了行李和衣物，只要能活下去就可以。”

“你们还年轻，可能体会不到，”赵淮开口道，“我猜是因为对她那个孩子的愧疚吧。”

蒋依逃跑的时候，将那个孩子趁着黎明时分留在了当地孤儿院的门口。

若是带着孩子一起逃走……蒋依不是没有在心底考虑过，只怕这孩子的人生中需要背负的东西太多了。

是个男孩儿。

希望他能被好好照料，被一个甜美幸福的家庭收养。

这是这些年来，蒋依所有的期望，也是她为自己构建出来的海市蜃楼。

前来旅游的那人，当年和蒋依还算是相识一场，也已经是不惑之年，这次是离婚之后和读大学的儿子一起来旅游。

那人告诉了蒋依，那个被送到孤儿院的孩子，后来被她丈夫的家人找到，带了回去。

血液中的暴力因子，因为缺乏一个健康的成长环境而被激发。那个家庭给得了富足的生活环境和物质条件，却没有给予正确的教育，从小被灌输的亦是“你母亲是个恶毒的女人”这种思想，十六岁的时候，就丧命在街头的一场打架斗殴之中。

那场青少年打架斗殴事件，事态极其严重，当时引起了强烈的社会反响，蒋依是在网络的相关报道上，才看到自己孩子的照片的。

眉眼和那个男人很是相像，然而才十六岁的男孩儿，眼神中充斥着的，都是淡漠与厌倦。

这些年来在心中支撑着她的那个东西轰然倒塌，原本就被疾病折磨着的她，在一夕之间，好像失去了生命所有的光辉与神采。

即便，即便这些年来，她能原谅自己为了自保对那个男人所做的一切。

却原谅不了自己对这个孩子的失职。

蒋依被发现的时候，已经吞噬了大量的安眠药，手中的手机上，是当年那场青少年打架斗殴事件的报道，以及那个男孩儿的照片。

穿针引线，所有的过往不难推测出来。

“也就是从蒋依这件事情上，我想起了十一年前……”赵淮开口道，“十一年前的那场火灾，而且，在蒋依家中的书架上，我看到了这个。”

赵淮从自己的口袋中，掏出一小沓明信片。

不多不少，正好十张。

是每年夏天的时候，没有寄件人地址，也没有署名，明信片都是一些花草，四个字："平安，想你。"

"这应该是你寄来的吧？"赵淮看向陆桑。

她将那些明信片拿在手中，轻轻摩挲了一下，点了点头。

6.

打算离开的那一天，一切看起来都很平常，平常到任树完全想象不到，这会成为他人生中最惨烈的一个夏日。

学校也已经放了暑假，那天是周五，白天他在家看了一会儿书，觉得有些疲惫的时候，走到院子里拿起花洒浇水，脑海中忽然冒出来一个念头："不知道棠棠现在在干什么呢？"

正想着，脑袋上方便传来了一声清脆的声音："任树。"

抬起头看，果不其然是方棠。她像当初那样，两只腿耷拉着坐在围墙上，笑眯眯地看着他，又顺着树干猴子一般地滑了下来。

任树笑笑："怎么忽然过来了？也没有打个招呼。"

她"嘿嘿"一笑："就是忽然想来看看你。"

随身的挎包中装着一些面点："这是我妈自己做的，你尝尝。"

任树拿起一个豆沙包塞在嘴里："真好吃，甜甜的。"

她也并没有待多久，坐了二十来分钟便说要回去，任树也没有挽留，送她到门口。

她往前走了几步之后却又转过身，重新走回任树面前："我能不能抱你一下？"

"啊？"任树还没有反应过来，方棠已经整个人扑进了他的怀中，用力地环住了他的腰。

任树的双手还没有来得及环住她，她已经松开，小声说了句"再见了呀"，便迈开步子跑掉。

留在任树怀中的，应当是她早上用的洗发水的味道，晨露一般清新。

任树看着她的背影，摇摇头微微笑了笑，而后扬起手臂，大声说了句："再见。"

方棠没有转过身来，她跑得飞快，唯恐自己慢一点，就想要返回去抱着任树大哭一场。

离开一个人的时候，一定要跑得飞快。

船零点的时候会过来。

安眠药是蒋依给方棠的，她有一阵子睡眠不好，从医院里开的药还剩下了一些。

晚饭的时候，母亲把它混在了酒中。

那个男人那天晚上的心情应当不错，回来的时候还买了一些卤菜，母亲也烧了几个菜，那顿饭吃起来竟然颇有几分罕见的温馨味道。

他甚至还同母亲聊起了他们谈恋爱时候的往事，让坐在那里安静吃饭的方棠，也隐隐在心中明白，为什么这么多年母亲都无法下定决心离开。他温柔起来的时候，是真的温柔，但变成野兽的时候，也是真的野兽。

父母往常都是十点睡觉，方棠同母亲约好，十二点的时候偷偷起身去码头。

她当然不可能睡着，黑暗中她的眼睛紧紧地盯着上方，似乎听得到自己紧张的呼吸声。

外面忽然电闪雷鸣，让方棠感觉到更紧张。

她用手摸了摸塞在枕头下面的那部诺基亚手机，翻出任树的号码。

有闪电撕破夜空的时候，她把"喜欢你"三个字发了出去。

眼见着手机屏幕上的时间变成了四个零的数字，方棠在黑暗中听到自己房间的门被推开的声音。

"妈。"她紧张地喊了一声。

"棠棠，"是女人刻意压低的声音，她小心翼翼地走到方棠身边，"你东西收拾好了吗？"

方棠指了指门后面的背包："在那里。"

她点了点头，走过去往那个背包里塞了一沓东西："棠棠，这是我这些年存下来的钱，我都取出来了，你带着这些钱一起走……"

方棠一下子从床上坐起身来："什么？你不是和我一起走吗？"

又是一道白色的闪电劈开了整个天空，照出了母亲那张有些惨白的脸。

她摇摇头："棠棠，你走吧，不要再回来了。我想了想，我的人生，应该是只能这样了……"

方棠的那声"妈"刚喊出来的时候，门外忽然传来了很大的动静，好像是凳子倒在地上的声音，紧接着是男人试图去按开关的声音。灯没有亮，他骂骂咧咧："电路估计又烧掉了……"喊了两声母亲的名字，"小敏？小敏？"

方棠和母亲两人一瞬间都脸色发白。

他已经从抽屉里摸出蜡烛，用打火机点上，母亲还站在门后的时候，房门已经被推开。

火光下男人的那张脸，是从未见过的狰狞与可怖。

他的眼睛往门后的背包上瞥了一眼，便好似明白了一切，一把拽过那个背包摔到了地上。

母亲一下子跪在地上，双臂紧紧地抱住他的双腿："棠棠，你走吧。"

"妈！"方棠立即从床上下来，凄厉地喊了一声。

男人已经怒不可遏，那张脸几乎扭曲到变形，嘴里大声叫嚷着的，是"谁都别想走，谁都别想活过今晚"。

冷不丁地让方棠打了一个寒战。

母亲死命地抱着男人的双腿，一向柔弱的她，也不知自己竟会有如此的力度。

男人已经抓起了那个背包，狠狠地向她的头部砸去。背包里除了一些衣物，自然也是有着一些重物的，塞进去的那些钱也掉了下来，撒落一地。

男人更是生气，力度更大，母亲一个趔趄，手松了一点点，他的一条腿便挣脱开来。

脚恶狠狠地踹向这个女人，整个人好似野兽一般，甚至……踹向了她的肚子。

“方棠，”她厉声高喊着她的名字，“你快走啊！”

挣脱开来的他径直从厨房的案板上拿起一把尖刀，正要转过头来的时候，只觉得脑门上被什么重物狠狠击中，一下子觉得头晕目眩，身体摇晃了一下，整个人便倒落在地上。

身后站着的，是手中正举着一个啤酒瓶的方棠。

玻璃瓶已经粉碎，倒在地上的男人，后脑勺有鲜血流了出来。

又是轰隆的雷声，方棠尖叫起来，把手中的瓶子丢在地上。

母亲也已经出来，眼看着方棠整个人几近崩溃，知道自己一定不能崩溃。

她一把把方棠推开，自己径直走了过去，小心翼翼地蹲下身去，用手放在他的鼻前，试探一下呼吸。

“棠棠，”她的脸上是平静的微笑，“你先去码头等我，我把家中收拾一下，打个急救电话，然后就去找你。”

“他……他是不是死了？”

“没有，还有呼吸，但是也不能放在这里不管……”顿了顿，看向方棠，“你快听我的，在码头等我。”

“你和我一起走是吗？”

“对，我们一起走。”她脸上的表情很温柔。

方棠开始小声地抽泣起来。

“棠棠，你不要哭，”她的声音果断，“现在不是哭的时候，你快走吧，什么东西都别带了，先走。”

方棠从地上爬起来，母亲不由分说地把她推到门外：“快跑。”

她转过头去，母亲的声音陡然凄厉起来：“快跑啊！”

那个房间里之后发生了什么，方棠并不清楚。

她只知道自己一直在跑，一直在跑，一直在跑。

然而跑到码头的时候，或许是天气的原因，那艘船并没有来。

方棠光着脚站在那里等了很久，船没有来，母亲也没有来。

她犹豫了一会儿，开始往回跑。

想要知道家中发生了什么，想要知道母亲是否平安。

陆地上的暴风雨已经停了下来，眼见着快要跑到家中的时候，她忽然就看到熊熊的烈火燃烧起来。

像是一条火龙一样，好似顷刻之间，便可以吞噬一切。

那一瞬间，方棠在心中明白，母亲是不会来了。

她已经做出了选择。

恍恍惚惚中，很多声音在耳边响起。

有母亲的：“棠棠，快跑！”

有蒋依的：“就算狼狈不堪也好，跑远些，活下去。”

有任树的：“棠棠，你不是一个人。”

方棠迈开双腿，用力地往海边跑去。

# 第十四章
# 释然

1.

“真是蛮漂亮的，”同任树在植物园走着的时候，陆桑由衷地称赞道，“感觉比那个时候多了很多植物。”

“嗯，”任树点头，“我自己经常会带回来一些新品种。还有资料室，带你去资料室看看。”

资料室里是这些年，任树在科研方面做的一些研究，包括植物习性、植物分类学等等。陆桑拿起其中一本，正想翻开的时候看到了封皮，这才知道，植物园，单名一个“棠”字。

她指尖轻轻触碰了一下，微微有些动容，却又不好意思表露出来，匆忙把那本资料翻开。

这些年来，任树身旁的人莫不是觉得他高岭之花一般清冷，不在凡间在云端。并非没有女孩子对他表露过好感，可爱的，优雅的，聪明的，但他的反应都是淡淡的。

有女孩子追求不成，气急败坏：“任树，你是不是没有心？”

他当时正摆弄着手中的标本，头也没有抬，淡淡地回了一句：“是啊。”

一颗心，连同时间，连同年月，连同这一座植物园，都交付给了当年的少女。

“晚点的时候，去一趟蒋阿姨家吧。”任树提议道。

“嗯，”陆桑点头，“我也是想去看一看。”

岛上的很多东西变了，有些东西却是没有变的，比如蒋依的这间房子。

这里一直没有拆迁，也还是低矮的平房，赵淮把钥匙留给了他们：“我想，对蒋依来说，你们应该也是很重要的人吧。”

事情才发生几天，房间里看上去，还没有冰冷的味道，所有的一切都还摆放得整整齐齐，老式电视机上还是那个相框，里面装着的，还是那张曾经给过陆桑勇气的照片。

是年轻时候的蒋依，有着小鹿一般的眼睛，正温柔地注视着房间里的两人。

坐上沙发的时候，便又觉得多少回忆扑面而来。她和任树，在这张沙发上，曾经大声笑过多少次，又同蒋依说起过多少心事。

不知是因为在这个熟悉的环境中，还是因为把埋藏在心中的过往吐露出来，陆桑觉得从未有过的轻松，歪在沙发上的时候，不知不觉地睡着了。

任树原本说话的声音慢慢地低下来，起身拿起一条毯子，盖在了她的身上。

知道这对于陆桑来说，应当是人生中罕见的安宁时刻，他想要呵护这种时刻。

罕见地没有做梦，是极其安稳的睡眠。迷迷糊糊的时候，感觉到鼻尖有些痒痒的。

“嗯……”她嘟囔了一声。

耳边依稀是任树的声音：“起床了。”

意识还没有完全清醒，她又是嘟囔了一声，只让任树心头一软。

迷迷糊糊地睁开眼来，面前浮现的，便是任树那张温柔的脸。

他的指尖还停留在她的鼻尖，对她笑笑：“棠棠，起来了。”

她迷迷糊糊，完全没有时间概念，好像根本不记得自己是下午睡着的：“天亮了吗？现在是几点？”

面色绯红，头发也微微凌乱，几缕发丝搭在眉间嘴角。

任树将头发拨开：“是晚饭的时间。”

这才闻到房间里弥漫着排骨的香气，转脸看过去，餐桌上已经满满当当摆好了几盘菜。

“你做的？”陆桑有些难以置信，而后肚子咕噜了一声，这才意识到是真的有些饿。

从沙发上起身，整理了一下头发，去洗手间洗了一把脸。

走出来的时候，任树正将排骨汤端上桌。

“真香。”陆桑忍不住称赞道，正欲坐下的时候开口问任树，“这是蒋阿姨家的食材？”

任树站起身来，将柜子上方的一瓶红酒拿了下来，红酒的下面，压着一张卡片。

他将那张卡片递到陆桑面前，微微笑了笑：“是蒋阿姨留给我们的。”

也许自己在决定赴死的时候，是在心里期盼过，方棠和任树都会回来的吧。

期盼他们不要为自己流眼泪，知道这人世间，还有很多值得关照的地方。

如果实在难过的话，就喝杯酒吧。

用开瓶器打开那瓶红酒，任树缓缓将酒倒进桌子上的两只高脚杯中。

陆桑举起酒杯，转过头来看了看照片上的蒋依：“敬蒋阿姨。”

“敬蒋阿姨。”任树也端了起来。

排骨汤味道鲜美，虾仁炒蛋和酱牛肉也都很好吃，就着那菜肴，两杯红酒很快就下了肚。

中间任树拿起了一次手机，几秒钟之后陆桑的手机震动起来，是有短信进来的声音。她从外套口袋中拿出来看了看，是任树发过来的：“也喜欢你。”

她愣了一下，但很快就反应过来。

他回复的，是十多年前的那条信息。

她离开这座岛屿的前夕，发给他的那条“喜欢你”。

“棠棠，”任树用平常的语调说道，“别的熟人要不要见一见？”

“别的熟人？”陆桑不解地问道。

“嗯，”任树夹起一块牛肉放到她面前的碟子里，“比如我爸。”

“啊？”她微微一愣，抬起头来，任树正微笑地看着她。

少女时期曾费尽心力想离开的这座小岛，现在来看，却好像是个与世隔绝的乌托邦一般，可以让他们暂时地躲避在这里，不用去理会外界的烦忧。

陆桑一时间不知道如何回答，匆忙低下头去。

她值得拥有幸福吗？时至今日，内心里都会充斥着这样的疑问。

她值得拥有幸福吗？

昨日同赵淮讲完那一切之后，她整个人很平静："我后来才把整件事情想明白，我想我妈之所以没有和我一起逃走，应当是那个时候发现那个男人已经死了，为了保护我，才放的那场火吧。是的，赵警官，我有罪，这些年来，我每天都活在这种阴影与恐惧之下，现在我不想再逃了。"

她伸出手臂："你逮捕我吧。"

彼时，赵淮的脸上是一种含义不明的神情。他沉默了半晌之后笑了笑，在陆桑的肩膀上拍了拍："好了，你们不是不知道，我早已经退休了，什么警官啊办案啊，都是以前的事情了。"

抬头看了看天色，已经是傍晚时分，暮色沉沉。

"我也该走了，家里估计烧好饭了。"赵淮站起身的时候微微趔趄了一下，确实是有了老态，"就当是听个故事咯。"

他笑着摇摇头，便往外面走去，走了几步又折了回来，站在陆桑面前。

"你不要再去做无谓的假想，啤酒瓶击打致人死亡，几乎是很难实现的。既然是自己争取来的人生，就一定要认真守护好它。"

言罢，他大步流星地往外走去，瘦削却坚毅的背影渐渐远去。

既然是自己争取来的人生，就一定要认真守护好它。

但若是守护自己人生的时候，会伤害到他人的人生和快乐呢？比如赵熹微，比如钟寅……陆桑不知道。

然而身体是诚实的，她不知道该如何应答任树那个带她回家见一见父亲的提议，然而吃完晚饭她站在窗边，他走过来从身后环住她的腰肢的时候，她完全拒绝不了。

“任树。”或许是酒精发酵了情绪，她的面色绯红，轻轻呢喃出他的名字。

他柔软的双唇就那样覆盖上来，唇齿交错中，那吻绵长而深情。

“棠棠，”他在她的耳边呢喃，“放下那些担忧吧，我会保护你的，一切都交给我吧。”

一切都交给我吧。

2.

植物园那几日，挂出了“私人原因，暂不对外开放”的牌子，好在原本也不是旅游旺季，倒也不会激起太大的反响。

它又变成了任树与陆桑的乐园。

手机调成了静音，不怎么去理会外界的消息。清晨有时候陆桑会早点醒来，有时候任树会到厨房用一些简单的食材，很快就做好两个人的早餐，鸡蛋培根三明治，两杯牛奶，小圣女果装在盘子里。

小时候看过母亲在厨房忙碌，陆桑也会做诸如葱花饼之类的，再打上两杯豆浆，倒也是香喷喷的。

吃过早饭会到园子中间走走，照料一下园中的植物，任树换上T恤和牛仔裤，站在草坪边举着水管往草坪上浇水，陆桑看着有趣，跑过去拿起水管同他一起。

水花四溅，在阳光下甚至折射出了彩虹的色泽，有水珠洒在陆桑的身上，她噘起嘴来，双手捧起水桶里的水往任树身上泼去，任树身上的T恤顿时湿了一大片。

“要打水仗吗？”他当即举起另外一个水管。

水管在太阳的照射下，洒出来的水并不冷，反而是温热的。两个二十六七岁的人，像孩童一般，发出清脆的笑声，反应过来的时候，两人的衣服已经都湿透。

气喘吁吁地停了下来，任树转头看向陆桑的时候，她的白衬衫完全地贴在身上，包裹住姣好的身体，从胸脯到腰肢，让任树一时间心跳有些加快。

陆桑的脸一红，赶紧丢下手中的水管，转身往房间走去：“换衣服了。”

这次回来，原本也是没有带什么衣服的，葬礼上穿的衣服还在晾晒，没办法，陆桑只得打开任树的衣柜。

将他的灰色衬衫从衣柜里取出来穿在身上，正欲对着镜子扣扣子的时候，身后半掩的门被推开。

任树走了过来，径直从后面环住了她的腰肢，把头埋在了她的肩膀上。

有湿漉漉的水滴，还有彼此温热的呼吸，任树在她耳边轻声道：“棠棠，你好美。”

陆桑只觉得一阵战栗与晕眩，转过身去，吻上了任树的嘴。

他的手放在那件衬衫的纽扣上，解开了胸前那颗：“棠棠，我的衬衫，还是先还给我吧。”

……

陆桑早熟，然而真正同他躺在床上的时候，仍旧是难掩慌乱与羞涩，许多词语在那一瞬间好像都完全懂得了，比如耳鬓厮磨，比如唇齿缠绵，比如意乱情迷，比如与有情人，做快乐事，别问是劫是缘。

她想她会永远记得这个上午，种种场景，比如褪落在地上的衣衫，比如从窗帘的缝隙中透过来的影影绰绰的光线，比如他的睫毛与背上细密的汗珠。

那一刻，她与他是如此亲近，好像这一生，都不会与彼此没有关系。

心上的伤痕都在这个人面前完全地袒露过，所以这一刻，她也不再害怕袒露自己身体上少女时期留下的伤痕，甚至于不反感自己被拥抱着入眠。

任树从身后环抱住她："棠棠，你好瘦，抱起来小小的。"

她已经有了模糊的睡意，轻轻呢喃了一声。

任树在身后吻了吻她的头发。

合上眼睛，两人就这样沉沉睡去，保持着肌肤与肌肤的触碰。

中间陆桑醒过来一次，轻轻晃动了一下身体，任树将她抱得更紧。

"再睡会儿吧。"

"好。"陆桑把头埋在他的臂弯里。

任树睁开眼睛的时候，外面照进来的，已经是午后的阳光。

床上已经只有自己一人，从衣柜里拿出睡衣穿上，走出去的时候，看到陆桑正在厨房里忙碌的身影。

她的头发高高绾起，身上穿着的，仍旧是他的那件灰色衬衫，听到身后的动静，转过身去笑笑，不施粉黛的一张脸。

"冰箱里有牛排，煎了牛排，七分熟可以吗？"

"嗯。"任树点头。

"再做一个南瓜粥，意面想吃什么口味的？番茄肉酱的可以吗？"

"都可以。"任树笑道。

照顾小南瓜练就出来的技能，她做饭很快，二十来分钟一顿简易的西餐便端上了桌。

"下午要不要一起看电影？"

"要去影院？"陆桑有些犹豫，"我不大想去，人太多……"

"在家里，书房有个投影仪，你想看什么？"

"你来选吧。"

傍晚时分，会去海边散步。

海边风很大，陆桑的衬衫被风吹得高高扬起来，头发也被风吹动着。

任树走过来，从身后环住了她的腰肢。

陆桑转过头去对他笑笑，任树看着眼前的这张面庞，有些心酸：

“棠棠……感觉分开的这些年里，有很多还不了解，需要重新了解你的地方，觉得还需要很多很多的时间。”

陆桑伸手整理了一下任树衬衫的领子，笑了笑：“没关系啊，我也不是对你的所有都了解。但是了解到的，恰好都喜欢。”

是再寻常不过的普通情侣间的日常，但因为这一切，对两人而言来得都太晚了，也太难了，所以每时每刻，都弥足珍贵。

第五日的时候，任树的手机接到一个电话，是一个陌生的号码。

他有些困惑地接通，是一个焦急的女声：“任先生是吗？我是照顾熹微的阿姨，请问你知不知道熹微的下落？是这样的，她忽然不见了。我问过钟寅了，他也不知道，就想着她常常念叨着你。她有没有去找你？”

任树摇头：“没有，熹微没有来找我。你先别急，想想看她可能会去哪里……”

陆桑转过头来：“熹微？她怎么了？”

任树点点头：“是的，熹微……忽然不见了。”

陆桑的眉头微微蹙起，低下头继续包着水饺。

过了一会儿，她抬起头来：“我们明天回去吧。”

任树“啊”了一声。

陆桑微微笑了笑：“在这里很好，很轻松，很自由，有花有草，世外桃源一样，但是，我们不能总躲在这里的。”

“不，”任树摇头，“可以的，棠棠，只要你愿意，我们可以永远在这里。”

即便知道是一时冲动说出来的急切热烈的话语，但仍旧会有微微动容。“等我们老了吧，”陆桑温柔地应答着，“老了以后就回到这里。”

即便是最亲密的时候，陆桑亦在心中明了，爱情并不会永远成为生活里的永无岛、人生中的庇护所。她同任树，可以在这座小岛上有着灵魂出窍般的爱情，而灵魂归位的时候，仍旧需要坚毅的心性静对真实的人生。

只是她不是一个人了。

她也不会害怕了。

3.

当天就返回了厦门，陆桑立即同钟寅取得了联系，他在那边也是异常焦急："熹微也没有和我联系，我这边也还没有她的消息。"

"要不要报警？"陆桑提议。

"还是先不要，"钟寅蹙起眉头，"我这边救援局里的同事也在帮忙，报警的话，我怕再吓到她……"

向家中的阿姨询问了赵熹微失踪前的情况，说是清晨看起来的时候和往常并没有什么不同。她当时准备去超市买菜，出门同熹微打招呼的时候，她看起来也并无异样，但回来之后赵熹微便不见了踪影。

厦门虽然不大，找一个人却也并不容易。钟寅带着局里的阿成一起找，任树和陆桑开着一辆车一起找。

忙活了大半天，却还是一无所获，从海边到闹市，也询问了不少路人。

"任树，我们不能这样盲目地找，冷静下来好好想想，熹微会去哪里，"陆桑开口说道，而后眼睛一亮，"对了，你陪她的那几天，她有没有和你说起过什么地方？"

"我当时，"任树的脸上是内疚的神情，"她和我说的一些话，我也没有太认真去听。"

陆桑板起脸来："你怎么能这样？熹微她还是个病人……"

"我想想，"任树的眉头微微蹙起，半分钟后开口道，"南普陀寺……熹微会不会在南普陀寺？"

陆桑当即转动方向盘，把车掉转头往那个方向开去。

"我前些时日带她来过一次，她当时问我那个地方是干什么的，我告诉她是给人祈祷的，有什么心愿的话，可以去那里向神明祈祷。她当时告诉我，她有很多想要祈祷的事情……我只是猜测，我也不确定。”

“不管了，先过去看看吧。”陆桑开口道。

二十几分钟的车程，车停在了山脚下，陆桑和任树两人徒步上山。

一路上都是郁郁葱葱的树木，有很多来来往往的游客，也有很多善男信女。

尽管是沉浸在寻找熹微的焦急情绪中，但此情此景，仍旧能让两人回忆起少年时期的那个下午。

摆动着的两只手偶尔会触碰到一起，任树轻轻拉上了陆桑的手。

周遭人来人往，他们看上去像是再寻常不过的情侣。

到达山顶之后，任树与陆桑立即来到寺庙的大厅，粗粗环顾一下之后，却并没有看到熹微。

陆桑有些失望：“看样子不在这里吧？”

任树却有着一种奇妙的直觉：“不，我们再看看，我感觉熹微应该就是在这里。”

两个人又绕着走了一会儿，从正殿绕到偏殿，踮起脚去看跪在地上的人群，一眼便看到了熹微的背影。

她的一条发辫盘在脑后，身上是一件长裙，不知是不是祈祷的缘故，整个人氤氲在一种奇妙的色泽中。

“熹微。”在任树开口喊出她名字的那一刻，陆桑赶紧松开了拉着他的手，生怕她回过头来的时候会看到。

跪在那里的赵熹微，缓缓地转过头来。

那一瞬间，陆桑愣了愣，有什么不对劲，眼前的赵熹微，好像不一样了。

她起身走到任树和陆桑面前，喊出他们的名字：“任树，方棠，你们来了。”

说这话的时候，她的眼神清澈，好像意识完全清醒了一般。

任树还没来得及开口去问，她已经开口说道：“我都想起来了。”

这句话说出来的时候，她的神情平静，好似那场风暴，已经在心中完全地过去了一般。

“我来这里祈祷一下，会好很多。”她淡淡地看了看身后的神像，“你们不知道，我……我被拐卖的那些日子，夜里就常常会祈祷，什么东方的神仙、西方的神仙都要拜一拜，有时候心里还会有怨愤，觉得神为什么从来都不回应我的祈祷。现在回头想想，神存在的最大意义，也许并不是回应祈祷，而是允许祈祷。”

“径直跑出来是我不对，但是刚想起来一切之后，对我的冲击实在太大了。我完全没办法再在那个房子里待下去，我在那个房子里，像是一具行尸走肉一样生活着，我不能再这样了。”她淡淡地说道，而后四下看了看，“我哥呢？他没有过来？”

“钟寅应该还在别的地方找你，”陆桑说道，“我给他打个电话让他过来。”

赵熹微摇头：“先不用了，他过来的话，肯定又要把我带回去，我不想回去了。”

“啊？”任树微微吃惊，“不回去了？”

赵熹微点点头：“我想靠自己重新活一次。”

4.

三人后来去的地方，是山脚下的素食餐厅，点了几道素菜和一壶清茶。赵熹微抿了一口碧螺春，似乎陷入了某种久远的回忆：“我能逃出来，其实是有人帮了我的……”

她的脑海中浮现出了一个男孩的形象，那年他应该是二十出头，独自一人去那个山区，是要做学校里的什么田野调查的。

“叫韩游，”赵熹微微笑笑，“没想到我连他都忘记了。”

具体的细节已经没有必要多说，她也不想再去回忆那段阴暗痛苦的过往，愿意拿出来分享的，亦只有和这个男孩有关的，晶莹闪烁的片段。

她逃了出来，他的生命却以某种看似意外的方式，定格在了那个山区。

陷入回忆中的她，整个人沉浸在一种柔和的光辉里："我答应过他，逃出来之后，不能自暴自弃，不能自甘堕落……"她轻轻咬住嘴唇，"是那些恶人的错，不是我的错。我已经软弱太久了……"

纵使是这些年来，早已经觉得自己无坚不摧的陆桑，此刻也难免动情。曾经有过的相同的心境，相同的想法，让她和眼前的熹微，产生了遥远的共鸣。

"熹微，"她第一次主动去触碰别人的身体，伸出手去握住了赵熹微的手，"你想做什么工作，需要什么帮助，都可以告诉我，我一定会帮助你的。"

赵熹微摇摇头："谢谢你，但我不想再依靠任何人了。任树哥哥应该知道，小时候，我家里就把我照顾得很好，虽然我现在也没什么技能，但我觉得自己还是可以做一些事情的，我……"

她咬了咬嘴唇："我不想让韩游对我失望。"

"你们先回去吧，"吃完饭，赵熹微同两人说道，"我还是想自己走一走，熟悉一下这个城市。"

"熹微，我们陪着你……"

"不用了，"她笑着摇摇头，"你们也一定有自己的事情要做，还是去忙你们的事情吧，我不会走丢的。"

任树的嘴角动了动，还想再说些什么，陆桑立即接上了话，阻止了他："那好，你有什么事情，就给我们打电话。手机没电了是吗？"

熹微点点头。

"给我。"她拿出赵熹微的手机，把里面的卡取出来换到自己的手机里，把自己的手机递给她，"自力更生没有问题，但也不要抛弃掉爱你的人。你下午先自己逛逛，晚上也还是要回家的。"

赵熹微点点头。

陆桑和任树走到车旁，打开车门准备坐进去的时候，赵熹微又朗声喊道“任树哥哥”，任树回过头来看向她。

阳光下，她又如少女时期那般神采飞扬，歪着脑袋看向两人：“你们什么时候结婚啊？我会包个大红包的。”

陆桑的嘴角带着一丝笑意，摇摇头无奈地看向赵熹微：“那你可要赶紧努力工作才行。”

“我会的。”她踌躇满志，自信十足。

上了车，陆桑用任树的手机给钟寅拨了一个电话，同他大体地说了一下熹微的情况。

钟寅着急道：“都好了是吗？她想做什么工作？我可以给她安排……”

“不，”陆桑打断了他的话，“阿寅，你没有明白我的意思吗？熹微不需要我们给她找工作，她想靠着自己好好生活下去。没关系的，这不会成为她人生的负担，反而会成为她人生中的庇护所，我相信她可以做得很好的，你要相信她。”

钟寅沉默地点点头，把话题转向别处：“那小桑，晚上我们一起吃个饭吧。”

陆桑的眼睛闪过一丝犹豫，声音也低了一些：“阿寅，我和任树在一起了。”

那边是短暂的沉默，两秒钟之后，仍旧是钟寅爽朗的声音：“那更好啊，你把任树也喊上，给你们庆祝庆祝。想吃什么？日料还是粤菜……”

“你来定吧。”陆桑说道。

“好，那就去喜之秋吧，在湖里区仙岳路……”

“我知道那里，你带我去过。”陆桑打断了钟寅的话。

“嗯，好，那就晚上见。”

挂上电话之后，陆桑在心中轻轻叹息了一声。

路上有些堵车，晚上陆桑和任树到达餐厅的时间，比约定好的

晚了那么一点，

服务员把两人领到靠窗的那张桌子的时候，钟寅正看向窗外发呆，好那么一会儿才回过神来，对两人笑笑："哎？怎么才来？是不是路上堵车？"

"嗯，太堵了。"

坐定之后拿起菜单点菜，钟寅自然而然地向两人推荐："他们家的烤波士顿龙虾很好吃，我们来一份，还有香煎鹅肝，上面会撒上萝卜泥和鱼子，对了，小桑你不是特别爱吃他们家的松叶蟹吗……"

话说到这儿，好似自己也觉得不是很合适，抬起头看向任树说了声"抱歉"，任树微笑着摇摇头，握住了身旁陆桑的手。

原以为会有些尴尬，但实际上并没有。

钟寅还是平日里那样爱说爱笑，同两人说着自己在微博上看到的一些段子，向陆桑一边抱怨着自己最近长胖了不少，一边将一大块牛肉放在嘴中，叹息道："我那时候还年轻，不知道命运所有的馈赠，都在暗中标好了卡路里。"

陆桑歪头笑他："哟，最近还读起了茨威格。"

菜肴鲜美精致，三人有一搭没一搭地说着话，偶尔陆桑会转过头去，冲任树笑笑："这个也很好吃，你尝尝，以前我们来吃过。"

任树点头。

钟寅的心中有微微的酸涩——在以后的人生中，他同陆桑，应当没有太多可以坐在一起吃饭的时刻了，年年岁岁里，她的一蔬一饭，应当有眼前的这个男人陪着她。

也许人生里的大悲大喜，她仍旧愿意同自己分享，但生活中所有晶莹的，细碎的瞬间，大抵就真的无缘了。

陆桑也会同他开个玩笑："阿寅，你也该找个人稳定下来了，也不能总这样漂着。"

钟寅把声音抬高了一些："哎哟，你看看你们，谈恋爱了就了不起了，都要戴着有色眼镜看我们单身狗了。"

“哪有，”陆桑笑笑：“我是认真和你说的。”

“嗯，我知道了，”钟寅的眼睛微微垂下去，“有合适的女孩子的话，我也会相处看看的。”

她点了点头。

在餐厅门口分别之后，钟寅开着车漫无目的地在这个城市的街道上行驶着。

说不心痛，那是不可能的，毕竟谁也不是圣人，能够爱得无须回应，无私而隐忍。

他是相信自己能够给陆桑幸福的，他是相信自己能够给陆桑世界上最好的幸福的。

但情感里需要的，除了真心，应当还有时机。

即便是他遇上了十六岁时的她，但也许已经太晚了。

他错过了这些年里每一次可以表明心迹的时刻，如今已经太晚了。

华灯初上，车外有熙攘的人群，钟寅觉得有些孤独。

但也有释然——毕竟方才坐在自己眼前的陆桑，是真正开心快乐。

他见证过陪伴过她不止十年，他比任何人都希望她快乐。

5.

晚上把手机卡重新装上之后，陆桑同戴圆开了视频。

小南瓜竟同戴圆相处得极好，一副乐不思蜀的样子。陆桑在电话中问“想不想我”的时候，她在那边一撇嘴，环住了戴圆的脖子：“不想，有戴圆姐姐陪着我。”

“你这臭丫头。”陆桑笑道，“快，把手机给戴圆。”

手机中重新出现了正在化妆的戴圆的那张脸，陆桑有些歉意：“圆圆，这些日子小南瓜真是麻烦你了。”

“不麻烦不麻烦，”她甩甩手，“我跟你说，我以前不是查出过身体方面的原因，可能不适合怀孕吗？我都觉得无所谓，因为小孩子很烦的。但小南瓜在我身边，真的让我觉得有个孩子太棒了。对了，我跟你说，我上次和一个超帅的医生约会，都是小南瓜助攻……”

“好啦，”陆桑打断她，“你可别把小南瓜教坏了。”

“是你以前管她太多了啦，”戴圆一撇嘴，“这也不让吃，那也不让玩，好好一个小孩子整得跟个老奶奶一样。我才不管呢，中午我们可是要去吃炸鸡的。”

“她的身体都还好吧？”

“暂时没什么大碍，手术后恢复得也都挺好，我下周再带她去做复诊，你不用担心。你那边怎么样了？”

“我……我都挺好的，你原先不是说想要回国吗？还回来吗？”

“暂时应该不会，”戴圆摇摇头，“最近洛杉矶的生意做得挺好的，也有一些新的机会，我还是想再试试。”

“你还是和以前一样，爱折腾。”陆桑笑笑。

“人活一世嘛，不就是图个尽兴。”戴圆的妆已经化好，转回头来看了看陆桑，“哎呀，你怎么又瘦了，脸色也不是太好。”

“我卸完妆啦，”陆桑笑笑，“你不化妆脸色还不如我呢。”

“我去，要不要比一比？我前些日子可是刚做过光子嫩肤。”戴圆对着前置摄像头，满意地观察着自己的脸。

奔波了一天，陆桑觉得有点疲惫，往沙发上缩了缩，拉了拉毯子盖在身上：“我本来想着让任树去洛杉矶把小南瓜接回来，这样的话，就先让她在那里待着吧。”

“不要接走啦，”戴圆转过身揉了揉小南瓜的脑袋，“让她在这里先养着病吧，我也会好好陪她的。”

陆桑点点头：“圆圆，谢谢你了。”

“又客气了不是，”她一撇嘴，“今天怎么回事，矫情起来没完没了了？行了，不跟你说了，我等会儿就要出门谈事情了。”

戴圆转头喊小南瓜："把你的小背包背上。"

她冲陆桑挤挤眼："带个小丫头出去谈事情，成功率高很多。"

视频挂断之后，陆桑将手机放在身旁的茶几上，脸上带着平和的笑意，微微合上眼睛。

还是在心中说了句多谢。

命运待她，如此菲薄，在她少女时期，就剥离了她所有原本应该具有的天真的快乐。

命运待她，又何其丰厚，让她在这原本潦草、虫蚁般的人生中，遇到过那么几颗弥足珍贵的温暖、温柔又坚忍的心。

她憎恶这命运，她也感激这命运。

起身走到床头柜前，拉开抽屉，拿出一个药瓶，从中倒出来几颗药丸，用一杯冰水送下。

刚喝下去，门铃声便响了起来，走到门前从猫眼看了看，是任树。

她笑了笑，把门拉开："怎么现在过来了？"

任树伸手揉了揉她的头发："好想你。"

陆桑转过头去看了看墙上的挂钟："送我回来还不到一个小时……"

"很想你。"任树环住陆桑的腰肢，没等她把话说完，就俯身吻上了她的嘴。

# 第十五章

# 告别

1.

赵熹微的工作找得并不是太顺利，毕竟没有文凭，也缺少相关的技能和经验，投了几份简历都石沉大海，原本的踌躇满志变成了焦虑迷茫，但即使是这样，她也没有去向钟寅求助。

那些日子，她常去小区外面的一家咖啡馆，点上一杯咖啡坐上蛮久，对着电脑做着各种笔记，原本想分析一下自己在求职中的优势和缺陷在哪里，可是一分析，只有缺陷，没有优势，忍不住叹了口气。

咖啡店也是一副生意惨淡的样子，店主懒洋洋地端上来一杯咖啡，赵熹微喝了一口就再喝不下第二口，“好难喝”三个字差点脱口而出。

她抬头一看，咖啡店的吧台处，竟然写着“招聘”两个字。

赵熹微忍不住欣喜起来。咖啡这个东西，说起来她是并不陌生的。母亲一直喜欢煮咖啡、做咖啡，还拿过咖啡比赛的大奖，她耳濡目染，自然是学到了不少。

她立即走上前去毛遂自荐，店主懒洋洋地看了她一眼：“工资很低。”

“没关系的。”

“你会做咖啡吗？”店主应当也不过是三十出头的年纪，却是一副生无可恋，悲观厌世的样子，额前的头发都搭在了眼镜上。

赵熹微立即猫下身子，从台面下面钻了进去：“我现在来给你做一杯。”

好在有些东西虽隔久远，却还是留在记忆中。她闻了闻每一种咖啡豆的味道之后，立即从中挑出来一种，而后放在咖啡机里研磨，转过头对身后的男人说道：“刚才我点的那杯，很明显就是咖啡豆放少了，太淡。只要是懂点咖啡的人都能尝出来，生意都这么差了，还想偷工减料，那可不行。”

眼镜男挑了挑眉毛。

“8g 咖啡豆煮出 120ml 的咖啡，最好是按照这个比例来。而且你刚才用的水，水温太高了。冲咖啡最合适的温度，应该是 88℃—94℃之间，水烧滚之后应当静置一会儿，这样才是恰当的。”

“还有拉花的时候，”她已经在准备着打奶泡，“奶泡一定要细腻而绵密，同时一定要将奶泡和牛奶充分混合，不能让它们分层，否则奶泡和牛奶倒入咖啡杯中的时候会出现牛奶和咖啡混合，而上面是一堆奶泡的情况，我刚才点的那杯就是……”

熹微一边说着一边举起拉花缸，脸上是一副镇定的神情，心里却在忐忑。虽说小时候几乎每天都会跟着母亲做咖啡拉花，但这些年来，这些东西，都是碰都没有碰过的。

好在有些东西一旦习得，并不是那么容易忘记，即便是心里很紧张，但那个郁金香的拉花，还是漂亮极了。

“你尝尝。”她笑着将手中的这杯拿铁递到店长的面前。

店长微微一笑，将眼镜摘下来：“好了，不用尝了，就是你了，明天过来上班。”

赵熹微满脸惊喜：“好！”

她简单地填了一下自己的信息，向店里另外一个无精打采的服务员了解一下店里目前的营业情况，走出去的时候和店长保证：“我一定会认真工作的。”

待她走出去之后，面瘫脸的店长才饶有兴趣地笑笑：“真是个有活力的人，怕是人生里没受过什么挫折吧。”

不像是自己……他环顾了一下这个咖啡馆，也从玻璃的反光上看到了自己的样子……以前啊，自己和这个咖啡馆都不是这个样子的，自己也是曾经有过梦想和热情的。

只是啊……他叹了口气，神情黯然了一下，算了，还是不想了。

2.

拿到第一个月薪资的时候，熹微给钟寅和陆桑，还有任树都打了电话，说是要请他们吃饭。电话里有些不好意思："工资也没有很高，大家选餐厅的时候注意点，人均五十就差不多了。"

钟寅叹气："哎哟，我以为可以吃海鲜大餐呢。"

"海鲜还是可以点的，"她笑笑，"给你来盘炒花甲。"

四个人找了一家海鲜大排档，还要了几瓶啤酒。晚风习习，钟寅举起酒杯："来，先感谢一下熹微今天请我们吃饭。"

"嗯嗯，工作顺利。"四个玻璃杯碰到了一起。

赵熹微夹了一口菜："我们店长可器重我了。跟你们讲，那个咖啡馆以前生意特别惨淡，做的咖啡啊，简直难以下咽。唯一的优势就是价格便宜，所以天天都是一些蹭空调的。我去了之后，简直是大变样，这个月营业额都提高了一倍！"

"那店长可是要给你涨工资的。"陆桑笑。

"对，下个月就和他提涨工资。"

"哪家咖啡馆？改天我和棠棠去看看。"任树说道。

"Sugar Salt，没什么名气啦，就在我们小区那边，不过店主还蛮帅的，就是成天邋里邋遢。"熹微耸了耸肩说道。

酒足饭饱之后，四人到旁边的海滩上散步。天已经有了微微的凉意，海滩上没有太多人。钟寅和熹微走在前面，任树和陆桑并排走在后面，两人对视一眼之后，陆桑轻声喊住了前面的两人："有事情想和你们说。"

"嗯？"熹微和钟寅回过头来。

"是这样的，我打算休息一阵子，正好任树手头上现在有一项植物图鉴编纂的工作，前期的实地考察和资料都已经弄好了，就是后面的整合校验了，也不怎么需要和旁人打交道，所以，我们想回小岛上待几个月……"

"啊？"熹微先是愣了愣，但很快就露出了理解的神情，"也好啦。"

"嗯，"钟寅也点头，笑了笑，"看你这些年每天都忙得好像打仗一样，能休息休息也好。”

“那样的话，可能就不能经常见面了。”

“没关系啦，我们都很忙的。”熹微笑了笑，用胳膊捅了捅钟寅，“对吧？”

钟寅点头：“那可不，局里又要招新人进来了，我们正安排培训的事情呢。”

转过头去，对着蔚蓝的海域，这个已经年过三十的男人，吹了一声响亮的口哨。

陆桑的嘴角是微微的笑意。

海面上起了风，四人走进了岸边的酒吧，里面顿时暖和了很多。也并没有太多热络的聊天，不约而同地歪在沙发上。熹微在低着头和店长发微信，陆桑歪着头和任树说着什么，钟寅的目光转过去的时候，看到了陆桑的指甲。

是做了美甲，淡粉色的，上面还有小小的花朵的图案。

他的脸上不由得浮现出了一丝笑意。

记忆里，陆桑是根本没有留过指甲的。他记得她刚大学毕业的时候，租了一个小小的单间，他去过一次，简洁得不像是女孩子的房间，正中央都还吊着一个大沙袋，仔细看过去，那沙袋上还有些许斑驳的血迹。

他几乎可以猜测得出来，年轻女孩儿初入职场的心酸，那种想要走到高处的急切，所有必须硬生生地咽下去的泪水，应当是都用拳头狠狠地砸在了这个沙袋上。

那天他过去原本是帮陆桑拿放在家中的一个证件的，后来离开的时候，把她房间里的那个沙袋换掉，又去体育用品店买了一双最好的拳击手套。

他给陆桑留了一张小小的字条：“你房间里的沙袋我给你换了，因为看到上面的斑驳血迹，所以擅自做了主。我知道对你而言，打出漂亮的一拳很重要，但是请不要赤手空拳，记得戴上你的手套，珍惜你的拳头。"

真好，钟寅在心中想，也许时至今日，她已经不需要再对生活用力地挥舞出拳头了吧。

任树的手机忽然响了起来，站起身来接通，那边传来许阿姨慌乱的声音："小树……小树，是我，许阿姨，你赶紧回……赶紧回来，你爸他送医院了……"

任树当即紧张起来："啊？我爸怎么了？"

"摔倒了，下午和我说到了你小时候，非要给我拿你小时候获奖的奖杯……都被他放在柜子里，我去洗个苹果的工夫，他就踩着凳子去拿，一脚踏了空……你也知道，本来你爸就胖，血脂高……你，你还是赶紧回来吧。"

挂了电话，任树立马拿起沙发上的外套，抱歉道："不好意思，家里有点事，我要先回去一趟了。"

他转头看了看陆桑，还没开口问出来，陆桑已经点了点头："我和你一起。"

是厦门周边的城市，近五个小时的车程，赶到医院的时候，已经是凌晨。

任父还在手术室进行抢救，三人站在手术室门口焦急地等待着，许阿姨见到陆桑稍微有些安慰："这姑娘真漂亮，你爸见到了一定很高兴。"

陆桑不好意思地笑笑，抬起头看着"手术中"三个字的时候，即便是她同里面躺着的这个人没有什么血缘关系，此刻也不免是紧张和忐忑的。

医院的墙壁比教堂听过更多的祈祷，她这小半生里，有过太多这样的时刻了，这样在手术室外面只有等待着，而自己什么也做不了的时刻。

焦急，担忧，紧张，慌乱……种种情绪将人包围和吞噬着，每一分每一秒，都异常难熬。

陆桑衷心地希望，她周遭的人，不必因为她，去感受这些。

手术持续了很长时间，接近黎明时分的时候，手术室的门才被打开，手术车缓缓地推了出来。

“医生，怎么样了？”许阿姨和任树赶紧走上前去。

“现在情况还说不准，”为首的医生耐心地解释道，“还需要再观察一下，病人的麻醉还没有过，先让病人去休息吧。”

鼻子上盖着氧气罩的任父，被缓缓地推到了高危病房里。

暂时还不让家属进去探望，三人沉默地坐在病房外面的客厅里。想着任树已经许久没有回去，许阿姨开始叙述起任父的一些情况：“你爸其实对你，心里一直都很有愧疚……平时，总是念叨着你，你别看你爸平时在外面做生意呼风唤雨，厉害得很，在家里却跟个小孩一样。”

应当是想起了什么，她的嘴角浮现一丝笑意。

“当年我和你爸……”那一抹笑意又很快地收了回去，“我们确实有做得不对的地方，但是感情这种事情，有的时候真的很难说的，我也希望你可以……”

“许阿姨，”任树握住了她的手，诚恳地说，“您别这么说，是我当年不懂事，我都懂的。”

3.

躺在床上的任父缓缓地睁开眼睛，映入他眼帘的是任树满是担忧的脸。

看到父亲睁开眼，任树脸上立刻浮现出一丝笑意：“爸，您醒了。”

他的眼神有些茫然，环顾了一下四周：“这是在哪儿呢？”

“在医院。”任树说道，“您身体出了点状况。”

“噢……”他的反应还是有微微迟钝，“你许阿姨呢？”

不待任树搭腔，端着洗好的葡萄的许阿姨和陆桑走了进来。见到任父睁开眼睛，许阿姨忙把手中的盘子放到桌子上，声音里满是欣喜："老任，你可醒了。"

躺了太久的缘故，他的脸已经有些浮肿，身体还是有些虚弱，勉强挤出一丝微笑："我这是怎么了？"

一抬头，这才看到站在那里的陆桑，脸上先是惊讶，很快就反应过来："啊，是和小树一起过来的是吗？来，小树介绍一下啊。"

他挣扎着想从病床上坐起身。

"任叔叔，"陆桑三步并作两步走过去，扶住他，"您别着急起身。"

她笑了笑，认真地看向他："您不认得我了吗？我是方棠。"

"哟，"他反应过来，"小丫头都长这么大了，哎呀哎呀，和小时候不一样了。我记得小时候瘦巴巴的，跟个小猴子一样。"

"好了，老任，怎么说人家姑娘呢。"许阿姨嗔怪道。

他笑笑："我前阵子还说着，让任树带你回来吃饭，你许阿姨烧的菜可……"

话说到这儿的时候，他的手忽然剧烈地抖动起来，面色发白，病床旁的监测仪器发出警报声，任树当即反应过来，冲到门口大声喊道："医生，医生——"

医生和护士赶紧小跑着冲了过来，检查一下情况之后，立即安排道："赶紧准备抢救。"

又一轮抢救，持续了整整四个小时。第一次手术还能挽回局面，第二次便有些回天乏力了。医生的表情凝重："结果不容乐观，脑部很多功能衰退，就算是醒过来，也有阿尔茨海默病的后遗症。"

"只要能醒过来，其他的都没有关系，后遗症也不打紧，我会照顾他的。"许阿姨对医生说道，"没有关系的。"

任父是在医院待了一周左右出院的，陆桑和任树一同到了这边的住所。

家里被许阿姨收拾得干净整齐。到家后，她又忙活了一阵子，做出来一桌子可口的饭菜。

任父的意识时而模糊："任树怎么还没有放学回来？"时而

清醒："你们什么时候结婚啊？"

任树和陆桑相视笑笑，都没有说话。

任父叹了口气："真希望能看到你们的婚礼。"

晚上有几封邮件要回，陆桑坐在任父的书房里，用他的电脑处理各项事宜。任树端着一杯牛奶走了进来，将牛奶放在陆桑的手边，俯下身去环住她的肩膀："在看什么呢？"

"有些事情要忙，"她的眼睛没有离开电脑屏幕，指了指上面，"这个项目我已经跟进了两个月了，现在差不多了……"

任树笑了笑，伸手揉了揉她的头发："你忙归忙，什么时候嫁给我？"

"啊？"陆桑正诧异任树这句话的时候，环住她肩膀的另一只胳膊，已经把一个打开的蓝色小盒子摆在了书桌上，里面闪烁着的，是一枚折射着异常美丽光泽的钻戒。

陆桑哑然失笑："你什么时候买的？"

"不告诉你。"任树笑笑，将它从中间取出来，拿起陆桑放在鼠标上的右手，想要将它戴在陆桑纤细的手指上。

"不行。"她的面色严峻下来，一把把手收了回去。

转过头来看向任树，摇摇头，再次坚定道："不行。"

"为什么不行？"

"你知道的……"

"我不在意。"

"但我在意，"陆桑摇头，"我们说的不是这样的。"

"棠棠，"任树伸出手来，轻轻抚摸着她的面颊，"你瘦了好多，我想陪着你。"

"你可以陪着我，我也希望你能够陪着我，"陆桑的声音忽然哽咽了一下，"在我生命的最后阶段，我很高兴是你能够陪着我……"

她的眼泪流了出来："但你不能和我结婚。"

"可是我想，我愿意。"他俯下身子，双手捧起陆桑的脸，吻了吻她的额头,"我想你成为我的妻子,哪怕只有一年,哪怕只有半年,甚至只有三个月……"

擦拭掉她的眼泪:"不要再流泪了,以后的所有日子里,都希望你是开开心心的。"

第二天早上吃饭的时候,许阿姨眼尖,一眼就注意到了陆桑手上的戒指,她声音里满是欢喜:"老任,老任。"

他正在读报,偏偏报纸又拿反了,也并不知道在喊自己。

许阿姨端着牛奶走过去,捅了捅他,示意道:"你快看。"

"看什么啊?"

许阿姨示意了一下陆桑的手指:"喏,戒指。"她俯下身子,在任父耳边道,"小树要结婚了。"

"小树是谁啊?"他扶了扶鼻梁上的老花镜,"和谁结婚啊?"还没等人回答,又点了点头,"结婚好,结婚好啊,好事情。"

抬起头看向两人:"什么时候办婚礼啊?"

4.

植物园那几日又挂上了"私人事宜,暂不对外开放"的牌子。

婚礼现场的花艺是任树亲自设计的,用的都是玫瑰,卡赞勒克玫瑰,玫瑰园里最新鲜的那些。

"别用太多,"陆桑于心不忍,"它们自由自在地开着多好看。"

任树回头来笑笑:"没关系的。"

草坪上摆了十来张椅子,上面系着白色的绸带,冷餐是陆桑和许阿姨做的,样子精巧别致的西点甜品。

婚纱是戴圆从美国带回来的,有层层的蕾丝和绸带,陆桑一看到就连连摇头,直呼:"太浮夸了。"

"哪里浮夸了?"戴圆不服气,"超公主有没有?"

陆桑无奈地耸了耸肩,最终还是屈服了,乖乖地换上,妆发也交给了戴圆,果不其然还是她一贯的浮夸风格。

“不要贴假睫毛啦。”陆桑抗议。

“粉太厚了。”继续抗议。

“口红好红，不要。”

“这个耳坠上的水钻也太多了吧，可怕。”

“好好好，你自己来行了吧。”戴圆不满。

那天的阳光特别好，天也很蓝，一切看起来都有种圆满得不真实的感觉。没有挽着新娘手臂的父亲也没关系，走向新郎的那一段，陆桑是捧着手捧花自己走过去的。

看了看周遭，钟寅坐在这里，赵熹微和那个咖啡店的店长坐在这里，任父坐在这里，许阿姨坐在这里，戴圆坐在这里，小南瓜坐在这里，司芸坐在这里，还有已经怀孕的苏岚，挺着个大肚子，身旁是自己那婚后微微发福的老公。

一身西装的任树，站在那端等着她，两人的目光交织在一起的时候，充溢着温柔而绵长的情意。

证婚人是赵淮。第一次担任这样的角色，他整个人都显得很是激动：“很高兴能担任新郎任树和新娘方棠的证婚人，我熟悉新郎，也熟悉新娘，在我看来，他们的结合是上天的指引与安排……”

下面是热烈的掌声。是最俗套的誓词。

无论顺境或是逆境，富裕或是贫穷，健康或是疾病，快乐或是忧愁。感谢你成为我生命中的挚爱。

小南瓜站在了椅子上，调皮地喊了声：“要接吻啦。”

戴圆笑着把她揽到怀里，双手捂住她的眼睛：“不准看。”

灿烂的阳光照下来，打在陆桑手指的戒指上，也打在她脖子上那只银白色的口哨上。

她看了看身旁的任树，又看了看台下的每一个人。

如果人世间当真有圆满这件事情的话，那此刻便是了。

她在心中向每一个人感谢。

向每一个人告别。

## 尾声

1.

两年的时间，Sugar Salt 已经在厦门开了四家分店，发展势头势不可当。第四家分店正在装修的时候，熹微双手环着肩，认真地张罗着："那个颜色，那个颜色不对劲……还有那幅画，挂歪了没有看到吗？"

"这么凶啊。"店长不知道从哪里窜了出来，"以前不是挺温柔的吗？"

"你还好意思说，"熹微板起脸来，"咖啡做那么难喝不说，装修的事情也不知道操心，我这才两天没有来，你看乱糟糟的什么样子……"

她抱怨开了。

店长赶紧哄她："好好好，消消气消消气，晚上去吃火锅怎么样？"

"潮汕牛肉锅！"

"没问题。"他宠溺一笑，对她比画了一个"V"的手势。

"我把我哥也喊上。"熹微接话。

"哎哟，你怎么干啥都要喊你哥，你是不是有恋兄情结？"

"你才有恋兄情结呢！关爱单身狗人人有责，可不能因为咱俩在谈恋爱就冷落了人家。”熹微已经拨通了电话。

“我哪里有冷落，我都给你哥介绍了起码五个女生了，你哥一个都看不上……”

“钟寅哥哥，晚上有空吗？一起吃饭？”熹微已经在电话中自顾自地说了起来。

钟寅压低声音，从会议室走出去，眉头紧锁：“晚上不行，这两天有救援任务，你们吃吧。”

熹微“那也要注意身体”还没有说出来，钟寅已经挂断了电话。

钟寅重新走进会议室，目光紧紧地锁定在屏幕的实时监控上：“现在气压多少？实施救援的难度大吗？”

“钟局，从目前的气象条件来看……”汇报的是一个年轻的女孩儿，一头清爽干练的短发，是救助局这两年招录进来的第一批女性海上救助飞行员中的一员。

钟寅思忖了片刻，拿起桌子上的帽子盖在头上，喊了个名字：“卯卯，开飞。”

“是！”方才汇报的女孩儿立即起身，跟在钟寅身后往外走。

“身上不要携带不相关的东西，”钟寅回头看了她一眼，“手机放到柜子里。”

“是。”卯卯把手伸进口袋里，乱七八糟的东西掏出来一堆。

钟寅也把自己身上无关的东西放到柜子里，锁上柜门之后，又折回去，将那个御守拿了出来。

卯卯正俯下身子系鞋带，抬起头的时候就看到一只手伸到自己面前。

钟寅不动声色地来了句：“这个你拿着。”

她有些茫然地接到手中，翻来翻去看了看：“是御守哇，保平安的。”

挤了挤眼睛，冲钟寅笑了笑：“钟局还迷信这个。”

“别贫嘴了，这是你第一次飞行，谨慎一点。”

“是！”她立即挺直腰杆，将那个御守放进自己胸前的口袋里。

2.

彼时，洛杉矶，戴圆正手忙脚乱地给小南瓜穿着衣服：“完了完了，今天你又要迟到了，我又要被你们那个 Susan 老师骂了。”

小南瓜噘起嘴巴：“我七点就醒了，你跟我说还可以再多睡一会儿。”

“啊，另外一只袜子哪儿去了？”戴圆一个头忙成两个大，“不管了，就穿不一样的吧。”

“我不要，”小南瓜抗议，跑到沙发上翻来翻去，献宝一般地翻出来，“在这里。”

“那快点自己穿上，”戴圆照了照镜子，“没时间化妆了，希望路上不要遇到帅哥。”

她坐到车里却还是不放心，对着小镜子补了补口红，而后戴上墨镜，踩下油门将车缓缓开了出来。

戴圆送小南瓜到幼儿园门口，在她的脑门上印了个告别吻，小南瓜的脑门上立即出现了一个口红印。

“哎哟哎哟，擦一下。”戴圆赶紧拿出纸巾，轻轻擦掉小南瓜脑门上的口红印。

“说好了周末要去水上乐园的。”下车的时候小南瓜提醒戴圆。

“去去去，带你坐水上飞车。”戴圆说道。

听到戴圆的承诺，小南瓜向她挥挥手，小跑进了幼儿园。

戴圆看着小南瓜进了幼儿园，转身走上车。坐到驾驶位的时候，她的脸上浮现出一丝温柔的笑意，伸出手来，将车前挂着的那个小小的相片夹打开。

是陆桑的面庞。

“桑桑，小南瓜现在很健康，一切都好，”她在心中默念道，“你放心好了。”

3.

“护士长，10号床的病人不配合量体温，非让你过去一趟。”

“护士长，10号床的病人说有点头晕，让你过去一趟。”

“护士长，10号床的病人说天气很好，让你带他下去走走。”

“护士长，10号床的病人……”

没等小护士说完，司芸已经皱着眉头一把扯下听诊器，径直走到这层楼的尽头处，推开那个病房的门：“喂，10号床，你有完没完……”

话没说完，人却直接愣在那里。他不在病床上躺着，却是身穿T恤和长裤站在窗边，手中捧着一束搭配得无比漂亮的鲜花。

刚满二十五的男孩，笑起来一脸阳光，双臂伸出去，把那束花往前送了送：“没完呢，护士姐姐。”

4.

《中国植物年鉴》的发行，在业内算是一件不小的事情，许多种植物被分门别类地重新整理，修订了以往年鉴中不够完善的地方，也增加了一些这两年才发现的新物种。

发布会任树却是不愿出席的，一是埋头做研究久了，不习惯舟车劳顿，一是……他原本也不是抱着什么“填补空白”“促进发展”的宏大志向，喜欢植物是一方面，还有就是，棠棠。

年鉴中的很多配图，都是方棠的手稿，是她在那半年的时间里画出来的。

“要是我还健康，整本书都可以承包，”方棠笑道，脸色有些虚弱，“现在画得太慢了。”

但她还是画了很多种，美人蕉、龟背竹、石楠花、三角梅、蔷薇、海棠……

任树时至今日还记得她画画时的样子，穿着宽松的红色长裙，发辫搭在胸前，不施脂粉的一张脸，对着面前的画板，涂涂抹抹，整个人看起来好似一株玫瑰。

方棠是在蒋依的葬礼上告诉任树自己的病的。

少女时期最沉重的心事都已经悉数吐露，她索性对眼前的这个人，吐露更多。

“是胃癌，发现的时候已经是晚期了……不想治了，太受罪，也没有多大作用。身边的人看着你被推进手术室，在手术室外面忐忑地等待着……太残酷了。钟寅啊，戴圆啊，小南瓜啊，我都不想让他们体会这些。”

“我想把事情处理完之后，就留在这里，也许三五个月，也许一年，我也不大清楚，让大家就慢慢习惯没有我的生活。这样的话，他们接受起我的死亡来，应该就不会太难吧……只是任树，对不起你了。”

任树的眼中闪过一丝绝望，脸上却还是带着微笑：“没什么对不起我的，棠棠，我会陪着你的。”

这天阳光正好，送过来的书，还有墨香的味道。任树靠在躺椅上翻了翻，看了一会儿，觉得有点累了，便起身拉开抽屉，拿出了一张方棠的照片，夹在了那本《中国植物年鉴》中。

眯着眼睛在摇椅上睡着，不知道在梦中，是不是还能同她相遇。

“对你这只是 / 植物园 / 对我这却是 / 人间的伊甸”

“对你这只是 / 蓝色的牵牛花 / 对我这却是 / 你温柔的碧眼”

后记

## 孤独

暮春三月的凌晨，当我在键盘上敲下“全文完”三个字的时候，耳边传来窗外因为陡然降温而呼啸的风声。

这些日子一直陪伴着我的这个故事，以及故事里的人，要跟我说再见了。这意味着，我的人生中，也即将缺少很大一部分的陪伴。

所以在写完最后一个字的时候，我的内心竟然不是轻松自在，而是孤独。

除了刚毕业那一年和朋友合租之外，这两年来，我一直是独自生活。我并不是一个不擅于独处的人，甚至会觉得，在独处这件事上，自己有着独特的天赋。从去年八月份居家办公以来，我生活中几乎百分之九十的时间，都是独自一人。

这个三月，近半个月的时间里，除了每晚去趟楼下的健身房，让自己能够保持精力和体力之外，我没有再出过门，都是在奋笔疾书剩下的故事。

然而在人生某个百分之一的时间点上，还是会被孤独感打败。

比如此时此刻，我想象着若是有朋友或是爱人在身边的话，我们可以喝一杯酒，在阳台上听首歌，来告别这个故事。

但没有的话……也没有办法，我可以像往常一样洗漱，之后再坐在电脑前，继续写着后记。

《岛屿玫瑰》的原型是我二〇一六年的一篇短篇小说《树树皆秋色》，但除了最最基本的人设之外，这已经完全是另外一个故事了。

我是喜欢这个结局的，也许它仍显得不够圆满，但人生所求，往往不能圆满，充满缺憾。

我是很高兴自己能够写故事的。

尽管希望自己是个理性的，成熟的，冷静的大人，但坦白来说，直到二十六岁，做到这些对我来说，还是太过困难。作为一个上升双鱼月亮双鱼的人，我曾被朋友笑称为完全的恋爱体质，囿于虚无缥缈的恋情，永远有想去爱的冲动，表面坚强理性的背后，有着太多的敏感与脆弱。

然而人生永远是恋爱的敌人，人的热情会消失，重要的事情会有排序，很多时候，爱情变成了一件那么不合时宜的事情。

有着不合时宜的甜，有着不合时宜的苦。

我身边那些曾经因为一个男孩深夜痛哭的女孩，很多已经为人妻母，几乎再也不会为情感的事情烦忧，用她们自己的话说是，“从爱情里退休了”。

很多人越来越不期待恋爱了，也越来越不爱看悲剧了，沉迷于物质生活，追一追男女主角甜蜜日常的文章影视，好似人生也变得简单和轻松起来。

但爱呢，爱从来都不是一件简单和轻松的事情。它必定有痛苦，有风暴，有伤心，有放弃，有甜蜜，有不舍，有挣扎。

所以我还是想写这样的故事，它也许在如今的市场风潮下看起来仍旧是不合时宜，像爱情有时候在我们渴望的轻松愉快的人生里扮演着的，不合时宜的角色。

很高兴有时候会收到读者的私信，告诉我，谢谢你的故事给了我感动和勇气。

但应当说声谢谢的，应该是我。

谢谢写作能够将我从偶尔的孤独之海中打捞出来，让我暂时地待在永无岛上。

谢谢写作能够让我抒发对爱的憧憬与期盼。

也谢谢你能打开这本书，看到这一页。

我们下本书再见。

花凉

2018.3.21